GILBERT ADAIR
OH DEAR!

MISS MOUNT UND DER MORD IM HERRENHAUS

ROMAN

Aus dem Englischen von
Jochen Schimmang

K
A
M
P
A

Die englische Originalausgabe erschien 2006 unter dem Titel
The Act of Roger Murgatroyd im Verlag Faber and Faber, London.
Die deutsche Erstausgabe erschien 2006 unter dem Titel
Mord auf ffolkes Manor im Verlag C. H. Beck, München.

Für den Blick hinter die Verlagskulissen:
www.kampaverlag.ch/newsletter

KAMPA POCKET
DIE ERSTE KLIMANEUTRALE TASCHENBUCHREIHE
Gedruckt auf säurefreiem und chlorfrei gebleichtem Papier
zur Unterstützung verantwortungsvoller Waldnutzung,
zertifiziert durch das Forest Stewardship Council. Der
Umschlag enthält kein Plastik. Kampa Pockets werden
klimaneutral gedruckt, kampaverlag.ch / nachhaltig informiert über das unterstützte CO_2-Kompensationsprojekt.

Veröffentlicht im September 2024 als Kampa Pocket
Copyright © 2006 by Gilbert Adair
Für die deutschsprachige Ausgabe
Copyright © 2021 by Kampa Verlag AG, Zürich
Covergestaltung: Lara Flues, Kampa Verlag
Covermotiv: © iStock / MHJ
Satz: Tristan Walkhoefer, Leipzig
Gesetzt aus der Stempel Garamond LT /240130
Druck und Bindung: GGP Media GmbH, Pößneck
Auch als E-Book erhältlich
ISBN 978 3 311 15548 5

Für Michael Maar

»Die wirkliche Welt ist nichts weiter
als die Gesamtsumme aller Wege,
die ins Nirgendwo führen.«

Raúl Ruiz

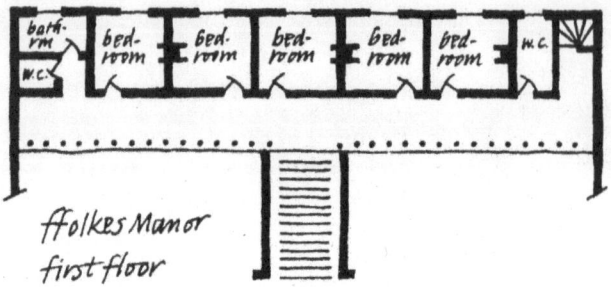

ffolkes Manor
first floor

Erstes Kapitel

So was kann man sich eigentlich nur in Büchern vorstellen!«

Mit zitternder Hand zündete der Colonel seine Zigarre
an und fügte dann hinzu: »Verd... noch mal, Evadne, es
könnte eines von deinen sein!«

»Ah, ja!«, schnaubte die angesprochene Lady und
rückte den Kneifer auf ihrer Nasenwurzel zurecht. »Das
beweist nur, was ich mir schon lange gedacht habe.«

»Was soll das heißen?«

»Dass du geschwindelt hast, als du mir erzähltest, wie
sehr du meine Sachen magst.«

»Geschwindelt? Also, von allen ...«

»Wenn du meine Romane wirklich lesen und nicht nur
so tun würdest, Roger ffolkes, würdest du wissen, dass
ich nie etwas mit verschlossenen Räumen mache. Das
überlasse ich John Dickson Carr.«

Der Colonel überlegte offenkundig, wie er sich am
besten aus der Klemme befreien konnte, in die er sich
hineingeredet hatte, als seine Tochter Selina, die bis zu
diesem Augenblick, das Gesicht in den Händen vergraben, neben ihrer Mutter auf dem Sofa gesessen hatte,
die beiden plötzlich aufschrecken ließ und schrie: »Um
Gottes willen, ihr zwei, jetzt hört doch auf! Ihr seid einfach widerlich, wenn ihr euch benehmt, als ob wir hier
ein Mörderspiel machen! Ray liegt da tot« – sie machte

9

eine theatralische Geste irgendwie in Richtung Dachgeschoss –, »mitten ins Herz geschossen! Habt ihr denn überhaupt kein Gefühl?«

Diese letzten Worte waren vernehmlich in Großbuchstaben gesprochen: HABT IHR DENN ÜBERHAUPT KEIN GEFÜHL? Es stimmte zwar, dass Selina möglicherweise der falschen Berufung gefolgt war, als sie sich für das Studium der Kunst statt für die Bühne entschieden hatte, aber in dieser Situation konnte niemand an ihrer Aufrichtigkeit zweifeln. Sie hatte eben erst aufgehört zu schluchzen, eine gute halbe Stunde nachdem die Leiche gefunden worden war. Und obwohl er und seine Frau alles getan hatten, was sie konnten, um sie zu trösten, hatte der Colonel in der Erregung und Verwirrung, die dieser Fund ausgelöst hatte, schon vergessen, wie stark die Gefühle waren, die seine Tochter für das Opfer hegte. Seine gesunden, rötlichen Gesichtszüge nahmen jetzt einen ziemlich schuldbewussten Ausdruck an.

»Sorry, mein Herz, sorry. Ich war reichlich gedankenlos. Es ist nur – also, dieser Mord ist so merkwürdig, da komme ich nicht so schnell drüber weg!« Er legte seinen Arm um ihre Schulter. »Verzeih mir, bitte verzeih mir.«

Dann, bezeichnend für ihn, schweiften seine Gedanken wieder ab.

»Hab noch nie im wirklichen Leben von einem Mord im verschlossenen Raum gehört«, murmelte er mehr zu sich selbst. »Das sollte man eigentlich der *Times* schreiben.«

»Also wirklich, Vater!«

Während die Frau des Colonels ihrer Tochter weiterhin ohne große Wirkung das Knie tätschelte, schwebte

Donald, der junge Amerikaner, den Selina an der Kunst-schule kennengelernt hatte, beflissen über ihr. Aber er war einfach zu schüchtern, um zu tun, wonach er sich ganz gewiss sehnte: sie zärtlich in seine Arme zu nehmen. (Es handelte sich übrigens um Donald Duckworth, ein recht unglücklicher Name, was seine Eltern aber noch nicht wissen konnten, als sie ihn 1915 tauften.)

In Wahrheit war der Colonel keineswegs der einzige herzlose Übeltäter. Obwohl man gerechterweise sagen musste, dass in diesem Moment jeder Mitgefühl mit Se-lina hatte, einige ausdrücklich und andere im Stillen, kam man nicht um die Tatsache herum, dass von der ganzen Gesellschaft im Haus nur sie allein den Toten wirklich betrauerte. Selbst wenn ihre Aufmerksamkeit nicht von den erstaunlichen Begleitumständen des Verbrechens in Anspruch genommen worden wäre, hatten alle anderen ohne Ausnahme ihre ganz persönlichen Gründe, nicht zu viel Zeit auf konventionelle Bekundungen des Bedauerns über Raymond Gentrys Abschied von dieser Welt zu ver-schwenden. Kurz gesagt, niemand war bereit, Krokodils-tränen zu vergießen, und nur Selina ffolkes vergoss echte.

Wenn deshalb ein Fremder am Morgen dieses zweiten Weihnachtstages in den holzgetäfelten Salon von ffolkes Manor gekommen wäre – in diese unauslöschlich männ-liche Aura, so durchdringend wie das Aroma der Zigar-ren des Colonels und etwas feminisiert nur durch eine Anzahl zierlicher Porzellanfiguren von Royal Doulton und die Petit-Point-Stickerei auf den Sesseln –, hätte er sicher die eindringliche Atmosphäre des Schreckens und der Angst gespürt. Aber er wäre auch irritiert gewesen durch das eigentliche Ausbleiben persönlicher Trauer.

Die Standuhr hatte eben Viertel nach sieben geschlagen. Die Diener, dicht aneinandergedrängt, waren schon in ihrer Uniform, während die Gäste noch ihre Nachtgewänder trugen – das heißt mit Ausnahme von Cora Rutherford, der Bühnen- und Filmschauspielerin, eine von Mary ffolkes' ältesten Freundinnen. Sie trug ein auffälliges purpurgoldenes Kleid, das sie »Kimono« nannte und von dem sie behauptete, das gebe es »exklusiv« nur in Paris. Sie war es, die als Nächste das Wort ergriff.

»Warum tut nicht einer von euch Männern irgendetwas?«

Der Colonel sah jäh auf.

»Beherrsch dich, Cora«, warnte er sie. »Das ist jetzt nicht die Zeit, um die Nerven zu verlieren.«

»Herrgott noch mal, Roger, du Dummkopf«, antwortete sie in ihrem üblichen Ton herzlicher Verachtung. »Meine Nerven sind aus dickerem Stahl als deine.«

Als ob sie das demonstrieren wollte, holte sie ein schmales Zigarettenetui aus genarbtem Leder aus einer der Taschen ihres Kimonos, zog eine Zigarette heraus, steckte sie in eine schwarze Elfenbeinspitze, zündete sie an und sog tief den Rauch ein: das alles mit Fingern, die so ruhig waren, wie die des Colonels zittrig gewesen waren.

»Ich habe bloß gemeint«, fuhr sie gelassen fort, »dass wir nicht einfach ruhig sitzen bleiben können mit einer Leiche da oben über unseren Köpfen. Wir müssen uns etwas überlegen.«

»Gut, aber was?«, fragte der Colonel. »Farrar hat versucht anzurufen – wie oft, Farrar?«

»Etwa ein halbes Dutzend Mal, Sir.«

»Richtig. Die Leitungen sind zusammengebrochen und

werden das vermutlich noch eine ganze Weile bleiben. Und wie du selbst bestens hören kannst, tobt der Schneesturm, der sie niedergemacht hat, da draußen noch immer. Wir müssen den Tatsachen ins Auge sehen. Wir sind eingeschneit. Völlig abgeschnitten – wenigstens, bis der Sturm ein Ende gefunden hat. Die nächste Polizeistation ist mehr als dreißig Meilen weg von hier, und die einzige Straße, die dort hinführt, dürfte unpassierbar sein.«

Mit einem verstohlenen Seitenblick auf Selina schloss er:

»Und schließlich ist es nicht so, dass – also, ich meine, unser weihnachtliches Beisammensein ist ohnehin ruiniert und so weiter, und das ist alles unerfreulich, für jeden von uns, aber es ist nicht so, als ob der Leichnam – als ob er einfach weggehen könnte. Ich fürchte, wir müssen das aussitzen, so lange, wie es dauern wird.«

Das war der Augenblick, in dem sich aus dem Armsessel am Kamin, in dem sie sich eingerichtet hatte, behaglich und gestaltlos in ihrem wollenen Morgenmantel, Evadne Mount meldete, die Romanautorin, die wir schon kennengelernt haben, und zum Colonel mit einer gewissen Dringlichkeit in ihrer wenig weiblichen Stimme sagte: »Weißt du, Roger, ich frage mich, ob wir uns das leisten können.«

»Was?«

»Es einfach auszusitzen, wie du es genannt hast.«

Der Colonel warf ihr einen spöttischen Blick zu.

»Und warum nicht?«

»Nun, wir wollen mal überlegen, was hier passiert ist. Vor einer halben Stunde hat man Raymond Gentrys Körper tot in der Dachkammer gefunden. Du musstest die Tür aufbrechen, Roger, um zu ihm zu gelangen, eine Tür, die von innen verschlossen war mit einem Schlüssel, der immer noch im Schloss steckte. Und als ob das nicht genug wäre, war das einzige Fenster da oben verriegelt. Also kann beim besten Willen niemand in die Dachkammer eingedrungen sein – aber irgendjemand hat es getan –, und einmal drin, kann niemand wieder hinausgelangt sein – aber es gibt keinen Zweifel, dass jemand es geschafft hat, genau das zu tun.

Nun beschäftige ich mich, wie ich dir schon gesagt habe, Roger, nicht mit Morden in verschlossenen Räumen. Ich habe neun Romane und drei Theaterstücke geschrieben – mein letztes, *Die falsche Stimme*, läuft in diesem Moment im West End mit Riesenerfolg im vierten Jahr – Agatha Christie soll das bitte erst mal nachmachen! –, und in nicht einem davon geht es um einen Mord in einem abgeschlossenen Raum. Also kann ich nicht so tun, als hätte ich den leisesten Schimmer, wie dieser Mord ausgeführt wurde.

Aber, fuhr sie nach einer Pause von ein, zwei Sekunden fort, sichtlich beherrscht, damit ihre nächste Feststellung die größtmögliche Wirkung auf die Zuhörer hatte, »*ich weiß, wer es getan hat.*«

Tatsächlich war die Wirkung durchschlagend. Im Raum wurde es totenstill. Einige Sekunden vergingen, in denen die Zeit stillzustehen schien und nichts geschah. Die Diener hörten mit ihrem nervösen Schlurfen und Scharren auf. Cora Rutherford hörte auf, die makellos manikürten Finger auf dem durchsichtigen Rand ihres gläsernen Aschenbechers eine Pirouette tanzen zu lassen. Selbst die Standuhr hörte auf zu ticken – oder tickte gleichsam auf Zehenspitzen.

Die Stille wurde schließlich ganz trivial von dem plötzlich ausbrechenden schniefenden Geheul des tollpatschigen Aushilfsdienstmädchens Adelaide beendet, von den anderen Dienstmädchen Drüsen-Addie genannt, die schon in Tränen ausbrach, wenn ein Hut zu Boden fiel – oder wenigstens eine Porzellantasse. Aber Mrs Varley, die Köchin, machte dem mit einem deutlichen »Pssst!« ein Ende, und jeder wandte sich Evadne Mount zu.

Es war der Colonel, der die schicksalhafte Frage stellte. »Ach so, du weißt es also. Dann erzähl es uns. Wer hat es getan?«

»Einer von uns.«

Merkwürdigerweise gab es keinerlei indignierte Äußerung des Protestes, von der sie geglaubt haben mochte, dass sie auf eine so dramatische Behauptung folgen würde. Im Gegenteil, es sah so aus, als ob die Logik dieser Feststellung alle als unwiderlegbar überzeugt hätte, auf der Stelle und jeden zur gleichen Zeit.

»Ich weiß, dass dieses Haus direkt am Rand von Dartmoor liegt«, fuhr sie fort, »und vermutlich habt ihr alle bereits über entlaufene Sträflinge phantasiert. Und es stimmt in der Tat, dass wir, wo die Telefonleitungen zusammengebrochen sind, nicht wissen können, ob nicht tatsächlich ein Ausbrecher durch die Gegend streift. Aber was mich anbelangt, so kommt das nicht infrage. Wie die Weiße Königin bin ich imstande, vor dem Frühstück an sechs unmögliche Dinge zu glauben – oder besser, *nach* dem Frühstück«, korrigierte sie sich, »denn ich bin überhaupt nicht da, bevor ich nicht meinen Kaffee getrunken habe. Und als eifrige Leserin der Krimis meines lieben Freundes John Dickson Carr bin ich auch imstande zu glauben, dass sich jemand in diesem verschlossenen Zimmer zuerst materialisiert und später dematerialisiert und dazwischen Raymond Gentry getötet hat, und das alles ohne übernatürliches Einwirken. Meine Güte, ich muss es glauben, denn es ist schließlich passiert!

Aber keiner wird mir je einreden können, dass ein Häftling aus seiner Zelle in Dartmoor entwichen ist, raus aus dem ausbruchssichersten Gefängnis im ganzen Land, dann im heulenden Schneesturm quer durch die Moore geflüchtet ist, in dieses Haus eingedrungen, ohne dass einer von uns ihn gehört hätte, den armen Gentry in die Dachkammer gelockt und ihm da ein Ende bereitet hat, dann wieder raus ist, ohne die Tür oder das Fenster zu beschädigen, und sich in den Sturm davongeschlichen hat! Nein, da ist für mich Schluss – im Leben *und* im Roman. Wie man's auch immer betrachtet, dieser Mord war das, was die Polizei einen *inside job* nennt.«

Wieder herrschte Schweigen, wieder setzten sich ihre Worte bei jedem heimtückisch fest. Sogar Selina nahm die Hände von ihrem verweinten Gesicht, um zu schauen, wie jeder Einzelne darauf reagiert hatte. Und wieder war es der Colonel, der als Erster sprach, breitbeinig vor dem großen, lodernden Kamin stehend und in einer Haltung, die bedrohlich an Charles Laughton in seiner Rolle als Heinrich viii. erinnerte.

»Also, Evadne, ich muss sagen, das ist nun ein ganz heißes Eisen, das du eben angefasst hast.«

»Ich musste geradeheraus sein«, sagte sie in einem Ton, der nicht nach Entschuldigung klang. »Du selbst hast uns vorhin ermahnt, den Tatsachen ins Auge zu sehen.«

»Was du gerade ausgebreitet hast, war eine Theorie, keine Tatsache.«

»Kann sein. Aber wenn hier sonst jemand« – ihre Blicke schweiften einmal durch den Salon –, »wenn sonst jemand einen einleuchtenderen Schluss aus dem ziehen kann, was wir wissen, will ich das gern hören.«

Mary ffolkes, die bis dahin kein Wort gesagt hatte, wandte sich plötzlich ihr zu und rief: »Oh, Evie, du musst dich irren, das musst du einfach! Wenn es wahr wäre, dann wäre das – das wäre einfach zu grauenhaft, um darüber nachzudenken!«

»Tut mir leid, altes Mädchen, aber gerade weil es so grauenhaft ist, müssen wir darüber nachdenken. Darum habe ich gesagt, wir können es uns nicht leisten, hier herumzulungern, bis der Sturm aufhört. Allein die Idee, dass wir alle hier sitzen und uns fragen, wer von uns ... mein Gott, ich muss nicht weiterreden, oder? Ich weiß sehr wohl, was solche gegenseitigen Verdächtigungen anrichten können.

Es war das Thema meines ersten Romans, *Das Geheimnis des grünen Pinguins*, wenn ihr euch erinnert, in der eine Frau so besessen ist von dem Gedanken, dass ihre Nachbarin langsam ihren verkrüppelten Mann vergiftet, dass ihr eigener Mann, zum Wahnsinn getrieben von ihrem zwanghaften Spionieren und Schnüffeln und Spürhundspielen, schließlich Amok läuft und ihr den Schädel mit einem antiken Messingdings aus Benares spaltet. Und natürlich stellt sich am Ende heraus, dass die Nachbarin völlig unschuldig ist.

Also, ich will nicht behaupten, dass so etwas auch hier passieren wird. Aber es muss etwas getan werden. Und zwar schnell.«

Vom äußersten Ende des Salons, wo er steif unter seinen anderen Kollegen aus der Dienerschaft gestanden hatte, trat nun Chitty, der Butler des Colonels – ein Mann, der es selbst zu so unchristlicher Stunde verstand, die Butlerwürde aufrechtzuerhalten –, einen Schritt nach vorn, presste die Faust an die Lippen und ließ ein verlegenes Hüsteln hören. Es war die Art Geräusch, die Stückeschreiber in ihren Regieanweisungen als »ahem« anzugeben pflegen, und in der Tat konnte man die beiden Silben »a« und »hem« in Chittys Hüsteln hören.

»Ja, Chitty«, sagte der Colonel, »was gibt's?«

»Wenn ich mir die Freiheit nehmen darf, Sir«, sagte Chitty umständlich, »mir fiel ein, dass – also ...«

»Nun los, sprechen Sie doch weiter, Mann!«

»Nun, Sir. Chefinspektor Trubshawe, Sir.«

Die Miene des Colonels hellte sich sofort auf.

»Natürlich, ich glaube, da ist was dran! Trubshawe, natürlich!«

»Trubshawe? Den Namen kenne ich«, sagte Doktor Rolfe, der praktische Arzt des Ortes. »Ist das nicht der pensionierte Scotland-Yard-Mann? Vor zwei oder drei Monaten hierhergezogen?«

»Genau der. Witwer. Ein bisschen einsiedlerisch. Ich habe ihn zu der Party eingeladen – als guter Nachbar, versteht sich. Er sagte, er ziehe es vor, Weihnachten allein zu verbringen. Aber wenn man erst mal mit ihm spricht, ist er ein ganz umgänglicher Bursche – und er war wer ganz oben im Yard. Guter Gedanke, Chitty.«

»Danke, Sir«, murmelte Chitty mit sichtbarer Befriedigung, bevor er geräuschlos wieder seinen Platz einnahm.

»Das Problem ist«, fuhr der Colonel fort, »dass Trubshawes Cottage sechs oder sieben Meilen die Postbridge Road hinunter liegt. Beim Bahnübergang. Selbst bei diesem Sturm sollte es aber für irgendwen machbar sein, da hinzukommen und ihn hierherzubringen.«

»Colonel?«

»Ja, Farrar?«

»Wäre das nicht eine Belästigung? Zu dieser Stunde. Und dann noch zu Weihnachten. Schließlich ist er wirklich im Ruhestand.«

»Ein Polizist ist niemals wirklich im Ruhestand, nicht einmal nachts«, widersprach der Colonel. »Wenn mich nicht alles täuscht, käme ihm ein bisschen Aufregung gerade recht. Er muss sich ja zu Tode langweilen, wenn er den ganzen Tag keinen zum Reden hat außer einem blinden alten Labrador.«

Er riss sich aus seiner bisherigen Unbeweglichkeit los und wandte sich jedem der Männer zu, die im Salon standen, saßen oder sich lümmelten.

»Irgendwer bereit, sich auf den Weg zu machen?«

»Ich werde fahren«, sagte der Doktor, bevor auch nur irgendjemand sonst etwas sagen konnte. »Mein alter Klapperkasten verträgt noch das mieseste Wetter. Um ehrlich zu sein, er ist dran gewöhnt.«

»Lassen Sie mich mitkommen«, sprang ihm Don sofort zur Seite.

»Danke. Ich denke, ich brauche einen kräftigen Beistand, wenn er bockt.«

»Wenn Sie Muskeln brauchen, Doktor«, sagte Don und warf – als er halb scherzhaft seinen Bizeps aufpumpte – einen hoffnungsvollen Blick zu Selina hinüber, »dann bin ich Ihr Mann!«

»Gut, gut. Also, wenn wir fahren wollen, dann jetzt gleich.«

Dann beugte sich Henry Rolfe über den Armsessel, in dem seine Frau Madge saß, ihre unbestrumpften Beine wie bei einer Katze unter sich verschlungen, und küsste sie geziert auf die Stirn.

»Bitte, Liebling«, sagte er, »ich möchte nicht, dass du dir Sorgen um mich machst. Mir passiert nichts.«

Madge Rolfe, die immer so aussah, als sei die größte Sorge ihres Lebens die, wie lange sie warten musste, bis irgendein schmachtender Salonlöwe ihr Feuer für die nächste Zigarette gab, trug das alles mit bezaubernder Fassung und schenkte ihm für seinen Kuss nicht mehr als ein blasses Lächeln.

Als er, gefolgt von Don, aus dem Raum stiefelte, wünschte jeder den beiden viel Glück. Dann klatschte der Colonel auf orientalische Art in die Hände, bot so viel grimmige Munterkeit auf, wie es ihm unter den gegebenen Umständen noch zulässig schien, und fragte: »Hat irgendwer außer mir noch Lust auf ein kleines Frühstück?«

Zweites Kapitel

Es war ein paar Minuten nach neun am selben Morgen, als man hörte, wie ein Auto auf dem Vorplatz vor der Verandatür vorfuhr, und ein rascher Blick zwischen den schweren Samtvorhängen des Salons hindurch bestätigte, dass es das von Dr. Rolfe war. Es sickerte durch (so, wie es die Hausgemeinschaft beschrieben bekam), dass vor allem die Hinfahrt ein Albtraum gewesen war. Nach dem, was der Doktor erzählte, war sein Rover auf lebensgefährliche Art und Weise von einer Schneewehe in die nächste geschlittert, und der arme Don schien mehr Zeit damit verbracht zu haben, ihn zu schieben, als in ihm gefahren zu werden. Trotz allem hatten sie es schließlich bis zu Trubshawes Cottage geschafft. Zum Glück war er schon auf, saß am Kamin und wiegte einen Becher heißer Schokolade in seinen Händen – vielleicht wiegte er in seinem Herzen auch die eine oder andere einsame Erinnerung –, während Tobermory, sein alter Labrador, auf Trubshawes von Pantoffeln gewärmten Füßen döste.

Zuerst einmal musste der Chefinspektor seine verständliche Überraschung überwinden, nicht nur im Morgengrauen eines eisigen Dezembertages, sondern dazu auch noch am zweiten Weihnachtstag zwei Fremde an seiner Haustür vorzufinden. Nachdem er das verdaut hatte, war er erneut höchst überrascht, als er hörte, was der Grund für diesen Besuch war. Aber einmal Polizist, immer Polizist: Er willigte ohne Zögern ein, mit den beiden nach ffolkes Manor zurückzufahren. In der Tat mochte der Colonel nicht ganz unrecht gehabt haben, als er prophezeite, dass Trubshawe in seinem neuen, völlig ereignislosen Leben, nach vier Jahrzehnten ehrwürdigen Dienstes beim Yard, einen Schuss Aufregung durchaus willkommen heißen würde. Don berichtete, er habe in seinen Augen ein erregtes Flackern ebenso wahrgenommen wie eine gespannte und beinahe katzengleiche Munterkeit, als Rolfe und er einen knappen Überblick über die seltsamen Ereignisse des Morgens gaben.

Nachdem sie in der düsteren Diele angekommen waren, entledigten sich die drei ihrer Mäntel, Schals und Handschuhe. Schließlich, als sich der Chefinspektor energisch den Schnee aus dem Seehundschnurrbart wischte, schüttelte Tobermory, der nicht hatte allein gelassen werden können, weil zu diesem Zeitpunkt keiner genau wissen konnte, wann sein Herrchen wieder nach Hause kommen würde, seinen unförmigen Körper einmal unerwartet heftig und trottete dann in den Salon, wo er, nach einem kurzen, desinteressierten Blick auf die dort Versammelten, vor dem Kamin in sich zusammensackte und sofort seine schleimtrüben Augen schloss.

Die Gesellschaft, das muss gesagt werden, war in den zurückliegenden Stunden mehr als trübsinnig geworden. Selina ffolkes hatte sich ein paar Minuten nach dem Aufbruch des Doktors ins Bett zurückgezogen oder wenigstens in ihr Schlafzimmer, und mit Ausnahme von Chitty, dessen Idee es gewesen war, den Chefinspektor zu holen, sodass es undankbar gewesen wäre, ihm das Schauspiel von dessen Ankunft nicht zu gönnen, war das gesamte

Personal – der Koch, die beiden Hausmädchen, das Aushilfsmädchen und der Gärtner-Chauffeur-und-Mädchen-für-alles – in die Küche zurückgeschickt worden, weil der einzige Beitrag, den insbesondere die drei Mädchen zu der Situation leisteten, ein nervöses Geschnatter gewesen war, von dem man nicht annehmen konnte, dass es in absehbarer Zeit nachlassen würde.

Was die Gäste der ffolkes' betraf, die nicht wussten, ob sie in ihre Zimmer nach oben gehen oder im Salon warten sollten, hatten sich alle dafür entschieden – alle außer Selina, versteht sich –, an Ort und Stelle zu bleiben.

»Dafür entschieden« ist vielleicht nicht ganz der richtige Ausdruck. Obwohl niemand, nicht einmal der Colonel, sich anmaßte, eine entsprechende Anordnung zu geben, herrschte bei der ganzen Gesellschaft die unausgesprochene Empfindung, dass, so beschämend es auch sein mochte, in Morgenmänteln herumsitzen zu müssen, mit zerzaustem Haar und ohne Make-up, es doch klüger war, wenn sie sich alle im Blick behielten, bis dieser Trubshawe eintraf, wenn er denn jemals eintraf. Natürlich vertraute jeder vorbehaltlos den anderen Gästen und den Gastgebern, alles alte, liebe und enge Freunde. Aber, konnte man sie förmlich denken hören, wenn Evie wirklich recht hatte ...

Da die Zeit so langsam verging, wie sie es immer tut, wenn man sich wünscht, dass sie fliegt, hatte Madge Rolfe eine Partie Bridge vorgeschlagen, um die Zeit bis zur Rückkehr ihres Mannes totzuschlagen – eine Zeit, die einige Stunden betragen konnte, wie jeder wusste. Und weil Mary ffolkes es schon lange aufgegeben hatte, mit ihrem cholerischen Gatten Bridge zu spielen, war es Madge selber, die mit dem Colonel zusammenspielte, während Evadne Mount den Vikar als Partner hatte.

Aber es war ein Spiel ohne Saft und Kraft geworden, bei dem, enttäuschend für alle, die gegenseitige Kabbelei fehlte, an der jeder sonst insgeheim seine Freude hatte. Es war klar, dass sie spürten, wie geschmacklos und wie taktlos es gewesen wäre, wenn sie sich in einer ihrer krakeelenden und fetzigen Streitigkeiten ergangen hätten. Deshalb legten sie die Karten mit unverhohlener Erleichterung beiseite, als endlich der ausgesandte Spähtrupp mit dem Chefinspektor im Schlepptau auftauchte.

Von Don und Rolfe flankiert, betrat der stämmige Ex-Scotland-Yard-Mann den geräumigen Salon, dessen Helligkeit und Wärme ihn unmittelbar nach dem Dämmer der engen Diele einmal kurz blinzeln ließen.

Der Colonel machte ein paar Schritte auf ihn zu, um ihn zu begrüßen.

»Ah, Trubshawe, man hat Sie also heil hierhergebracht? Hören Sie, es tut mir wirklich leid, alter Knabe, dass ich Sie am Weihnachtstag von Heim und Herd weghole – und was für ein mieser Weihnachtstag, oder? Aber wir waren wirklich mit unserem Latein am Ende – wir wussten einfach nicht mehr, was …«

Der Chefinspektor ergriff die Hand des Colonels und drückte sie so kräftig, dass dieser unwillkürlich zusammenzuckte. Dann nahm er das halbe Dutzend Gäste in Augenschein, das am Kaminfeuer saß – dessen Flackern ihren müden, leicht verängstigten Augen einen Anschein von Lebendigkeit verlieh –, wobei sein eigener scharfsichtiger Blick auf jedem von ihnen nur ein paar Sekunden verweilte.

»Sie müssen sich nicht entschuldigen«, sagte er, während er geistesabwesend eine seiner buschigen Augenbrauen zwirbelte. »Ich sehe ja selber, dass Sie Hilfe holen mussten, wo immer Sie sie bekommen konnten. Klingt nach einer sehr unangenehmen Angelegenheit.«

»In der Tat, in der Tat. Aber nun kommen Sie doch erst mal rein, direkt an den Kamin. Wärmen Sie sich die Hände auf.«

»Danke. Das mache ich«, antwortete er und ging unter angedeuteten leichten Verbeugungen, die den versammelten Damen galten, zum Kamin hinüber.

»Meine Damen«, sagte er leise und tauchte beinahe seine Fingerspitzen in die Flammen.

Dann drehte er sich zum Colonel um und setzte hinzu: »Ich glaube trotzdem, ich sollte jetzt direkt an den Ort des Verbrechens geführt werden.«

»Soll ich Sie nicht erst vorstellen?«

»Nein – bitte.«

Er wandte sich an die anderen.

»Ich möchte nicht unhöflich sein, meine Damen – und Herren«, nickte er wieder und bezog diesmal beide Geschlechter ein, »aber in Anbetracht der extremen Schwere des Falles gilt: das Wichtigste zuerst. Die Leiche, würde ich sagen.«

»Ja, natürlich, Sie wollen den Leichnam sehen«, sagte der Colonel. »Sicher, sicher, wenn Sie eben mitkommen wollen. Aber, Sie verstehen, es ist ein bisschen seltsam, wenn Sie sich noch nicht einmal bekannt gemacht …«

»Die Leiche zuerst«, beharrte der Chefinspektor.

»Wie Sie meinen, ja. Sie – ich meine die Leiche –, sie ist immer noch oben in der Dachkammer. Wir haben sie –

wir haben ihn – genau so liegen gelassen, wie wir ihn vorgefunden haben. Wenn Sie mir folgen wollen.«

»Danke. Und vielleicht sollten Sie sich uns anschließen,
Mr Duckworth? Sie waren ja beim Colonel, als er die
Dachkammer aufbrach.«

»Ja, sicher, selbstverständlich«, betonte Don mit Nach-
druck. »Ich habe Ihnen im Auto alles erzählt, was ich
weiß, aber sicher, wenn Sie meinen.«

»Es könnte auch von Nutzen sein, wenn Farrar mit uns
käme«, warf der Colonel ein. »Um Notizen zu machen.
Was meinen Sie, Chefinspektor? Er ist mein Sekretär und
mein Verwalter. Sehr guter Mann.«

»Damit habe ich kein Problem. Obwohl ich meine eigenen Notizen zu machen pflege« – er tippte sich an die
Stirn –, »im Kopf, wenn Sie verstehen. Aber gut, warum
nicht.«

Die kleine Gruppe wurde dann in die Empfangshalle
geführt, einen zugigen, gut proportionierten Raum mit
hoher Decke, den man allerdings auch schon ohne den
unheilvollen Einfluss der aktuellen Tragödie düster gefunden hätte. An den Wänden hatte der Colonel die
ausgestopften Häupter jeder erdenklichen Wildtierart
angebracht, vom Hirsch aus den Highlands mit seinem
prachtvollen Geweih über einen gewaltigen grauen Ele-
fanten aus dem indischen Hügelland bis zu einer gemischten Schar kleinerer und verspielterer Kreaturen, jede von
ihnen eine Reminiszenz an seine Reisen in glücklicheren
Zeiten. Ganz oben an der breiten mittleren Treppe, die
sich in beiden Richtungen in zwei von Geländern ge-
säumten Galerien fortsetzte, stand eine ägyptische Mumie in ihrem grellvergoldeten Sarg, und als der Colonel

Trubshawe daran vorbeiführte und das irritierte Interesse wahrnahm, das der Polizist für einen Augenblick zeigte, bemerkte er:

»Gehört meiner Frau. Ist ihr von irgendeinem Cousin geschenkt worden, der Archäologe ist. Er – wie soll ich das sagen? –, er, äh, hat sie bei einer Ausgrabung in Luxor geborgen, die er geleitet hat im Jahr – warten Sie –, müsste 31 gewesen sein.«

Er unternahm dann eine seiner typischen halbherzigen Bemühungen, die Situation etwas zu entspannen.

»Wie gesagt, es ist die Mumie meiner Frau. Man könnte sie auch meine Schwiegermumie nennen. Hahaha!«

»Sehr amüsant«, sagte Trubshawe höflich.

(Um der Wahrheit die Ehre zu geben, war das ein Witz, den Roger ffolkes ausnahmslos jedem Fremden gegenüber machte, der die Schwelle seines Hauses überschritt, und inzwischen war er so alt und brüchig geworden wie die Mumie selbst.)

Der Colonel nahm die rechter Hand gelegene Galerie und ging an zwei Gästeschlafzimmern vorbei, die durch ein gemeinsames, zwischen ihnen liegendes Badezimmer miteinander verbunden waren, bog dann erneut nach rechts in einen engen Flur, an dessen Ende eine Wendeltreppe nach oben auf den spartanischen Steinkorridor führte, wo die Dienerschaft in verschiedenen Räumen untergebracht war. Dort, wie ein Geschenkband, dessen festliche Schnörkel glatt gebügelt worden sind, begradigte sich die Treppe und lief in eine kleine Flucht von Stufen aus, an deren oberem Ende, der letzten Stufe gegenüber, sich bedrohlich die Tür der Dachkammer abzeichnete.

Schon bevor der Chefinspektor die letzte Stufe erreicht hatte, konnte er sehen, dass in der Kammer ein abscheuliches Verbrechen verübt worden war. Nicht nur, dass die Tür gewaltsam aufgebrochen worden war, sie war auch durch ein großes, unbewegliches Objekt blockiert, das sie nicht weiter als einen Spaltbreit geöffnet sein ließ, ein Objekt, das nur zu offensichtlich ein menschlicher Leichnam war, der auf dem Boden so zufällig angeordnet lag wie ein Würfelwurf. Und unter der Tür hatte ein Rinnsal geronnenen Bluts einen Fleck von unangebracht lebhafter Farbe auf den düsteren Steinfliesen des Treppenabsatzes gebildet.

Trubshawe verschwendete auf das Blut keine Zeit. Behutsam, als wolle er den Leichnam nicht mehr als unbedingt nötig stören, und doch entschlossen, weil er andernfalls überhaupt nicht in das Zimmer gekommen wäre, stieß er die Tür mit der Schulter so weit wie möglich auf, stieg über die nun sichtbaren Überreste von Raymond Gentry hinweg und betrat den Raum.

Die Dachkammer war von einer kahlen, zellenähnlichen Schlichtheit, mehr hoch als lang, außer dort, wo die Decke auf die halbe Höhe der vom Chefinspektor am weitesten entfernten Wand abfiel. Und sie war spärlich ausgestattet. Die Möblierung bestand alles in allem aus einem reichlich angeschlagenen Holztisch und dem dazugehörigen klapprigen Stuhl mit einer Binsensitzfläche sowie einem traurigen, einsamen Armsessel in der Ecke. Das Gewebe des Letzteren, das man einstmals vielleicht als Chintz bezeichnet hätte, war inzwischen so abgenutzt, dass eine gelblichweiße Füllung unappetitlich aus dem ausgeblichenen Bezug hervortrat und der Chintz selbst so abgewetzt war, dass es beinahe unmöglich schien, sich das ursprüngliche Muster vorzustellen.

Außerdem befand sich über und hinter dem Sessel das einzige Fenster der Dachkammer, rechteckig und mit zwei eisernen Gitterstäben versehen.

Es war jedoch der Anblick des toten Raymond Gentry, der jedermanns Aufmerksamkeit auf sich zog. Er trug die faszinierende Kombination eines rabenschwarzen Seidenpyjamas mit einem flauschigen weißen Frotteebademantel und lag ausgestreckt auf dem Boden, wobei seine kränklichen und unmännlichen Gesichtszüge in einer Grimasse unbeschreiblichen Schreckens verzerrt waren. Zwischen seinen Händen, die verzweifelt seinen Hals umspannten, flossen kleine Bächlein von Blut über die langen, spitz zulaufenden Finger, als wären es lauter exotische Rubinringe.

Trubshawe hockte sich hin, um den Leichnam zu untersuchen, und knöpfte behutsam Gentrys eingerissene und versengte Pyjamajacke auf, um die Schusswunde in Augenschein zu nehmen, was Don angewidert zurückschrecken ließ.

Dann richtete er sich wieder auf, zog eine knorrige alte Pfeife aus der Tasche, steckte sie kalt in den Mund und wandte sich an den Colonel.

»Ich nehme an«, sagte er ernst, »genau so haben Sie ihn gefunden?«

»Genau so. Nichts ist bewegt oder auch nur angerührt worden. Stimmt's, Don?«

»Ähm ... was?«, murmelte der junge Amerikaner, der noch immer reichlich durcheinander war, weil man ihn so brüsk mit den grausigen Details von Gentrys Schussverletzung konfrontiert hatte.

»Ich sagte, genau so haben wir ihn gefunden?«

»Ja, das stimmt. Genau so, wie er jetzt hier liegt, direkt an der Tür.«

»Schon tot?«, fragte der Chefinspektor.

»Oh ja«, sagte der Colonel. »Daran gibt's keinen Zweifel. Wir haben den Doktor gerufen, damit er nach ihm sieht, aber da war nichts mehr zu machen. Nach dem, was Rolfe gesagt hat, war er gerade erst getötet worden. Was mir einleuchtet, weil ich den Schuss selbst gehört habe.«

»Verstehe«, sagte Trubshawe nachdenklich. »Gut, auf unserer Rückfahrt hat mir Mr Duckworth seine Version erzählt, wie Sie beide den Leichnam gefunden haben. Wenn es Ihnen nichts ausmacht, Colonel, möchte ich das Ihnen jetzt noch einmal erzählen, um sicher zu sein, dass es da keine Abweichungen gibt.«

»Ja, sicher. Schießen Sie los.«

»Also, wie ich von Mr Duckworth gehört habe, haben Sie sich gerade ein Bad eingelassen, als Sie den Schuss hörten.«

»Einen Schuss und dann einen Schrei. Einen Schrei, Chefinspektor, der mir wirklich bis ins Mark ging, und mit Schreien kenne ich mich aus.«

»Einen Schuss und einen Schrei, von dem Sie sofort wussten, dass er aus der Dachkammer kam. Ist das richtig?«

»Ja, ich hörte beide direkt über mir. Da wusste ich, dass sie nicht aus den Unterkünften der Dienerschaft kommen konnten, verstehen Sie, weil die Diener alle in benachbarten Zimmern auf dem gegenüberliegenden Flügel schlafen. Die Dachkammer ist der einzige Raum im Haus, der direkt über unserem Schlafzimmer liegt.«

»Also sind Sie sofort aus dem Schlafzimmer ge-
stürmt ...«

»Nun, nicht sofort. Ich musste mir erst ein paar mehr
Sachen anziehen, als ich in dem Moment anhatte.«

»Nachdem Sie ein paar Sachen übergestreift hatten,
sind Sie aus dem Schlafzimmer auf die Galerie gestürzt,
dann diese Stufen hoch, die wir gerade hochgekommen
sind, und ...«

»Wenn ich noch einmal unterbrechen darf, Chefinspektor?«

»Ja, Colonel?«

»Damit wir in allen Punkten dasselbe sagen, denke
ich, Sie sollten wissen, dass ich gerade anfing, die Treppe
hochzusteigen, als ich mit Don zusammenstieß, dessen
Schlafzimmer am nächsten an der Treppe liegt.«

»Genau. Das stimmt exakt mit dem überein, was
Mr Duckworth mir erzählt hat. Dann haben Sie, wenn
ich mich recht erinnere, beide Blut unter der Tür hin-
durchsickern gesehen und entschieden, dass Sie sofort
die Tür aufbrechen mussten?«

»So ist es«, sagte Don. »Bei den ersten, weiß nicht, drei
oder vier Versuchen, als wir uns mit den Schultern gegen die Tür warfen, hat sie sich kaum bewegt. Aber Sie
sehen ja selbst, dass das Holz wirklich alt und morsch
ist, einige Stellen sind sogar durchgefault – hier, sehen
Sie mal, wenn Sie da mit dem Finger kratzen, bröckelt
es einfach so weg –, also jedenfalls haben wir es schließlich geschafft, sie aufzukriegen. Aber auch dann konnten
wir uns nur in den Raum hineinzwängen, indem wir über
Gentrys Leiche stiegen.«

Während Don die Geschichte des Colonels ergänzte

und bestätigte, beugte sich der Chefinspektor nach vorn, um die Tür genauer zu untersuchen. Dann richtete er sich wieder auf und sagte:

»Ich sehe obendrein, dass die Tür von innen verschlossen ist und der Schlüssel immer noch im Schloss steckt. Ist das auch so, wie Sie es vorgefunden haben?«

»Genau so!«, antwortete der Colonel. »Das ist das verdammt Merkwürdige an dieser Geschichte. Fenster verriegelt, Tür von innen abgeschlossen, Schlüssel steckt immer noch im Schloss! Von so einer Sache habe ich noch nie was gehört, wie der Schotte über die Kreuzigung sagte.«

»Und die Dachkammer war leer, als Sie sie betraten?«

»Vollkommen leer – abgesehen natürlich von Gentry hier. Ich will verflucht sein, wenn ich wüsste, wie er es gemacht hat – der Mörder, meine ich –, und ich nehme mal an, dass es ein Er ist. Ich habe unten schon vor ein paar Stunden gesagt, das ist die Art von Mord, die man eigentlich nur aus Büchern kennt. Der Witz ist der, dass unter unseren Gästen Evadne Mount ist. Die Krimiautorin, wissen Sie.«

»Ja«, sagte Trubshawe, »Mr Duckworth hat mir schon erzählt, dass sie hier ist. Ich war sehr beeindruckt.«

»Dann sind Sie ein Fan ihrer Bücher?«, fragte der Colonel.

»Nun, ich weiß nicht«, antwortete Trubshawe ausweichend, »ob ich mich einen Fan nennen würde. Sie selbst war nie dafür bekannt, ein Fan von Scotland Yard zu sein. Inspector Plodder – das wäre der Spitzname, den Sie mir aufhalsen würde, wenn ich das Pech hätte, in einem ihrer Bücher aufzutauchen. Ich wäre der Trottel, der sich anstrengen und die ganze Kleinarbeit leisten würde. Dann kommt so ein Schlauberger von Amateurdetektiv und …«

Eine Stentorstimme ertönte hinter ihm.

»Wenn Sie von *meinem* Amateurdetektiv sprechen, dann bleiben Sie wenigstens bei den Geschlechtern korrekt, Chefinspektor. Schlaubergerin, bitte, nicht Schlauberger.«

Auf der Schwelle stand, eingewickelt in ihren Morgenrock, der Inbegriff einer jener verrückten und unzähmbaren Damen aus den Home Counties, die so unverzichtbar zum Inventar der sanften und gewellten englischen Landschaft gehören wie Beduinenfrauen zur ebenso sanften und gewellten Wüste Sahara: Evadne Mount.

»Schlaubergerin?«, wiederholte der Chefinspektor, im Moment zu verblüfft, um den harschen Rüffel zu erteilen, den sie seiner Ansicht nach zweifellos dafür verdient hätte, ihm ohne seine Erlaubnis in die Dachkammer gefolgt zu sein.

»Wenn Sie, wie Sie vorzugeben scheinen, meine Bücher gelesen hätten«, sagte sie und stieß mit einem dicklichen Zeigefinger in seine Richtung, »und ganz egal, ob Sie sich zu meinen Fans rechnen oder nicht, sollten Sie wirklich den Namen meines Detektivs kennen.«

»Und der wäre?«

»Baddeley. Alexis Baddeley.«

»Ah ja, natürlich!«, rief Trubshawe. »Jetzt erinnere ich mich wieder an alles. Alexis Baddeley. Alleinstehende Dame – überragender Intellekt – in einem gewissen Alter, wie man so sagt. Wenn ich mich recht erinnere, war sie es, die in Faber oder Faber den Brudermord bei den eineiigen Zwillingen aufgeklärt hat?«

»Sie erinnern sich richtig. Es ist schon komisch. Ich hatte schon immer mal etwas mit dieser abgenutzten Konstellation mit eineiigen Zwillingen machen wollen. Als ich mich schließlich daranmachte, entschied ich mich getreu meinem Markenzeichen dafür, den Grundeinfall so weit wie gerade noch möglich zu strapazieren.«

»Verstehen Sie«, schwatzte sie weiter und bezog nun Don und den Colonel in ihre Ausführungen ein, »die beiden Hauptpersonen des Romans sind eineiige Zwillinge, die Brüder Faber – Kenneth und George. Sie sehen nicht nur gleich aus, sie kleiden sich auch gleich. Sie verständigen sich sogar in einer seltsam codierten Sprache, die außer ihnen keiner versteht, und spielen ihren Nachbarn, die selbstverständlich nicht in der Lage sind, sie auseinanderzuhalten, einen Streich nach dem anderen.«

»Aber ich ...«

»Das Merkwürdigste ist«, fuhr die Autorin fort und schenkte Trubshawes Versuch, sie zu unterbrechen, keinerlei Aufmerksamkeit, »dass sie sich auch untereinander ständig streiten – der Leser erfährt bald, dass sie sich insgeheim gegenseitig verachten –, und als einer von beiden ermordet wird, ist es ziemlich klar, dass der andere es getan haben muss. Da aber der Überlebende von den beiden über seine Identität beharrlich schweigt, ist die Frage, der sich Alexis Baddeley gegenübersieht: Wer ist wer? Sie muss ihren ganzen herausragenden Intellekt bemühen, wie Sie es so freundlich ausgedrückt haben, Chefinspektor, um herauszufinden, ob Kenneth George ermordet hat oder George Kenneth.«

»Und wer war es?«, fragte Trubshawe, dem buchstäblich der Kopf schwirrte.

»Sie haben gesagt, dass Sie das Buch gelesen haben«, konterte Evadne Mount trocken. »Sie werden es mir erzählen.«

Er starrte sie beinahe grob an, bis er sich daran erinnerte, dass jetzt nicht die Zeit für literarische Reminiszenzen war.

»Miss Mount, wir sind einander noch nicht vorgestellt worden, also nehme ich das selbst in die Hand. Mein Name ist Trubshawe, Chefinspektor Trubshawe. Oder ich sollte vielleicht sagen, Ex-Chefinspektor Trubshawe.«

»Erfreut, Sie kennenzulernen«, antwortete die Autorin.

»Ganz meinerseits. In der Tat fühle ich mich geehrt. Dennoch muss ich darauf bestehen, dass Sie sofort wieder nach unten gehen zu den anderen Gästen. Dies ist kein Ort für eine Lady.«

Evadne Mount warf einen leidenschaftslosen Blick auf die Gestalt von Raymond Gentry am Boden.

»Papperlapapp. Ich kann nicht für meine Geschlechtsgenossinnen sprechen, aber ich selber bin sehr wohl in der Lage, einen toten Körper zu sehen, ohne in Ohnmacht zu fallen wie irgend so ein dummes Huhn. Und für mich als Autorin von Kriminalromanen könnte es lehrreich sein, den korrekten – wie nennt Scotland Yard das? Prozess? –, nein, das korrekte Vorgehen bei der Aufklärung zu verfolgen, oder?

Und außerdem, wie Roger gerade bemerkte, ist dies die Art von Verbrechen, von der man glaubt, es gebe sie nur in Büchern, und es ist, nebenher bemerkt, eine meiner Theorien, dass es auch im richtigen Leben rätselhafte Mordfälle gibt, die wir Schriftsteller eher aufklären können als ihr Polizisten. Natürlich erwarte ich von Ihnen nicht, dass Sie diese Ansicht teilen, aber sicher stimmen Sie zu, wenn ich sage: Je mehr, desto besser.«

»Je mehr, desto besser, sagen Sie?«, sagte der Chefinspektor nachdenklich. »Finden Sie nicht, dass das ein etwas unglücklicher Satz ist, wenn man ein paar Schritte von einer Leiche entfernt steht? Und da wir bei dem Thema sind, Colonel, muss ich Ihnen Folgendes sagen: Einerseits habe ich sehr wohl den Schrecken und die Angst gespürt, die jede Gruppe ehrbarer Bürger erfährt, wenn sie entdeckt, dass mitten unter ihnen ein brutaler Mord begangen wurde. Auf der anderen Seite ist es mir nicht entgangen, dass niemand von Ihnen vom Kummer über den Tod des jungen Mannes überwältigt worden ist.«

Auf Trubshawes Bemerkung hin wusste der Colonel zunächst nichts Rechtes zu antworten.

»Nun ...«, murmelte er. »Es ist ... es ist einfach ... Geradeheraus, ich weiß nicht, was ich dazu sagen soll.«

»Schließlich war der arme Kerl Ihr Gast.«

»Das ist es ja gerade. Er war es nicht.«

»Er war es nicht?«

»Ich fürchte, nein«, sagte der Colonel.

»Und was hatte er dann hier zu suchen?«

»Die Wahrheit ist die, Trubshawe: Ich bin Raymond Gentry nie zuvor in meinem Leben begegnet. Nicht, bis er am Heiligabend hier auftauchte. Er kam zusammen mit meiner Tochter Selina – und mit unserem Freund Don hier. Er war Selinas Gast, nicht meiner oder der von meiner Frau. Das war eine dieser Änderungen des Ablaufs in allerletzter Minute, die junge Leute so attraktiv finden, vermutlich weil sie sich dadurch besonders bohemienhaft und freigeistig vorkommen.

Ich bete meine Tochter an, wissen Sie, aber sie ist wie alle in ihrem Alter heute. Sie meint es nicht böse, aber sie denkt auch nicht daran, wie unpassend der eine oder andere ihrer ›amüsanten‹ spontanen Einfälle für die anderen sein kann. Als ich so alt war wie sie, wäre ich nie auf den Gedanken gekommen, meiner Familie zu Weihnachten einen Wildfremden aufzudrängen, irgendeinen jungen Mann, der nicht eingeladen worden war und den überhaupt keiner von uns je gesehen hatte.

Aber was will man machen, das ist die junge Generation. Der Chelsea-Set und so weiter. Sie tun, was ihnen passt, nicht wahr, und stecken dabei genauso in ihren eingefahrenen Gleisen wie wir in unseren. Und wenn Sie auch nur eine Andeutung machen, dass es vielleicht besser gewesen wäre, wenn sie erst mal gefragt hätten, dann sind Sie gleich als engstirniger Pedant abgeschrieben.«

»Sie hat Sie nicht vorgewarnt?«

»Nicht im Geringsten.«

»Und dieser Raymond Gentry, hat der sich nicht unwohl gefühlt, als er sich unter lauter Leuten wiederfand, die ihre Abneigung gegen seine Anwesenheit nicht verhehlen konnten oder wollten?«

Der Colonel schnaufte laut.

»Gentry? Ha! Ich will Ihnen was sagen, Trubshawe, ich wäre nicht im Geringsten überrascht, wenn ich erführe, dass die ganze Idee hierherzukommen ursprünglich von Gentry selbst stammte.«

»Aha. Ich merke, Sie haben – Sie hatten – für den jungen Mann nicht sehr viel übrig?«

»Nicht sehr viel übrig?«, sprudelte der Colonel hervor. »Gentry war der fieseste Kerl, den ich je kennenzulernen das Pech hatte. Wissen Sie, womit er sich seinen sogenannten Lebensunterhalt verdiente? Er war, jetzt raten Sie mal, professioneller Klatschkolumnist für dieses widerliche Schmierenblatt *The Trombone*. Also, tiefer kann man nicht sinken!

Ja, sicher, ich sehe natürlich, der Mann liegt tot zu unseren Füßen, aber es gab Zeiten, da war ich fast entschlossen, ihn mit der Peitsche aus dem Haus zu jagen und ihn die ganze Auffahrt hinunterzuschleifen. Und wenn man's bedenkt: Hätte ich das wirklich in die Tat umgesetzt, wäre der junge Klugscheißer heute noch am Leben!«

»Und warum haben Sie's dann nicht getan?«, fragte Trubshawe ruhig.

»Warum habe ich was nicht getan?«

»Ihn mit der Peitsche weggejagt? Ihn die Auffahrt hinuntergeschleift?«

»Kurz gesagt, wegen Selina. Wie ich schon sagte, sie war es, die ihn eingeladen hat, und sie schien an dem schrecklichen Kerl einen Narren gefressen zu haben. Fragen Sie mich nicht, warum. Selina ist immer irgendwie schwierig gewesen, und in letzter Zeit besonders, aber sie ist unser einziges Kind, und Mary und ich verwöhnen sie. Also habe ich mich entschlossen, in den sauren Apfel zu beißen – habe *versucht,* in den sauren Apfel zu beißen. Habe lieber in die Kugel gebissen, als sie abzufeuern, hahaha!

Das war übrigens meine Art, Chefinspektor, für den Fall, dass Sie's nicht verstanden haben, Ihnen zu sagen, dass ich Raymond Gentry nicht getötet habe, auch wenn ich in den letzten vierundzwanzig Stunden sehr versucht war, das zu tun.«

Zu dieser Unschuldsbeteuerung gab sein Gesprächspartner, dessen listige alte Augen schon den Raum in Augenschein nahmen, keinen Kommentar ab.

»Ich nehme an«, sagte er stattdessen, »es ist zwecklos,
Sie zu fragen, ob irgendwo eine Mordwaffe herumlag?«

»Keiner von uns beiden hat eine gesehen, nein.«

Trubshawe ging zum Tisch hinüber, zog gleichzeitig an
den beiden Schubladen – an einer davon musste er kräftig
ruckeln, bevor sie sich bequemte, sich knarrend zu öffnen – und fand beide leer.

»Seltsam ...«, murmelte er.

»Was?«

»Ach, nur dass – wenn der Mörder gewollt hätte, dass
Gentrys Tod wie ein Selbstmord aussieht, hätte er nur den
Revolver in Gentrys Hand zurücklassen müssen. Angesichts der höllischen Mühe, die er sich mit der verschlossenen Tür, dem verriegelten Fenster und allem gegeben
hat, wäre das sicher ein guter Trick gewesen, uns von der
wahren Natur des Verbrechens abzulenken. Aber indem
er die Waffe entfernt hat, hat er – oder, klar, es kann auch
eine Sie sein – uns wirklich darauf gebracht, dass es Mord
war.«

Er ging zum Fenster hinüber und fuhr mit einem Finger
quer über den schäbigen Holzrahmen. Dann versuchte
er, mit seinen kräftigen Händen die beiden Eisenstreben
auseinanderzudrücken. Beide rührten sich kaum.

Er rieb seine staubbedeckten Handflächen aneinander
und wandte sich wieder an den Colonel.

»Die Diener kommen als Verdächtige nicht infrage,
oder?«

»Um Gottes willen, nein. Sie sind alle seit Jahren bei

uns – oder im Fall der Hausmädchen seit Monaten, denn mehr kann man in unseren Zeiten kaum erwarten.«

Er überlegte einen Augenblick.

»Natürlich gibt's noch Tomelty.«

»Tomelty?«

»Er ist mein Chauffeur-Gärtner-Mädchen-für-alles. Ire. Für meinen Geschmack ein bisschen zu irisch. Glaubt von sich selbst, dass er ein ganz gefährlicher Kerl sei, dieser Tomelty. Aber um ehrlich zu sein, gefährlich ist er bloß für die Mädchen im Dorf. Mary und ich nehmen an, dass er schon zweimal dafür gesorgt hat, dass im Dorf was Kleines unterwegs war, aber keiner hat das beweisen können – beide Mütter haben dichtgehalten –, und ich bin nicht der Typ von Arbeitgeber, der einen Mann nur aufgrund von Gerüchten und Klatsch entlässt. Vor allem weil er, irische Dreistigkeit hin oder her, in seinem Job verd… gut ist. Ein Mörder ist er bestimmt nicht.«

»Und Farrar?«, fragte Trubshawe dann. »Verzeihen Sie meine Direktheit, Mr Farrar, aber das ist eine Frage, die ich Ihrem Arbeitgeber ohnehin irgendwann stellen muss, also kann ich es ebenso gut jetzt gleich tun.«

Der Colonel schüttelte heftig den Kopf.

»Darüber brauchen Sie gar nicht erst nachzudenken. Farrar ist bei mir seit – seit – wie lange? Drei Jahre? Vier?«

»Vier, Sir.«

»Ja, er verwaltet das Anwesen seit vier Jahren, und es hat niemals auch nur den Anflug einer Inkorrektheit gegeben. So oder so, Trubshawe, wenn es Ihnen nichts ausmacht, ich halte alle Fragerei in diese Richtung für absurd. Von meinen Angestellten hatte keiner irgendein Motiv, Raymond Gentry zu ermorden. Sie haben ihn kaum kennengelernt, geschweige denn gekannt.«

»Muss ich also annehmen«, sagte der Polizist und strich sich über den Schnurrbart, »dass Sie Miss Mounts Ansicht teilen, dass der Mörder ein Mitglied der Hausgäste sein muss?«

»Wer hat Ihnen erzählt, dass ich so etwas gesagt habe?«, meldete sich Evadne Mount zu Wort.

»Nun, ich glaube, das war Mr Duckworth. Ja, richtig, er war es. Er hat es mir erzählt, als Dr. Rolfe uns hierhergefahren hat.«

Dons Gesicht legte sich vor Verlegenheit in Falten.

»Entschuldigen Sie«, sagte er zu der Schriftstellerin. »Ich habe dem Chefinspektor alles erzählt, was ich im Salon gehört habe. Ich dachte, er sollte es wissen.«

»Junger Mann, Sie müssen sich für gar nichts entschuldigen«, antwortete sie freundlich. »Ich möchte nur im Auge behalten, wer was zu wem gesagt hat.«

Womit sie leicht fröstelnd ihren Morgenrock enger schnürte, in den Raum eintrat und anfing, flüchtig die wenigen erbärmlichen Möbelstücke darin zu inspizieren.

Einen kurzen Augenblick lang beobachtete Trubshawe sie dabei aus den Augenwinkeln, bevor er den Colonel fragte:

»Haben Sie zufällig« – er deutete nach unten auf den Leichnam von Raymond Gentry – »einen Blick in die Taschen seines Bademantels geworfen?«

»Ganz bestimmt nicht. Ich habe Ihnen schon gesagt, wir haben nichts angerührt, Chefinspektor.«

Ohne weitere Umstände bückte sich Trubshawe und

schob seine Hand zuerst in die linke, dann in die rechte Tasche von Gentrys blutbeflecktem Bademantel.

Aus der linken Tasche kam eine leere Hand hervor. Aus der rechten aber zog er ein zusammengeknülltes Blatt Papier. Er richtete sich wieder auf und faltete es ungeduldig auseinander, ohne zu irgendjemandem ein Wort zu sagen.

Auf einer Seite waren, wie ein flüchtiger Blick verriet, vier oder fünf Zeilen mit der Maschine geschrieben, überwiegend Reihen von Großbuchstaben. Ein paar Sekunden lang sah er sie sich genau an.

»Nichts, was wichtig wäre für den Fall, nehme ich an?«, fragte der Colonel, der vergeblich versuchte, auf den Text zu schielen.

»Ganz im Gegenteil«, sagte Trubshawe. »Sehr wichtig für den Fall. Ein bedeutender Fund, wenn ich mich nicht ganz irre.«

Er faltete den Zettel und steckte ihn in seine Jackentasche.

»Sagen Sie, Colonel, haben alle Ihre Gäste Ihre Abneigung gegen Gentry geteilt?«

»Keiner von ihnen konnte diese miese kleine Zecke ausstehen. Warum fragen Sie?«

»Oh, ich habe meine Gründe«, antwortete der Chefinspektor in unverfänglichem Ton.

»Wissen Sie, Trubshawe ...«

Es war wieder Evadne Mount, die sich einschaltete.

»Ja?«

»Bedeutende Funde sind eine Sache«, bemerkte sie, »aber manchmal stellt sich heraus, dass sie weniger wichtig sind als belanglose Phänomene.«

»Belanglose Phänomene?«

Sie fuhr mit der Spitze ihres Zeigefingers über eine der Dielen der Dachkammer und hielt sie dann hoch, damit er sie mustern konnte.

»Was soll das?«, fragte er und starrte auf ihre Fingerspitze. »Ich kann nichts sehen.«

»Das ist das belanglose Phänomen«, sagte sie.

Drittes Kapitel

Unten im Salon sahen die Hausgäste der ffolkes' zerrupfter aus denn je. Fader Zigarettenrauch hing in der Luft, zwei der Frauen, Mary ffolkes und Cynthia Wattis, die Frau des Vikars, waren eingenickt, veraltete Modemagazine halb durchgeblättert auf ihrem Schoß, und selbst Chitty, der stolz darauf war, dass seine Arbeitgeber ihn nie anders als ungebeugt und aufrecht gesehen hatten, begann leicht zu erschlaffen.

Als jedoch der Colonel eintrat, gefolgt vom Chefinspektor und dem Rest der kleinen Kundschaftertruppe, riefen sich alle selbst zur Ordnung, wobei die Frauen hektisch ihre Haare richteten und die Männer die Gürtel ihrer Morgenröcke fester zuzogen, und warteten darauf, was der Mann von Scotland Yard zu sagen hatte.

Es war jedoch Roger ffolkes, der zuerst sprach. Er wandte sich an den Chefinspektor und fragte:

»Vielleicht sollte ich Ihnen meine Gäste vorstellen?«

»Sicher«, sagte Trubshawe. »Seien Sie mein Gast. Oder man muss wohl sagen, seien Sie mein Gastgeber, habe ich recht?«

»Oh, sehr hübsch, wirklich«, sagte der Colonel mit einem halbherzigen Lächeln. »Ich bin sicher, Sie werden die verschiedenen Stadien unseres Nichtangezogenseins entschuldigen. Wir sind alle ein bisschen überrascht worden, Sie verstehen.«

»Also, bitte ... In meinem Beruf, meine Damen, meine Herren, bin ich an so etwas gewöhnt. Ich erinnere mich, wie ich einmal einen Verbrecher verhaftet habe, während er in der Badewanne saß. Sie werden's nicht glauben, sogar als ich anfing, ihm seine Rechte vorzulesen – ›Sie sind nicht verpflichtet, etwas zu sagen, aber alles, was Sie sagen etc. etc.‹ –, blieb er weiter ruhig sitzen und seifte sich ein!

Und wissen Sie, was er geantwortet hat, der unverschämte Kerl, als ich protestierte? ›Nun, Sie wollen doch sicher, dass ich *clean* bin, wenn ich mit Ihnen komme, oder, Mr Trubshawe?‹«

Ein bisschen Gelächter folgte auf seine Witzelei. Da aber niemand wirklich zu scherzhaften Wortspielen aufgelegt war, ging der Colonel direkt zur Vorstellungsrunde über.

»Also, Trubshawe, Zigaretten liegen übrigens auf dem Tisch neben Ihnen, bedienen Sie sich.«

»Danke, aber ich bleibe lieber hierbei, wenn Sie erlauben«, antwortete der Chefinspektor und wedelte mit seiner noch immer nicht angezündeten Pfeife in der Luft.

»Wie Sie wollen«, sagte der Colonel. »Also gut. Auf dem Sofa beim Kamin, da drüben, das sind Clem Wattis, unser Vikar, und Cynthia, seine Frau. Neben Cynthia sitzt Cora Rutherford, die bekannte Schauspielerin, bei der ich sicher bin, dass sie nicht vorgestellt werden muss, wie man so sagt. Dann Madge Rolfe, die Frau von Dr. Rolfe, und Dr. Rolfe ist der Herr, der neben ihr steht.«

»Colonel«, unterbrach Trubshawe, »Rolfe und ich kennen uns schon. Sie vergessen, dass er es war, der mit dem jungen Duckworth zusammen zu meinem Cottage gefahren ist.«

»Ah, ja, ja, ja, natürlich. Dumm von mir. Schlimme Sache, das Alter. Also, wen habe ich noch nicht vorgestellt? Richtig, meine Frau Mary.«

»Angenehm, Mrs ffolkes.«

»Angenehm, Inspektor Trubshawe.«

»Stimmt und passt!«, sagte der Polizeibeamte, und beide lächelten, wie es sich gehört.

»Und dann natürlich Chitty, mein Butler.«

»Chitty.«

»Sir.«

»Was meine Tochter Selina angeht«, fuhr der Colonel fort, »fürchte ich ...«

»Ja?«

»Sie hat an Gentry wirklich sehr gehangen, also war seine Ermordung für sie ein furchtbarer Schock. Sie ist nach oben in ihr Zimmer gegangen, um zu schlafen. Wenn Sie natürlich darauf bestehen, dass sie dabei ist, kann ich jederzeit ...«

»Das wird im Augenblick nicht nötig sein. Später – wenn sie in der Lage ist, mir zu sagen, was sie weiß. Ich glaube auch, dass es besser sein wird, wenn Ihr Butler jetzt geht.«

Als er diese Worte hörte, nickte Chitty dem Polizisten respektvoll zu und sagte vielleicht auch etwas ebenso Respektvolles, nur dass er es, falls es so war, auf Butlerart so sehr *sotto voce* sagte, dass der Chefinspektor es kaum gehört haben konnte. Dann, ohne abzuwarten, dass der Colonel ihn ausdrücklich dazu aufforderte, verließ er den Raum.

Trubshawe sah ihm nach und wandte sich dann wieder den Anwesenden zu.

»Nun, meine Damen und Herren«, sagte er, »ich muss Ihnen nicht sagen, dass dies ein überaus schreckliches und mysteriöses Verbrechen ist, in das Sie da verwickelt sind. Ich habe buchstäblich meinen Ohren nicht getraut, als ich zuerst hörte, was geschehen war, aber da ich nun oben in der Dachkammer war und es mit eigenen Augen gesehen habe, muss ich es jetzt wohl glauben. Das heißt, der Mörder hat es verstanden, hereinzukommen, Raymond Gentry zu töten und dann das Zimmer wieder zu verlassen, ohne eine Tür oder ein Fenster geöffnet zu haben. Ich gestehe ohne Umschweife, dass ich sprachlos bin.

Ich muss Sie dennoch bitten, dass mir einer von Ihnen den Ablauf der Ereignisse erzählt, die zum Mord selbst geführt haben. Als wir mit dem Auto hierhergefahren sind, haben mir Mr Rolfe und Mr Duckworth zwar einen skizzenartigen Bericht gegeben, aber bei dem dauernden Anhalten und Anschieben, wieder Aussteigen und wieder rein – entschuldigen Sie, meine Herren, Sie verstehen sicher, was ich sagen will –, also, was ich jetzt brauche, ist eine zusammenhängendere Darstellung, eine mit einem Anfang, einem Mittelteil und einem Schluss, und zwar in dieser Reihenfolge. Würde sich irgendjemand von Ihnen«, fragte er und ließ seinen Blick über jeden Einzelnen schweifen, »freiwillig dazu bereit erklären?«

Einen Augenblick lang herrschte nervöses Schweigen, dann fing Mary ffolkes an:

»Also, ich denke mal, dass …«

»Ja, Mrs ffolkes?«

»Ich wollte Evie vorschlagen. Sie ist schließlich die Schriftstellerin Evadne Mount, verstehen Sie. Und es ist nun einmal ihre Arbeit, Geschichten zu erzählen – sogar ganz genau diese Art von Geschichten. Also habe ich gedacht ...«

»Mmh«, brummte Trubshawe, und seine Finger trommelten einen unruhigen Rhythmus auf den Kaminsims. »Ja-ah, ich denke, sie ist die naheliegendste Wahl.«

Dennoch konnte jeder sehen, dass er alles andere als begeistert war von der Aussicht, das Zepter seiner respekteinflößenden Rivalin in Sachen Kriminalität zu übergeben.

Auch Evadne Mount konnte das sehen. »Also hören Sie, Trubshawe«, sagte sie verdrießlich, »ich bin gern bereit, das zu übernehmen, aber wenn Sie meinen, ich eigne mich nicht dafür, dann müssen Sie es einfach nur sagen. Ich bin nicht so schnell beleidigt, wissen Sie«, setzte sie mit weniger Überzeugung hinzu.

»Aber Sie irren sich, Miss Mount«, antwortete er taktvoll, »ich wäre entzückt, wirklich entzückt, wenn Sie mir eine Zusammenfassung dessen geben würden, was hier gestern passiert ist. Alles, worum ich bitte – aber ich bin sicher, das muss ich eigentlich gar nicht –, ist, äh, bleiben Sie bei den Fakten. Bewahren Sie Ihre Phantasie für Ihre Krimis auf.«

»Also, das ist wirklich eine Bemerkung, die mich beleidigen könnte«, sagte die Autorin, »wenn ich dazu neigen würde. Aber weil Sie es sind, Trubshawe, und ich Sie gleich sympathisch gefunden habe, will ich mal so tun, als hätte ich sie nicht gehört. Also gut, ich würde mich glücklich schätzen, Ihnen einen Bericht über alles zu geben, was vor der Ermordung Gentrys passiert ist. Wann wollen Sie ihn haben?«

»Jetzt auf der Stelle.«

Trubshawe machte ein paar Schritte vom Kamin weg und deutete auf den Platz auf dem Sofa neben Reverend Wattis.

»Kann ich mich hier hinsetzen? Neben Sie?«

»Kein Problem«, sagte der Vikar und rutschte zur Seite, um der ausladenden Gestalt des Kriminalbeamten Platz zu machen.

»Gut«, sagte der Chefinspektor zu Evadne Mount, »wenn Sie dann anfangen wollen ...«

»Unsere Weihnachtsparty« (so fing sie an) »begann unter den vielversprechendsten Vorzeichen. Wir kamen am Heiligabend alle ziemlich zeitig hier an – ausgenommen natürlich Selina, Don und Raymond, die, wie Sie ja schon wissen, Chefinspektor, erst ein paar Stunden nach uns eintrafen. Die Rolfes und die Wattises wohnen im Ort, also sind sie aus dem Dorf herübergefahren, während Cora und ich, die seit Ewigkeiten engste Freunde und Nachbarinnen sind, zusammen aus London gekommen sind, mit dem 13.25 ab Paddington.

Nun sind Roger und Mary, das muss ich an dieser Stelle sagen, die perfekten Gastgeber. Wir fanden das Haus bestückt mit jeder der Jahreszeit angemessenen Delikatesse, von der Austernsuppe bis zum Truthahnbraten, vom saftigen Rosenkohl bis zur Krönung, einem gigantischen Weihnachtspudding, mit bestem französischem

Brandy getränkt. Naturgemäß waren unsere Zimmer zu dieser Jahreszeit ein bisschen kühl – wie so viele Häuser in dieser Gegend lässt sich auch ffolkes Manor praktisch nicht richtig heizen –, aber man hatte uns allen eine gute Stunde vor dem Schlafengehen Wärmpfannen zwischen die Laken gelegt. Was diesen Salon hier angeht, war er durch ein großes Kaminfeuer gewärmt und erleuchtet, das schon den ganzen Tag immer wieder aufgestockt worden war, als wir hier eintrafen – gerade zur rechten Zeit für ein Glas Glühwein oder aber, für diejenigen von uns, die ein etwas kräftigeres Stärkungsmittel brauchten, für einen Whisky-and-Polly.

Allerdings hatte sich das Wetter verschlechtert, und was am Anfang nach nicht viel mehr als ein paar zarten Schneeflocken aussah, war schon auf dem Weg, sich zu einem veritablen Schneesturm auszuwachsen – nur, Chefinspektor, dass nach meinem Geschmack so ein Sturm, so unangenehm er für einen armen Reisenden ist, die Gemütlichkeit einer lauschigen kleinen Zusammenkunft wie der unseren nur noch steigern kann. In dem Sinn, verstehen Sie, wie eine Eisblume auf einer Fensterscheibe für uns Briten denselben Zauber hat wie das Geräusch von prasselndem Regen auf dem Dach eines vom warmen Lampenlicht erleuchteten Schlafzimmers. Meinen Sie nicht auch, dass Frostwetter in Wahrheit dieses Gefühl der Sicherheit, des Komforts, des ›Drinnenseins‹ noch verstärkt, das für die Seele und den Erfolg eines altmodischen britischen Weihnachtsfests so unerlässlich ist?

Wie dem auch sei, ich sage immer, die beste Ergänzung für gutes Essen und guten Wein ist gute Gesellschaft, und das waren wir alle zusammen, das kann ich mit Sicherheit sagen. Oh, ich nehme an, dass ›die Jungen‹ uns ein bisschen verstaubt gefunden hätten, ein bisschen aus der Welt sozusagen. Aber da wir alle eingestandenermaßen komische Käuze und entschieden altmodisch sind, warum sollten wir einen Pfifferling darum geben, was sie von uns denken?

Nach dem Abendessen ließen sich die Dinge bestens an. Cora, die, wie Sie wissen müssen, ein wunderbarer *Raconteur* ist – oder müsste ich sagen, eine *Raconteuse*? –, hat mich mit einigen entsetzlich indiskreten Anekdoten über die Unaussprechliche ergötzt, wie sie sie so treffend nennt, Suzanne Moiré nämlich, mit der zusammen sie in Willie Maughams *Our Betters* gespielt hat. Der Colonel hat Clem Wattis seine neuesten Errungenschaften fürs Briefmarkenalbum gezeigt. Und die Rolfes haben Cynthia Wattis alles über die Kreuzfahrt zu den griechischen Inseln erzählt, die sie kürzlich gemacht haben. Mit anderen Worten, es war einer dieser Abende, die todlangweilig klingen, wenn hinterher über sie erzählt wird, die aber, während sie ablaufen, in Wahrheit mehr als angenehm sind.

Und da die ffolkes' von einem Rundfunkgerät nichts halten – Roger weigert sich in seiner exzentrischen englischen Manier, einen Apparat im Hause zu haben, weil so ein Gerät für ihn ein blödsinniger Firlefanz ist –, gab es auch keine ohrenbetäubenden Rhythmen irgendeiner Tanzband, die unsere belanglose Unterhaltung übertönt hätte. Stattdessen hat uns Mary, eine begabte Pianistin, mit einem Medley aus den Melodien erfreut, die jeder gern hat, auch wenn man es nicht immer zugeben mag: Rachmaninoffs Prélude; ein paar Stücke von Cyril Scott,

Danse nègre und *Lotus Land*, weil sie weiß, dass ich eine ungesunde Vorliebe für die etwas genießbareren Modernisten habe, ein Potpourri aus Walzern und schottischen Tänzen und zum Schluss *The Teddy Bears' Picnic*. Wir waren in einer sehr vergnügten Stimmung.

Gut, und gegen halb zehn, als wir uns gerade in ein paar Scharaden stürzen wollten – Roger und ich waren in die Bibliothek umgesiedelt, um uns Gedanken darüber zu machen, wie wir am besten König Kophetua und das Bettlermädchen darstellen konnten –, hörten wir ein Auto die Auffahrt hochkommen.

Es waren, wie erwartet, Selina und Don – zusammen mit Raymond Gentry, was allerdings alles andere als erwartet war. Don, das muss ich sagen – und ich bin sicher, er würde mir nicht widersprechen –, sah schon äußerst verstimmt darüber aus, dass sie zu dritt waren. Selina, und sie würde das sicher auch nicht abstreiten, wenn sie hier wäre, war gegenüber der offensichtlichen Tatsache von Dons Groll reichlich gleichgültig und blind. Und Raymond – nun ja, Raymond war Raymond.

Weil es eigentlich nichts Befriedigenderes gibt, als gerecht gegen jemanden zu sein, den man verabscheut – habe ich nicht recht? –, würde ich gern eine Menge guter Dinge über Raymond Gentry sagen können. Allein, ich kann's nicht.

Von dem Augenblick an, in dem er das Haus betrat, hat er jeden von uns sofort gereizt. Roger und Mary waren beide sichtlich darüber verärgert, dass er überhaupt da war, weil sie weder damit gerechnet hatten, in letzter Minute noch einen zusätzlichen Gast unterbringen zu müssen, noch damit, dass es ein ihnen völlig Fremder war. Aber gut, sie sind nun einmal Eltern, also wissen sie besser als alle anderen, wie unbekümmert junge Leute oft mit dem umgehen, was für uns zu den elementarsten Höflichkeitsregeln gehört. Aber selbst unter diesen Voraussetzungen war Raymond noch ein ganz besonderer Fall.

Ich erinnere mich, dass der Colonel ihn fragte, ob er sein Auto – einen Hispano-Suiza, wer hätte das gedacht! – nicht in der Garage neben den Wagen der Rolfes und der Wattis' parken könne, und er gähnte tatsächlich – ich meine, er gähnte wirklich, buchstäblich in Rogers Gesicht! – und sagte mit dieser schamlosen Unverfrorenheit, die uns alle später so anwidern sollte: ›Tut mir leid, alter Herr, das ist so ein Theater, nachts einen Wagen umzustellen. Morgen früh – wenn ich Lust habe.‹ Wenn ich Lust habe!

Wir haben alle gehört, wie er das sagte, und wir alle sahen zu, halb fasziniert und halb entsetzt, wie er sich träge im Sessel lümmelte. Obwohl sie in dem Moment nichts sagte, gab sich Selina, die es sicher schon bedauerte, ihn überhaupt eingeladen zu haben, keine Sekunde lang irgendeine Mühe, ihre Beschämung zu verbergen. Was Don angeht, war er schon so voller Abscheu, dass er durch nichts mehr überrascht werden konnte. Uns drängte sich geradezu der Eindruck auf, dass die Fahrt hierher im Hispano-Suiza schon in einer sehr angespannten Atmosphäre verlaufen war.

Wie soll man Raymond beschreiben? Nun, Trubshawe, jetzt, wo Sie ihn gesehen haben, wenn auch nur mit einem Bademantel und einem Pyjama bekleidet – und natürlich tot –, haben Sie vielleicht schon eine kleine Ahnung, warum keiner von uns geglaubt hat, was er uns von sich zu erzählen geruhte. Als Mary sich nach seiner Familie erkundigte, erwähnte er beiläufig – ganz bewusst beiläufig, meiner Meinung nach – die angeblichen ›Gentrys aus Berkshire‹. Dann, als man ihn nach seiner Ausbildung befragte, war er so dreist, uns davon in Kenntnis zu setzen, dass seine unverschämt teure Public School so exklusiv sei, dass er ihren Namen nicht nennen dürfe. Also, hören Sie! Eine Public School, deren Name nicht einmal publik gemacht werden darf! Und all das mit einem spöttischen Grinsen, bei dem man wirklich nicht wusste, ob er uns auf den Arm nehmen wollte oder nicht.

Wenn Sie mich fragen, glaube ich nicht, dass es in Berkshire irgendwelche Gentrys gibt. Um ehrlich zu sein, ich glaube überhaupt nicht, dass er Gentry heißt – oder hieß. ›Gentry‹ was soll das für ein Name sein? Das klingt beinahe, als ob es ihn so sehr danach verlangte, zur ›Gentry‹ zu gehören, wie er das genannt hätte, dass er glaubte, er könnte das einfach schaffen, indem er sich danach benannte.

Auf jeden Fall hatte er etwas an sich – eigentlich alles –, das uns auf die Nerven ging, und ich fühlte mit Selina ebenso mit wie mit Don, weil selbst ein Narr sehen konnte, dass Selina jetzt, wo sie ihn zum ersten Mal im Kreis derer beobachten konnte, die ihr am liebsten und am nächsten sind, erkannte, was für ein durch und durch mieser Kerl er war. Das ist so, wie wenn man ein Kleidungsstück in einem Laden anprobiert, wissen Sie, und es sieht phantastisch aus, und dann sieht man es zum ersten Mal in natürlichem Licht. Wir, ihre Familie und ihre Freunde, wir waren das natürliche Licht, und Selina, das wurde jedem von uns absolut klar, mochte das gar nicht mehr, was sie da sah.

Selbst ich, Chefinspektor, und ich bin berühmt für meine lebendigen und farbigen Charakterschilderungen, selbst ich wüsste nicht, wie ich das Abstoßende dieses Mannes am besten beschreiben sollte! Wenn ich sage, er sprach schleppend, dann trifft es das nur halb. Sein ganzer Körper war irgendwie knochenlos, wenn Sie verstehen, was ich meine. Wenn er ging, dann schlurfte er. Wenn er gestikulierte, dann mit schlaffen Händen. Wenn er sich hinsetzte, dann schien sein knochenloser Körper schlaff und schlabbernd über den Möbeln zu hängen.

Er hat den ganzen Tag getrunken – er zog ab und zu einen silbernen Flachmann aus seiner Hosentasche, gespielt heimlich, sodass es jeder offen sehen konnte –, und er schien immer gerade irgendeine Grobheit auf den Lippen zu haben, wie irgend so ein Itaker. Zum Beispiel hat er sich nie offen über Zugluft im Haus beklagt – und wie Mary als Erste zugeben wird, ist es ein zugiges Haus, obwohl das für uns, die wir es lieben, zu seinem Charme gehört –, aber er hat unentwegt über seine eigene *zauberhafte* Wohnung mit Hotelservice in Mayfair geredet, mit ihrer wohligen Ölheizung und der gegen Zugluft schützenden Isolierung. Und er hat auch nie gesagt, oder jedenfalls nicht in so deutlichen Worten, dass ihn unsere Gesellschaft zu Tode langweilte, aber er musste uns immer wieder daran erinnern, dass er den Abend natürlich in einer schicken ›Kneipe‹ im West End verbringen würde, wenn er in London geblieben wäre.

Sicher werden sich einige hier in der Runde daran erinnern, dass ich das Eröffnungskapitel von *Schlag zwölf* in genau so einer Kneipe angesiedelt habe – der Gelbe Kakadu heißt sie bei mir. Mein Opfer wird am Silvesterabend um Punkt Mitternacht von hinten erstochen, und keiner seiner Mitzecher hört ihn schreien, weil die Glocken läuten, die Knaller platzen, die Hupen blöken und alle zusammen ›Auld Lang Syne‹ singen. Mindestens zehn Minuten lang, nachdem der Mord schon begangen worden ist, wird sein toter Körper noch von der schwankenden, trunkenen, dicht an dicht stehenden Menge aufrecht gehalten, was dem Mörder gestattet, sich wegzustehlen aus – gut, ich sehe an euren Gesichtern, dass jetzt nicht die richtige Zeit ist, das noch weiter zu vertiefen.

Um es auf den Punkt zu bringen, Raymond war eine *Fälschung* – ganz einfach eine hoffnungslose Fälschung.

Er hatte die falschen Sachen an. Ein lachsfarbenes Seidentuch über einem gestreiften Pullover in scheußlichen Pastelltönen, ein Tuch, das meinetwegen gerade richtig für den Strand in Juan-les-Pins gewesen wäre, aber in einem englischen Landhaus im Dezember ausgesprochen fehl am Platz war. Und dann ein Paar silbergraue Oxfordhosen, die ganz lässig in schicke nilgrüne Gummistiefel gestopft waren. Wir könnten natürlich alle so ausgesucht nachlässig in unserer Kleidung sein – die meisten von uns haben bloß nicht die Zeit und die Geduld dafür.

Er war sonnengebräunt, sagte *er* jedenfalls, aber jeder konnte sehen, dass er in Wirklichkeit dunkelhäutig war – da steckte mehr als nur ein bisschen schwarzes Blut drin. Er sagte die ganze Zeit zu jedem von uns ›Dahling!‹, ganz ohne Unterschied, was nicht einmal Cora macht. Stellen Sie sich vor, ich sah zufällig, wie er eine Fliege verscheuchte, die sich auf dem Rand seines Cocktailglases niedergelassen hatte, und ich habe tatsächlich gehört, wie er ›Zisch ab, Dahling!‹ sagte. Zu einer Fliege! Aber bei ihm musste alles im Superlativ sein. Wenn er ohne Punkt und Komma über das feinste Dingsbums und das größte Weißnichtwas brabbelte, dann fühlte man sich wie besprüht von ausgespuckten Ausrufezeichen. Und er war der Typ Namedropper, der nicht bloß Namen fallenlässt, sondern, noch schlimmer, Kosenamen. Er redete nur von Binkie und Larry und Gertie und Viv – die halbe Zeit hörte sich das an wie Kindersprache.

Selbst wenn er jemandem zustimmte, knirschte es irgendwie, weil er gleich so übertrieb! Farrar trägt seinen eigenen kleinen Aschenbecher mit sich – eine bronzefarbene Miniurne mit einem Deckel, der sich öffnen und schließen lässt –, da ist er ja, da drüben, auf der Sofalehne. Nun, als Raymond ihn bewunderte und Farrar sagte, dass sein einziges Problem darin besteht, am Ende des Tages den Haufen Zigarettenkippen herauszuholen, schüttelte er sich tatsächlich und sagte: ›Oh, ich fühle so sehr mit Ihnen! Das muss so scheußlich sein!‹ Also, ich bitte Sie: scheußlich? Einen Haufen Kippen aus einem Aschenbecher entfernen? Man wusste nie, ob er es ernst meinte oder nicht.

Ach ja, und dann benutzte er immer dieses Wort. *Tiefgründig*. Tagores Gedichte waren *tiefgründig*. Spenglers Philosophie war *tiefgründig*. Eine *sole aux ortolans* im Eiffelturm war *tiefgründig*. Und, nebenher, wenn ich Eiffelturm sage, meine ich das Restaurant in London, nicht das Bauwerk in Paris, ein Fauxpas, der Mary unterlaufen ist und für den sie teuer bezahlt hat. Sie hat auch *The Rite of Spring* mit *The Rustle of Spring* verwechselt, ein Fehler, den jeder hätte machen können, aber sie musste dafür bluten! Oh, er war so durch und durch eine Fälschung! Er war keiner von uns, verstehen Sie. Ich kann es einfach nicht anders sagen.

Also, Trubshawe, ich überlasse es Ihnen, sich auszumalen, wie angespannt unsere Nerven schon lange vor dem Ende dieses Abends waren. Trotzdem sind sie erst am nächsten Tag, gestern, am ersten Weihnachtstag, langsam gerissen. Und weil es über Nacht so heftig geschneit hatte, konnte Roger Raymond nicht einfach vor die Tür setzen und ihm sagen, er solle direkt in seinem verfluchten Hispano-Suiza nach London zurückfahren, etwas, das er – Roger – liebend gern getan hätte, wie wir wussten, ohne Rücksicht auf Selinas Gefühle.

Zum Frühstück kam Raymond gar nicht erst herunter, was unverzeihlich unhöflich von ihm war, aber wenigstens Selina die Gelegenheit gab, nachträglich um Entschuldigung für sein Verhalten zu bitten. Wenn nicht Weihnachten gewesen wäre, hätte es vermutlich eine unerfreuliche Szene zwischen ihr und ihrem Vater gegeben. Aber im Geist des Festes entschied sich der Colonel, das Beste aus der unangenehmen Situation zu machen, und bat auch uns darum.

Als Raymond dann schließlich um Viertel vor elf aufkreuzte, immer noch unrasiert und immer noch im Morgenmantel, und sah, dass der Frühstückstisch abgeräumt worden war, ging er sofort hinunter in die Küche und bestand darauf, dass Mrs Varley – das ist die Köchin – ihm Eier und Speck machte. Das schlang er dann hinunter, den Teller auf den Knien und den Geruch im ganzen Salon verbreitend, während wir anderen versuchten, eine Partie Canasta zu spielen. Auch als er fertig war, redete er weiter munter drauflos und störte das Spiel, ohne sich zu entschuldigen – Sie glauben gar nicht, wie sehr wir abgelenkt wurden –, und rauchte dabei Kette, seine stinkenden, mauvefarbenen Zigaretten – ich glaube, sie heißen Sobranies –, und nahm ab und zu einen ekelhaft gurgelnden, gierigen Schluck aus seinem Flachmann.

Und dann, so ganz allmählich im Verlauf des Nachmittags, wurde seine gehässige Zunge wirklich giftig.

Beispiele? So leicht fällt mir jetzt keins ein, weil es so viele davon gab. Ach ja, warten Sie. Als Madge an der Verandatür stand und auf den Schnee hinaussah, der immer noch ums Haus herumwirbelte, und dann sagte, wie seltsam sie das berühre, weil sie erst vor ein paar Monaten noch in Griechenland im Meer geschwommen sei, sagte Raymond mit einer Miene, als könne er kein Wässerchen trüben, dass ihre Bemerkung ihn an die Kochkünste von Mrs Varley erinnere. Und als sie ihn fragte, warum, antwortete er, dass seine Eier mit Speck auch geschwommen hätten, und zwar im Fett!

Und dann kicher kicher. Und sicher, Ihnen mag das alles ziemlich drollig und erheiternd vorkommen, aber wenn Sie es genau bedenken, war es gemein gegen unsere Gastgeber und völlig überflüssig. Und man muss gar nicht erst sagen, dass es natürlich nicht stimmte. Aber verstehen Sie, er konnte einfach nicht widerstehen, wenn er die Chance bekam, auf anderer Leute Kosten Witze zu machen. Es machte ihm wirklich Spaß, ihre Gefühle zu verletzen. Denn er hatte, da bin ich ganz sicher, das, was Dr. Freud einen Minderwertigkeitskomplex nennt.

Er konnte nicht anders, er musste einfach jeden auf sein eigenes erbärmliches Niveau runterziehen.

Als Cynthia Wattis von Garbos Darstellungskunst in *Queen Christina* schwärmte, bei der sie wie ein Schlosshund geheult hatte, und Raymond höflich nach seiner Meinung fragte, tat er sie augenblicklich – aber ganz bestimmt nicht improvisiert – als ›Greta Grabbel‹ ab. Oh ja, das war vermutlich eine unheimlich witzige Bemerkung, aber sie vernichtete die arme Cynthia, und man hätte ihn wirklich ohrfeigen können.

Oder als Don von seiner ›Kreativität‹ als Maler zu sprechen begann – ich habe erfahren, dass er in der Semesterabschlussausstellung der Kunstschule einige dramatische Seestücke ausgestellt hat –, war alles, was Gentry dazu sagte, dass genauso wie einer, der zu oft vom Selbstmord spricht, ihn niemals begeht, es auch ein untrügliches Zeichen sei, dass man keine Kreativität habe, wenn man zu viel von ihr rede.

Nicht einmal Selina, die ja in gewisser Weise für ihn verantwortlich war, war vor seinen Gehässigkeiten geschützt. Weil sie wusste, wie sehr er die Musik verachtete, die ihre Mutter auf dem Klavier gespielt hatte, wagte sie den Vorschlag, selbst etwas Debussy zu spielen, weil er einerseits modern, andererseits aber auch überraschend melodisch ist.

›Das würde ich an deiner Stelle lieber lassen, Selina‹, sagte er gedehnt mit seiner kratzigsten Stimme. ›Debussy ist nicht so einfach, wie er klingt, weißt du, und dein Klavierspiel – ich weiß nicht, ob *spielen* das richtige Wort dafür ist. Vielleicht wäre es besser, wenn du iegendein‹ – er sagte wirklich ›iegendein‹ –, ›iegendein hübsches kleines Stück Debussy für Kinder spielen würdest. Wie Cyril Scott zum Beispiel.‹

Natürlich musste ich mich bei diesem Rufmord an meinem Lieblingskomponisten im Zaum halten, und ich sah, wie Don darauf brannte, Raymond einen Kinnhaken zu verpassen. Doch Selina, munter wie immer, war entschlossen, gute Miene zum bösen Spiel zu machen. ›Bitte, Ray‹, sagte sie, ›ich habe auf Roy und Deirdre Daimlers Fest zum Hochzeitstag *Clair de Lune* gespielt, und die Tigerkatze der Daimlers, Mrs Dalloway, die Musik prinzipiell hasst, und zwar so sehr, dass sie sich schon beim ersten Ton angewidert davonschleicht, saß auf meinem Schoß und hörte erst auf zu schnurren, als ich fertig war.‹

›Bist du nie auf den Gedanken gekommen, meine Süße‹, antwortete Raymond, ›dass sie vermutlich gar nicht gemerkt hat, dass das Musik sein sollte?‹

Abends war es noch viel schlimmer geworden. Er hatte den ganzen Tag recht stetig getrunken, und weil er sich seine eigenen Cocktails mixte – er nannte sie Spanners oder Screwdrivers oder mit ähnlichen albernen Namen – und keinen davon irgendjemand anderem anbot, war es schwierig einzuschätzen, wie viele davon er runtergekippt hatte. Aber eine ganz neue Stufe der Bösartigkeit verwandelte sein Gesicht nach und nach in eine Maske aus Ranküne und Teufelei. Man konnte sehen, dass er nur darauf wartete, von unserem angeblichen Philistertum brüskiert zu werden.

Das Ergebnis war, dass wir es nicht wagten, über die neuesten Bücher und Theaterstücke zu sprechen. Wir hatten Angst davor, von ihm niedergemacht zu werden, Angst, gesagt zu bekommen, dass die Leute, die wir mochten, hoffnungslos *vieux jeu* waren, wie er es nennen würde, Angst, lächerlich zu erscheinen, weil wir glaubten, dass Charles Morgans *The Fountain* und Sutton Vanes *Outward Bound* unvergängliche Meisterwerke waren. *Selbstverständlich* war Proust das Nonplusultra. *Selbstverständlich* war Pirandello tiefgründig. Man musste Ausländer sein, um von Raymond Gentry bewundert zu werden. Es sei denn, man war eine geborene Sitwell!

Also, wie ich schon sagte, wir hatten einfach zu viel Angst, um das übliche schwatzhafte Geplauder während des Abendessens zu veranstalten, auf das wir uns eigentlich gefreut hatten – und das war unser großer Fehler. Denn das öffnete die Schleusentore für Gentry selbst, verstehen Sie. Zu diesem Zeitpunkt sahen wir erst, wie böse – und ich bin mir der Schwere des Wortes bewusst, Trubshawe –, wie böse er wirklich sein konnte.

Ich erinnere mich, dass es mit Cora anfing, bei der man sicher sein kann, wie ich selber nur zu gut weiß, dass sie ebenso gut austeilt, wie sie einstecken kann. Sie erzählte uns mit dem Elan, für den ihr Name längst ein Inbegriff geworden ist, von ihrer Hauptrolle in Michael Arlens *The Green Hat*, einem ihrer größten Erfolge in den Zwanzigern. Wir waren in sehr ausgelassener Stimmung und haben viel gelacht, während sie ihren unerschöpflichen Vorrat an Anekdoten auspackte, als Gentry, der überhaupt nicht zuzuhören schien, plötzlich die Meinung äußerte, an *The Green Hat* könne man sich nur erinnern, ›weil er vergessen worden sei‹, wie er es ausdrückte, und dass Michael Arlen ›auf ewig passé sei, mehr ein alter Hut als ein grüner Hut, ein richtiger War-mal-wer!‹.

Oh, Cora gab es ihm ordentlich! Sie sagte etwas extrem

Witziges, etwas, das ihm wirklich sofort den Wind aus den Segeln nahm. Sie sagte – sieh mir bitte nach, Cora, wenn ich nicht ganz deinen perfekten Ton treffe, sie sagte: ›*Ein War-mal-wer!?*‹, und ich konnte zusehen, wie sie sich innerlich für eine jener ausufernden und lautstarken Kontroversen rüstete, bei denen Theaterleute so aufblühen. ›Hören Sie, Sie mieser kleiner Zwerg‹, fauchte sie ihn an. ›Ein War-mal-wer bedeutet wenigstens was! Sie – Sie dagegen waren nie was, sind nichts und werden nie was sein!‹

Raymond war schlichtweg nicht gewohnt, dass man ihm Kontra gab, und sein Gesicht sprach Bände. Ich denke, jeder im Raum, vielleicht sogar Selina, brach insgeheim bei dieser wohlverdienten Strafe in Jubel aus.

Nur stellte sich unser Frohlocken unglückseligerweise als ein bisschen vorschnell heraus. Seine Augen wurden zu engen Schlitzen vor lauter Bosheit, er wandte sich sofort Cora zu, und er sagte – er sagte – also, Sie müssen verstehen, Trubshawe, schließlich ist Cora eine alte Freundin von mir und – und Sie können wirklich nicht verlangen, dass ich wiederhole, was er sagte. Sie brauchen nur zu wissen, dass er Anspielungen machte auf bestimmte – auf gewisse niederträchtige Gerüchte, die ihr Privatleben betreffen, Gerüchte, die nie etwas anderes waren als Gerüchte, versteht sich, nur dass Gentry, der ja sein Geld als Klatschtante verdiente, überraschend gut darüber informiert war, wie sie erreicht hat – nein, ich kann diese Sache wirklich nicht weiter ausbreiten.

Ich war jedoch entschlossen, meine Freundin nicht einfach ihrem Schicksal zu überlassen, und forderte Gentry reichlich entschieden auf, sich dafür zu entschuldigen, dass er ihren Charakter so ohne jeden Grund verleumdet hatte. Und zu meiner großen Überraschung tat er das. Er entschuldigte sich tatsächlich auf der Stelle, ohne Zweifel deshalb, weil er merkte, wie unglücklich Selina über sein Verhalten war. Dann war er eine gute Stunde lang, während der meisten Zeit des Abendessens, zwar so griesgrämig wie immer, aber wenigstens benahm er sich, mehr oder weniger.

Aber während wir alle unseren Weihnachtspudding verdrückten, leitete er seine Rache ein – und wenn man bedenkt, wie sehr Cora ihn blamiert hatte, denke ich, dass Rache das richtige Wort ist. Er konnte keinem von uns verzeihen, dass wir das miterlebt hatten.

Sein erstes Opfer war Clem Wattis, unser Vikar. Er hatte uns mit seinen Theorien über die weitreichenden Konsequenzen des Versailler Vertrags in den Bann gezogen, als Raymond seine Hand zu einem künstlichen Gähnen flüchtig vor die Lippen führte und dann quer über den Tisch nörgelte: ›Mein guter Vikar, ich fürchte, Ihr Weltkrieg könnte so langsam zum Weltlangweiler werden!‹

Clem ist jemand, der, wie es seinem Beruf geziemt, praktisch unfähig ist, die Geduld zu verlieren. Tatsächlich ist er nach dem, was Cynthia erzählt, so zerstreut, dass seine Geduld ungefähr das Einzige ist, was er nie verliert. Also denke ich, dass er mehr bekümmert als verärgert war, als er Gentry zur Antwort gab: ›Ich nehme an, junger Mann, Sie halten sich für überaus klug.‹

›Aber überhaupt nicht‹, kam die Antwort, kühl und gelassen. ›Es sieht nur so aus, als ob ich klug wäre, weil ich mit *Ihnen* spreche. Da würde beinahe jeder klug aussehen.‹

Jetzt war selbst der Langmut des Vikars am Ende.

›Haben Sie eigentlich vergessen, Sie unverschämter junger Schnösel‹, bellte er, ›dass wir in erster Linie Krieg geführt haben, um die Welt für Leute wie Sie sicherer zu machen? Und das ist der Dank, den wir erhalten!‹

Darauf begann Gentry – nun, wie soll ich das sagen? – er – er fing an, Verleumdungen auszustreuen über – über das wahre Ausmaß und die Qualität des Kriegseinsatzes unseres Vikars.

Zu diesem Zeitpunkt war schon deutlich geworden, dass keiner von uns sich gegen diese Flut von Gift und Galle stemmen konnte. Irgendwie hatte er Wind bekommen von den elenden kleinen Geheimnissen im Leben von jedem von uns – jedes Leben, auch das nach außen hin makelloseste, birgt ja seine Geheimnisse, wie Ihnen bekannt ist, Trubshawe, denn es gibt das öffentliche Leben und das private, und dann gibt es noch das geheime Leben – und der Reihe nach bekam jeder von uns zu spüren, was ich nur die Peitsche seiner Bosheit nennen kann.

Und so ist es gekommen, dass dank eines einzigen unpassenden Gastes unsere fröhliche kleine Weihnachtsgesellschaft nichts weniger wurde als ein lebendiger Albtraum.

Sie entschuldigen mich gewiss, wenn es mir widerstrebt, tiefer ins Detail zu gehen bei den schmerzlichen Dingen, die wir alle übereinander hören mussten. Alles, was ich noch sagen kann, ist dies: Als wir an jenem Abend zu Bett gingen, gab es keinen unter uns, der nicht seine Freude daran gehabt hätte, wenn Raymond Gentry auf der Stelle von einem Donnerkeil getroffen worden wäre.

Oder, in diesem Fall« (schloss sie ihren Bericht), »von einer Kugel.«

Viertes Kapitel

H m, jetzt habe ich ein Bild ...«
Nachdem er die Informationen ganz und gar ver-
arbeitet hatte, die ihm eben geliefert worden waren, gra-
tulierte der Chefinspektor der Schriftstellerin.

»Vielen Dank, Miss Mount. Sehr prägnant geschrieben,
falls ich mal so sagen darf. Wie die meisten meiner Kollegen bin ich kein Fan von Kriminalromanen. Sie sind meiner Meinung nach zu larifari und zeigen zu wenig von
der Schinderei und der mühsamen Kleinarbeit, die nötig
ist, um den typischen Mörder zu fassen. Aber Sie wissen
wirklich, wie man eine komplizierte Sachlage aufs We-
sentliche eindampft.«

»Oh, ich danke Ihnen, Chefinspektor«, sagte die strah-
lende Autorin, »das ist wirklich sehr großmütig von Ihnen. Großmütiger, fürchte ich, als ich in meinen Krimis
mit Ihnen und Ihren Kollegen umgehe.«

»Oh, das ist doch alles der reinste Spaß«, antwortete
Trubshawe in herzlichem Ton. »Ich hoffe, wir sind weitherzig genug, um die Neckereien, die Sie mit uns treiben,
so zu nehmen, wie sie sicher gemeint sind. Aber genug
mit diesen netten Plänkeleien. Wir müssen jetzt entscheiden, was als Nächstes zu tun ist.«

»Ich sehe wirklich nicht, dass wir überhaupt etwas tun
können, Trubshawe«, sagte der Colonel. »Wir sind reichlich eingeschneit, wie Sie sehen, und bevor das Wetter

sich nicht bessert und die Telefonleitungen wieder funktionieren, können wir nicht einmal irgendeine offizielle Autorität darüber unterrichten, was hier passiert ist.«

»Wenn das so ist, darf ich dann erfahren, warum ich hier bin?«

Diese Frage schien den Colonel sprachlos zu machen.

»Warum Sie …? Nun – uns schien, dass – nun, wenn man die Frage so stellt, kann ich nicht – Chitty hatte nun mal vorgeschlagen …«

»Chitty?«

»Ja, er erinnerte mich daran, dass Sie sich hier in der Gegend niedergelassen haben, und schlug vor – verflucht noch mal, Mann, ich habe hier einen toten Jungen im Haus! Wenn ich eine undichte Rohrleitung habe, schicke ich nach einem Klempner, und wenn ich einen – einen undichten Leichnam habe, dann rufe ich natürlich die Polizei!«

»Der Colonel meint vermutlich, dass wir alle dachten, bevor wir wieder Kontakt mit der örtlichen Polizei haben, wäre es nur gut, wenn irgendein Angehöriger der Polizei anwesend wäre, und sei es einer im Ruhestand.«

»Danke, Farrar«, sagte der Colonel schroff. »Das ist genau das, was ich in meiner üblichen ungeschickten Weise sagen wollte. Um Ihnen gegenüber ehrlich zu sein, Trubshawe, nachdem wir uns einmal entschlossen hatten, Rolfe zu Ihnen zu schicken, hat, glaube ich, keiner von uns weiter darüber nachgedacht, wozu wir Sie hierherholen. Ich hoffe, das macht Ihnen nichts – ich entschuldige mich noch einmal –, schließlich ist zweiter Weihnachtstag …«

»Nein, nein, nein«, sagte Trubshawe, »Sie haben alles richtig gemacht, und ich hätte meine Dienstpflicht vernachlässigt – und ich sehe es noch immer als meine Dienstpflicht an, Ruhestand hin oder her –, wenn ich nicht gekommen wäre.«

»Genau das, was ich gesagt habe!«, rief der Colonel aus. »Habe ich nicht gesagt, ein Polizist setzt sich nicht zur Ruhe? Nicht einmal nachts.«

»Nun, darüber weiß ich nichts, aber belassen wir es dabei. Die Frage ist, bin ich bloß hier, um dem Ganzen für die Stunden oder vielleicht auch Tage, bis Sie wieder Kontakt zur Außenwelt aufnehmen können, den Anstrich oder den halben Anstrich des Offiziellen zu verleihen oder, genauer, wie Sie richtig sagen, des Halboffiziellen? Oder arbeite ich in der Zwischenzeit irgendwie an dem Fall?«

Der Colonel fuhr zögernd mit einem Finger über sein noch immer unrasiertes Kinn.

»Daran arbeiten?«, fragte er. »Ich verstehe nicht. Wie daran arbeiten?«

»Sie wollen uns doch nicht alle festnehmen?«, flötete die Frau des Vikars mit zitternder Falsettstimme.

»Gute Frau«, erwiderte der Scotland-Yard-Mann sanft, »selbst wenn ich Sie festnehmen wollte – was ganz gewiss nicht der Fall ist –, könnte ich es nicht. Vergessen Sie nicht, ich bin im Ruhestand. Ich habe keine offizielle Position mehr, was logischerweise auch bedeutet, dass ich keine offiziellen Machtbefugnisse mehr habe. Dagegen ...«

Seine Stimme verlor sich in einem quälenden dreimaligen Versuch, neu anzusetzen.

»Dagegen?«, fragte der Colonel.

Trubshawe räusperte sich geräuschvoll.

»Sehen Sie, ich weiß natürlich, was für ein schlimmer Schock das hier für Sie alle gewesen ist – und, unter uns gesagt, die Dinge werden noch viel schlimmer werden, bevor es die Wende zum Besseren gibt. Mir fällt jedoch ein, dass sich eine Chance ergeben hat, die Sache in der Zwischenzeit zu klären.

Don hat mir in Dr. Rolfes Wagen von dem Gespräch erzählt, das sie alle miteinander hatten, eine knappe halbe Stunde nachdem er und der Colonel Raymond Gentrys Leichnam gefunden hatten. Er erzählte mir vor allem von Miss Mounts Hinweis, dass Sie alle es sich nicht leisten könnten, stundenlang, unter Umständen sogar tagelang, hier herumzusitzen, mit einem Leichnam in der Dachkammer und der Atmosphäre schwelenden Verdachts im Salon. Denn er berichtete mir auch von ihrer Theorie – dass der Mörder einer von Ihnen sein muss –, einer Theorie, meine Damen und Herren, der ich leider einfach nur zustimmen kann.«

Diese letzte Feststellung von seiner Seite rief ein kollektives hörbares Einatmen hervor, fast als wäre eine völlig neue und unerwartete Anschuldigung gegen die Anwesenden erhoben worden, obwohl der Chefinspektor natürlich nur wiederholt hatte, was Evadne Mount schon früher gesagt hatte. Möglicherweise kam das daher, weil die Anschuldigung diesmal nicht von einer Schriftstellerin erhoben wurde, die für ihre morbide Vorstellungskraft bekannt war, für jene Art von Vorstellungskraft, die man erwartet und sich sogar wünscht, wenn man sich mit einem Kriminalroman am Kamin niederlässt, sondern von einer Person, deren Einschätzung der Lage unweigerlich, auch wenn die Person im Ruhestand war, das Siegel der Autorität trug.

»Ja«, sagte Trubshawe nach einer kleinen Pause, »ich fürchte, Sie müssen sich den bequemen Gedanken aus dem Kopf schlagen, dieser Mord sei von einem Außenstehenden begangen worden. Ich habe Raymond Gentrys Leichnam gesehen. Und ich habe das Zimmer gesehen, in dem er ermordet wurde.

Und da gibt's noch etwas. Ich habe außerdem, zusammengeknüllt in einer Tasche seines Bademantels, ein Stück Papier gefunden, das ihn deutlich als Erpresser ausweist, ob als Amateur oder auf professionellem Niveau, kann ich noch nicht sagen. Ich denke, Sie alle sollten sich diesen Zettel gut ansehen.«

Worauf er ihn aus der Jackentasche zog, ihn mit seinen Fingern auseinanderfaltete und auf dem Tisch ausbreitete, sodass jeder ihn lesen konnte.

Was jeder lesen konnte, sah so aus:

REV − WAR

CR + EM = COCA + LES

HR − DEAD BABY

MR − SORDID MISBEHAVIOR IN MC

Wie rätselhaft diese Worte auch für jeden anderen gewesen sein mochten, auf die verschiedenen Teilnehmer der ffolkesschen Hausgesellschaft verfehlten sie ganz bestimmt nicht ihre Wirkung. Einer nach dem anderen trat, nachdem er den belastenden Text hastig überflogen hatte, wieder zurück, wobei ihm die Farbe aus dem Gesicht gewichen war.

Nur Evadne Mount blieb, über das zerknitterte Stück Papier gebeugt, stehen, entweder, weil sie von robusterer Verfassung war als ihre Mitgäste, oder aber aus ihrem angeborenen Hang zur Neugier.

Als sie sich schließlich wieder aufrichtete, bemerkte Trubshawe sofort den Ausdruck der Ratlosigkeit und Verwirrung in ihrem Gesicht.

»Was ist, Miss Mount?«, fragte er schnell.

»Ich weiß nicht genau«, murmelte sie in beinahe traurigem Ton.

»Sie wissen nicht?«

»Nein, wirklich. Es ist nur, dass ich – also, ich werde das Gefühl nicht los, dass … dass mit dem Stück Papier etwas nicht stimmt. Aber was?«

»Ich bitte Sie, es mir zu sagen, was auch immer es ist. Man kann nie wissen, was sich einmal als wichtig herausstellen wird.«

Sie sah noch einmal auf den Zettel mit den Notizen und betrachtete ihn ein paar Sekunden lang prüfend. Dann schüttelte sie den Kopf.

»Nein, tut mir leid, Trubshawe, ich weiß nicht, was es ist, ich weiß es wirklich nicht. Vielleicht fällt es mir ein, wenn ich aufhöre, darüber nachzudenken.«

Zuerst schien der Chefinspektor unentschieden, ob er diese Angelegenheit weiterverfolgen sollte oder nicht, dann fragte er Roger ffolkes:

»Colonel, erkennen Sie zufällig die Schrift?«

»Die Schrift erkennen? Wie sollte ich wohl die Schrift erkennen? Schließlich handelt es sich nicht um jemandes Handschrift.«

»In gewisser Weise«, sagte Trubshawe geduldig, »handelt es sich schon darum. Keine zwei Schreibmaschinen produzieren exakt dasselbe Schriftbild, verstehen Sie. Ich meine einfach, wissen Sie zufällig, auf wessen Maschine dies hier geschrieben wurde?«

Er reichte dem Colonel den Zettel, der ihn sich nur oberflächlich ansah.

»Keine Ahnung. Ich weiß nicht einmal, wonach ich gucken soll. Hier, Farrar, werfen Sie einen Blick darauf. Vielleicht können Sie sehen, was der Inspektor meint.«

»Aber selbstverständlich, Colonel.«

»Bitte? Sie meinen, Sie wissen es?«

»Ja, Sir. Das – also, das wurde auf Ihrer Schreibmaschine geschrieben.«

»Auf meiner?«

»Ganz sicher, Sir. Die in der Bibliothek. Sehen Sie hier – Chefinspektor – dieses große C? Und dieses hier? Der Bogen ist unterbrochen – sehen Sie, er hat in der Mitte einen kleinen Knick. Bei beiden. Das ist ganz sicher Ihre Maschine, Colonel.«

»Also, ich bin bass erstaunt!«

»Gut«, grübelte der Chefinspektor. »Das bedeutet, dass das hier in diesem Haus getippt wurde, vermutlich irgendwann in den letzten sechsunddreißig Stunden. Colonel, hätte Gentry Zutritt zu Ihrer Bibliothek gehabt?«

»Selbstverständlich hätte er das. Ich halte für meine Gäste keineswegs Teile meines Hauses verschlossen, nicht einmal für die, die nicht eingeladen sind. Also jeder, der sich ein Buch zum Lesen holen oder auch nur eine Weile allein sein wollte, konnte in die Bibliothek gehen.«

Trubshawe faltete den Zettel wieder zusammen und steckte ihn in die Tasche.

»Also«, sagte er, »nachdem klar ist, dass niemand von Ihnen das Opfer ausstehen konnte, und weil diese Notizen« – er klopfte auf seine Jackentasche – »wesentlich dazu beitragen, das deutlich zu machen, denke ich, wäre es Zeitverschwendung, irgendwo anders nach möglichen Motiven für seine Ermordung zu suchen, jedenfalls so lange, bis ich alle näherliegenden untersucht habe. Und mit näherliegend meine ich: hier in ffolkes Manor.«

»Bis Sie untersucht haben …«, sagte Dr. Rolfe. »Müssen wir das so verstehen, dass Sie vorschlagen, persönlich die Untersuchung durchzuführen?«

»Das schlage ich vor, ja.«

»Hier und jetzt?«

»Noch einmal ja.«

»Ich möchte das genau wissen«, sagte der Colonel. »Sie werden jeden von uns nacheinander – befragen?«

»Stimmt. Das ist genau das, woran ich gedacht habe.«

»Auch wenn Sie im Ruhestand sind und keine Befugnisse mehr dafür haben?«

»Hören Sie«, sagte Trubshawe. »Sie wissen sehr wohl, dass Sie alle einer sehr scharfen Vernehmung unterzogen werden, wenn die Polizei irgendwann hier eintrifft. Was ich vorschlage, ist eigentlich so etwas wie eine Kostümprobe. Es stimmt schon, dass auch ich Sie nicht mit Samthandschuhen anfassen kann. Das Ganze würde nicht allzu viel Zweck haben, wenn ich es denn täte. Aber weil ich Sie nicht offiziell befragen kann und weil natürlich niemand von Ihnen unter Eid steht – nun, wenn Sie irgendwann meinen, Sie müssten einen Anwalt dabeihaben, oder wenn Sie einfach nur empört über die Fragen sind, dann habe ich keine Mittel, Sie zu einer Antwort zu zwingen.

Und wenn ich auch noch zufällig die Lösung des Falles finde, bevor die Polizei hier eintrifft – obwohl ich zugeben muss, dass ich das für mehr als unwahrscheinlich halte –, wenn ich wirklich Gentrys Mörder identifizieren kann, dann hat dieser ganze unangenehme Prozess nicht vor den neugierigen Augen der Regenbogenpresse stattgefunden.

Denn täuschen Sie sich nicht, Sie würden alle das Opfer einer ziemlich geschmacklosen Form von Öffentlichkeit. Wie ich gehört habe, war Gentry Klatschkolumnist bei einem landesweit verbreiteten Schmierenblatt. Also, ich kann Ihnen versprechen, die Öffentlichkeit wird das alles gierig verschlingen und nach noch mehr von derselben Art verlangen. Wenn wir die Befragung jetzt durchführen, können Sie sich wirklich das Allerschlimmste ersparen.

Die Alternative kennen Sie alle. Die heißt: stundenlang hier herumsitzen und sich fragen, wer von Ihnen es getan hat und wann er – oder sie – das nächste Mal wieder zuschlägt.«

»Nun«, murmelte der Colonel, »das wirft ein neues Licht auf die Dinge.«

Er sah seine Gäste an.

»Also gut. Wir sollten das demokratisch entscheiden. Was haltet ihr von der Idee des Chefinspektors?«

Eine Zeit lang sah es so aus, als warte jeder darauf, dass der andere etwas sagte: genauso wie bei vielen Vorträgen, wo die Zuhörer, die sichtlich darauf brennen, den Redner zu unterbrechen und ihm ihre eigenen Ansichten kundzutun, von denen sie so überzeugt sind wie er von seinen, plötzlich stumm geworden zu sein scheinen, wenn das Publikum endlich Fragen stellen darf.

Es war wie immer Evadne Mount, die das Schweigen brach.

»Weil ihr alle zu viel Angst davor zu haben scheint, irgendetwas zu sagen, mache ich es. Ich bin ganz und gar dafür. Ich könnte Ihnen sogar helfen, Trubshawe. Natürlich nur, wenn Sie das wollen. Verstehen Sie, wir Krimischreiber haben manchmal ein paar Asse im Ärmel, genau wie ihr Polizisten auch.«

»Kein Kommentar«, kommentierte der Chefinspektor mit freundlich gehaltenem Sarkasmus. »Aber auf jeden Fall vielen Dank, Miss Mount, dass Sie die Initiative ergriffen haben. Das heißt, einer ist schon mal dafür. Noch jemand? Rolfe?«

»Natürlich ist es nicht regelgerecht«, sagte der Doktor, »aber es scheint mir allemal besser, als gar nichts zu tun. Ich bin auch dafür.«

»Gut. Das sind dann schon zwei.«

»Aber«, fuhr Rolfe fort, »ich möchte die noch Unentschiedenen daran erinnern« – er sah seine Freunde standhaft und taxierend an –, »dass durch die Anwesenheit Raymond Gentrys in diesem Haus eine ganze Menge alter Wunden wieder aufgebrochen sind, von denen viele von euch, viele von uns, geglaubt und gehofft hatten, sie seien ein für allemal verheilt. Ich fürchte, die Fragen des Chefinspektors werden diese Wunden noch weiter aufreißen, viel weiter als Gentrys Unverschämtheiten. Darauf müssen wir alle innerlich vorbereitet sein, habe ich recht, Trubshawe?«

»Sie haben recht, Doktor, und es war gut gesagt. Wie ich schon erwähnt habe, in meiner Position kann ich niemanden von Ihnen zwingen, meine Fragen zu beantworten. Sie müssen hier keinerlei Eid ablegen, wie Sie es im Gerichtssaal tun müssten. Und wenn irgendjemand von Ihnen mich anlügen sollte, kann man keine Maßnahmen gegen ihn ergreifen, was natürlich bei einer richtigen polizeilichen Vernehmung völlig anders wäre, wo eine Lüge in der Tat ein ganz erheblicher Gesetzesverstoß ist.

Ich möchte aber noch etwas hinzufügen. Wenn irgendwer von Ihnen vorhat, sagen wir einmal, mit der Wahrheit sparsam umzugehen, dann würde ich frank und frei vorschlagen, dass wir keine Zeit damit verschwenden, mit diesem Experiment überhaupt zu beginnen. Sie mögen das Ganze vielleicht für ein Spiel halten, aber vergessen Sie nicht, kein Spiel, egal, ob Pingpong oder Mah Jong, hat viel Sinn, wenn man sich nicht an die Regeln hält.«

»Könnte ich dann einen etwas abweichenden Vorschlag machen?«

»Bitte, Doktor, jeder Vorschlag, jeder vernünftige Vorschlag ist willkommen.«

»Wir alle hier sind alte Freunde, oder?«, sagte Rolfe. »Und ganz gleich, wofür wir uns jetzt entscheiden – die Polizei, die in unserem Leben herumstochert, die Presse, die uns auf den Fersen ist –, unsere Freundschaft wird in den nächsten Tagen stärker belastet werden als jemals zuvor. Evie und Trubshawe haben beide schon gesagt, wie leicht eine gesellige Atmosphäre allein durch ein paar tödliche Tröpfchen eines Verdachts vergiftet werden kann. Zum Glück haben wir noch keine Zeit gehabt, diese Tröpfchen auf der Zunge zu schmecken. Aber ich garantiere euch, wenn die Polizei sich endlich bis hierhin durchgekämpft hat, gibt es unter uns keinen mehr, der nicht vor lauter Hysterie seinen besten Freund des Mordes an Raymond Gentry beschuldigt hat.

Deshalb scheint es mir mehr als sinnvoll, wenn der Chefinspektor seine Befragungen durchführt. Aber ich möchte noch etwas vorschlagen. Damit keiner von uns sich mit der Frage quält, welche kleinen Hinweise ihm die anderen hinter unserem Rücken ins Ohr flüstern, sollte er uns alle zusammen befragen.«

»Alle zusammen?«, wiederholte der Colonel ungläubig. »Du meinst, wir machen unsere Aussagen gegenüber Trubshawe vor all den anderen?«

»Das ist genau das, was ich meine. Dass wir alle dabei sind, wenn jeder befragt wird. Wenn schon schmutzige Wäsche in der Öffentlichkeit gewaschen werden muss, dann soll sie auch wirklich in der Öffentlichkeit gewaschen werden. Das wird für keinen von uns angenehm werden, das ist mal sicher, aber wir wissen wenigstens, dass wir alle in einem Boot sitzen. Andererseits, wenn man uns einzeln hinter verschlossener Tür befragt, kann das unsere Freundschaft so sicher zerstören, wie wenn man uns gar nicht befragt, versteht ihr?«

Der Chefinspektor war offensichtlich fasziniert von diesem Gedanken, aber gleichzeitig auch skeptisch, weil er so unkonventionell war. Vierzig Jahre lang hatte er standhaft das Gesetz aufrechterhalten, nicht nur in seiner erhabenen Größe, sondern auch in all seinen Details, allen Verfahrensregeln, Praktiken und unumstößlichen Regeln, und was das Erlernen neuer Tricks anging, war er vermutlich ein noch älterer Hund als sein Tobermory.

»Nun, ich weiß wirklich nicht recht«, sagte er. »Wenn Sie mich fragen, klingt das weniger nach etwas, das wir im Yard dulden würden, sondern eher wie eine Szene aus einem der Romane von Miss Mount.«

»Unsinn!«, rief die Autorin dazwischen. »Wenn Sie die Art von Szene meinen, von der ich glaube, dass Sie sie meinen, sollten Sie wissen, dass ich Sie exklusiv für den Höhepunkt des Buches reserviere. Ich meine das Kapitel, in dem der Detektiv alle Verdächtigen in der Bibliothek versammelt und dann minutiös Schritt für Schritt aufzeigt, wie und warum der Mord begangen wurde. Das ist überhaupt nicht dasselbe.

Aber ich muss sagen«, fuhr sie nachdenklich fort, »dass ich Henrys Idee für gut halte. Hinterher wird keiner von uns einem anderen vorwerfen können, dass er die Schuld auf jemand anderes schieben wollte. Nicht, dass jemand das wirklich vorhätte, versteht sich. Aber kann man das denn so genau wissen?«

»Gut«, sagte Trubshawe, »wieder eine Stimme dafür. Miss Rutherford?«

»Ich werde euch sicher alle überraschen«, sagte die Schauspielerin, »aber ich bin dafür. Überraschen deshalb, weil ich mehr zu verlieren habe als jeder andere hier.«

»Und wie kommst du darauf, Cora?«, fragte der Colonel.

»Pass mal auf, Darling, wir wissen doch jetzt, dass wir alle eine Leiche im Keller haben. Ich meine, nachdem dieser Stinker Gentry gestern Abend uns alle in den Dreck gezogen hat, sind unsere schmutzigen kleinen Geheimnisse doch praktisch an der Öffentlichkeit, oder?«

»Ah, ja – ja, ich denke, das ist so.«

»Aber meine schmutzigen kleinen Geheimnisse sind die eines *Stars*. Sie sind für jeden von Interesse. Ich kann euch sagen, in Fleet Street gibt's Skandaljournalisten, die ein kleines Vermögen dafür zahlen würden, die Wahrheit über mein Privatleben zu erfahren. Aber ich weiß auch, dass ich Raymond Gentry nicht ermordet habe, und bin deshalb bereit, Trubshawes Fragen zu beantworten, solange ich seine Zusicherung habe, dass alles, was für den Fall nicht wichtig ist, in diesen vier Wänden verbleibt.«

»Das versteht sich von selbst«, sagte Trubshawe.

»Trotzdem würde ich es gern hören«, antwortete die Schauspielerin. »Wenn jemand wie Sie sagt: ›Das versteht sich von selbst‹, kann er hinterher immer noch in aller Unschuld beteuern, er habe nie eine Zusicherung gegeben.«

Der Chefinspektor lächelte matt.

»Ich versichere hiermit feierlich, nichts von dem, was ich in den nächsten Stunden in diesem Raum hören werde und was sich als unwichtig für die Aufklärung des Mordes an Gentry erweist, weiterzugeben. Zufrieden?«

»Zufrieden. Dann mache ich mit.«

»Nun«, sagte Trubshawe, »es sieht so aus, als sollten wir hier eine Mehrheit zusammenbekommen. Was die anderen betrifft, sollen wir eine Abstimmung machen? Vergessen Sie nicht, meine Damen und Herren, wir können das Ganze nur fortsetzen, wenn *alle* sich bereit erklären mitzumachen. Also, wer von denen, die noch nichts gesagt haben, unterstützt den Vorschlag von Dr. Rolfe, dass ich eine Befragung an Ort und Stelle durchführe, bei der alle von Ihnen anwesend sind?«

Die zweite Hand, die gehoben wurde, gehörte Madge Rolfe. Dann riss Don seinen Arm hoch. Und dann hob Mary ffolkes etwas zögerlich ihren Arm – zu jedermanns

Erstaunen, weil ihre Freunde sie als die Art von Ehefrau kannten, die immer abwartete, bis sie genau wusste, was ihr Mann dachte, bevor sie es wagte, ihre eigene Ansicht zu offenbaren.

Offensichtlich war auch der Colonel selbst verblüfft, denn er warf ihr einen scharfen Blick zu, bevor er (widerwillig?) seinen Arm hob.

Dann folgte Schweigen.

Schließlich wandte sich Trubshawe an den Vikar, der neben seiner Frau saß, einen schmerzlichen Ausdruck auf seinem beinahe anämisch bleichen Gesicht.

»Nun, Vikar«, sagte er. »Wie Sie sehen, haben Miss Mount, Miss Rutherford, Farrar, Mrs Rolfe, Don und schließlich sowohl der Colonel als auch seine Frau zugestimmt, befragt zu werden. Nun bleiben nur noch Sie und Ihre verehrte Frau übrig.«

»Ja, sicher, ich sehe das«, sagte der Vikar verärgert. »Ich, nun – wissen Sie – ich, ich, ich denke wirklich, das ist ...«

»Sie verstehen doch sicher, dass wir überhaupt keine Befragung durchführen können, wenn Sie sich weigern?«

»Gewiss, das haben Sie sehr deutlich gemacht, Inspektor.«

»Sie würden alle herumsitzen und auf die Polizei warten müssen und sich dabei fragen, wer von Ihnen es denn nun getan hat und warum und ob er oder sie es wieder tun wird. Wollen Sie das wirklich?«

»Nein, nein, natürlich nicht, aber ich möchte – ich möchte nicht in die Enge getrieben werden, verstehen Sie. Ich bin ein freier Mensch und – nun, mir scheint – Cynthia denkt wie ich, nicht wahr, mein ...«

»Oh, Herrgott noch mal, Clem!«, stieß Cora Rutherford hervor. »Wir stecken alle drin! Und, rundheraus gesagt – ich würde das nie gesagt haben, wenn die Umstände nicht so außergewöhnlich wären –, rundheraus gesagt, du hast am wenigsten zu verlieren! Ich würde mal annehmen, nach dem, was Gentry angedeutet hat, dass die meisten von uns dein großes Geheimnis schon spitzgekriegt haben. Und es würde sowieso herauskommen, ob es dir gefällt oder nicht!«

»Sie hat nicht ganz unrecht, Reverend«, sagte Trubshawe sanft.

Der Vikar sah hilflos seine Frau an, deren augenklappernde Schicklichkeit und Pragmatismus, auch wenn sie genau die maßvollen englischen Tugenden waren, die man bei der Gefährtin eines Mannes erwarten darf, der den anglikanischen Rock trägt, in einer Krise von diesem Ausmaß für ihn jedoch kaum eine Hilfe bedeuteten. Dann schluckte er – man konnte ihn beinahe schlucken hören – und sagte:

»Also, gut. Aber ich bestehe darauf, dass – dass …«

»Ja, bitte?«

»Ach was, nichts. Gut, gut, ich stimme zu.«

»Gut«, sagte Trubshawe und rieb sich die Hände in Vorfreude.

Er sah auf seine Armbanduhr.

»Viertel nach zehn. Sie sind jetzt alle schon seit über zwei Stunden auf. Ich würde vorschlagen, Sie gehen in Ihre Zimmer, machen sich frisch und ziehen sich an. Dann treffen wir uns alle wieder in, sagen wir mal, zwanzig Minuten – in der Bibliothek.

Und«, fügte er hinzu, »was sich *wirklich* von selbst versteht, ist, dass niemand von Ihnen es wagt, allein nach oben in die Dachkammer zu gehen. Nicht, dass ich Ihnen nicht vertrauen würde, Sie verstehen schon. Aber es ist nun einmal so, falls Miss Mount recht hat, und ich glaube, sie hat recht, dass wenigstens eine Person hier im Raum ist, der niemand trauen kann. Haben Sie verstanden, was ich meine?«

Sie hatten alle verstanden, was er meinte.

»Nun, Colonel«, sagte er, »würden Sie mir bitte die Bibliothek zeigen?«

Sie waren, als sie die Bibliothek betraten, schon ins Gespräch vertieft. Tobermory trottete treu hinter ihnen her.

»Ich habe wirklich schon gedacht, dieser prächtige Vikar würde das Ganze zum Scheitern bringen«, konnte man den Chefinspektor hören.

»Ja, er ist schon manchmal ein Umstandskrämer«, antwortete der Colonel. »Aber er ist eigentlich auch ein gutwilliger alter Kerl, der brauchte eigentlich nur einen kleinen Rippenstoß.«

»Ich denke, ich werde mit ihm anfangen, damit er seine Meinung nicht noch ändert.«

»Ich muss schon sagen, Trubshawe, das ist wirklich eine merkwürdige Geschichte, kein Zweifel.«

»Allerdings«, sagte der Polizist. »Mir ist in meiner ganzen Laufbahn kein so ungeheuerliches Verbrechen untergekommen. Es ist wie aus einem von Evadne Mounts – wie heißen die Dinger? – Kriminalromanen.«

»Lassen Sie sie das bloß nicht hören. Ich habe genau dasselbe gesagt, und dafür hat sie mir beinahe den Kopf abgerissen.«

»Wirklich? Ich hätte gedacht, so etwas nimmt sie als Kompliment.«

»Ach, Sie wissen ja, wie Menschen sind. Sie machen ihnen ein missglücktes Kompliment, und sie reagieren, als hätte man sie in ihrem ganzen Leben noch nie so beleidigt. Alexis Baddeley, das sollten Sie wissen, kümmert sich nicht um Morde in verschlossenen Räumen.«

»Ach ja?«, antwortete ein irritierter Trubshawe. »Sie ist ein bisschen eigen, was die Fälle angeht, die sie löst, ja? Ich wünschte, ich hätte das auch sein können.«

»Ich selber kann Evies Zeugs nicht lesen, aber Mary sagt mir, dass man, von verschlossenen Räumen und so etwas mal abgesehen, bei ihr die ganze billige Trickkiste findet. Sie verstehen schon, einen geheimen Gang, zu dem nur der Mörder einen Schlüssel hat. Eine Uhr und ein Spiegel, die am Schauplatz des Verbrechens einander gegenüberhängen, was natürlich bedeutet, dass die Uhrzeit falsch gelesen wurde. Irgendein schwarzes Schaf in der Familie, das irgendwann nach Australien ausgewandert und angeblich dort gestorben ist, nur dass niemand so genau weiß, ob das wirklich stimmt. Das ganze übliche Krimi-Brimborium. Ein Haufen Stuss, wenn Sie mich fragen.«

»Na gut, in diesem Fall, da bin ich sicher, brauchen wir nicht nach so etwas zu suchen.«

»Nein – nur dass ffolkes Manor zufälligerweise seinen eigenen Geheimgang hat. Es ist ein früheres Verlies, versteckt in der Wandverkleidung hinter einer dieser Mauern. Ich sollte es Ihnen bei Gelegenheit zeigen.«

»Danke. Das wäre schön. Im Augenblick kann ich allerdings noch nicht erkennen, warum das für den Fall Gentry wichtig sein sollte. Wie Sie sagten, herrschte unter Ihren Gästen ein so tiefer Hass auf ihn, dass ich, glaube ich, nur herausfinden muss, warum jeder Einzelne ihn so hasste, und natürlich, wer am schnellsten war.«

Bei den letzten Sätzen war der Colonel immer nervöser geworden, und seine Unruhe erregte schließlich Trubshawes Aufmerksamkeit.

»Ist irgendetwas, Colonel?«

»Na ja, Trubshawe ... ja. Ja, es ist was, das muss ich zugeben.«

»Und was?«

»Nun« – er atmete tief durch –, »Sie wollen wirklich alle von uns befragen, habe ich recht?«

»Sicher.«

»Also auch mich, nehme ich an?«

»Aber ja, Colonel. Ich weiß, bei allem, was recht ist, wirklich nicht, wie ich Ihnen das ersparen kann, wenn alle Ihre Gäste bereit sind, sich dieser Peinlichkeit zu unterziehen. Die anderen würden das einfach nicht verstehen.«

»Nein, nein, natürlich nicht. Natürlich nicht ... Es ist nur so, dass ich, da geht es mir wie Cora, *weiß*, dass ich Raymond Gentry nicht ermordet habe. Aber da gibt es bestimmte Dinge, die ich all die Jahre vor Mary geheim gehalten habe, Dinge – aus meiner Vergangenheit, verstehen Sie –, Tatsachen, die ihr das Herz brechen würden, wenn sie plötzlich so spät ans Tageslicht kämen. Also habe ich gedacht ...«

»Ja?«

»Ich habe gedacht, wenn ich Ihnen diese Dinge jetzt unter vier Augen erzähle, und natürlich nur, wenn Sie sie als unwichtig für den Mordfall erachten, dann könnten Sie später – nun, Sie könnten sie später aus der Befragung rauslassen.«

Der Chefinspektor hatte schon angefangen, den Kopf zu schütteln, bevor der Colonel mit seinen Worten am Ende angelangt war.

»Tut mir leid, Colonel, aber da verlangen Sie zu viel von mir. Wir brauchen gleiche Voraussetzungen, nicht wahr?«

»Oh ja, ganz sicher. Es ist nur so, dass die Geheimnisse – oder eher das Geheimnis –, also das Geheimnis, an das ich denke, ein ganz besonderes ist. Angesichts der sehr ernsten Folgen, die es für mich haben könnte, kann man es nicht mit den kleinen Schwindeleien des Vikars oder mit Evies Sünden vergleichen, worin diese auch immer bestanden haben mögen.«

»Trotzdem können Sie von mir wirklich keine privilegierte Behandlung verlangen. Das gehört sich nicht. Das ist nicht fair.«

»Verstanden.«

Es war jedoch offensichtlich, ob er nun verstanden hatte oder nicht, dass er immer noch nicht aufgeben wollte.

»Aber wie wäre es damit?«, schlug er vor. »Wie wäre es, wenn ich Ihnen jetzt erzähle, worum es sich handelt, und Sie mich dann, wenn Sie mich befragen und der Ansicht sind – und da bin ich ganz sicher –, dass es mit dem Mord nichts zu tun hat, nicht zwingen, darüber zu sprechen?«

Der Polizist zögerte ein paar Augenblicke.

»Ich werde tun, was ich kann, Colonel«, stimmte er schließlich zu. »Aber ich verspreche Ihnen gar nichts. Verstanden?«

»Verstanden.«

Eine kurze Pause trat ein. Dann:

»Also? Was wollen Sie mir erzählen?«

»Nun, Trubshawe – ich bin nicht immer das Idealbild eines Staatsbürgers gewesen. Als ich jung war, kaum mehr als ein junger Spund, habe ich bei einer ganzen Reihe krummer Sachen mitgemacht. Nichts, was irgendwie mit Mord oder dergleichen zu tun hatte, aber – nun, es wäre sinnlos, Ihnen alle meine Vergehen aufzuzählen – es ist eine recht lange Liste – ich meine, es war eine lange Liste. Das ist alles sehr lange her. Aber Tatsache ist, dass ich in diesem Lande vorbestraft bin.«

»Aha.«

»Aha, da haben Sie recht. Das bringt Sie etwas aus der Fassung, oder? Ich meine, wenn man mich jetzt so ansieht, wie würde man da auf so etwas kommen? Aber so ist es nun mal. Bei der Polizei sind natürlich meine Fingerabdrücke hinterlegt, und wenn sich diese ganze Sache ungünstig entwickelt, wäre das für mich sehr unerfreulich, unschuldig, wie ich bin. Und natürlich für Mary, die noch unschuldiger ist. Ganz zu schweigen von Selina.«

»Ich verstehe …«, sagte Trubshawe, der offensichtlich eine solche Enthüllung nicht erwartet hatte. »Also, im Yard kennt man tatsächlich Ihren Namen?«

»Ähh?«

»Ich sagte, im Yard kennt man Ihren Namen?«

»Nein, das nicht.«

»Aber das muss doch so sein, Mann, wenn Sie vorbestraft sind, wie Sie behaupten.«

»Nein. Roger ffolkes ist nämlich nicht mein richtiger
Name.«

»Bitte?«

»Wissen Sie, ich musste meinen Namen ändern. Als
ich – nun, als ich, was ich der Gesellschaft schuldete, be-
glichen hatte, ging ich nach Amerika, um dort mein Glück
zu machen, und als ich zurückkam, konnte ich nicht das
Risiko eingehen, dass mich einer meiner früheren Kom-
plizen aufspürt. Ich hatte in den Staaten wirklich mein
Glück gemacht und glaubte, ein neues Leben verdient zu
haben. So habe ich eine neue Identität angenommen, das
ist doch sicher verzeihlich.«

»Und Ihr richtiger Name?«

»Roger stimmt schon – nur eben nicht Roger ffolkes.«

»Roger was dann?«

»Also …«

Jetzt begann sich der Colonel langsam und beinahe verstohlen im Raum umzusehen, auch wenn sich niemand
außer ihm selbst und dem Chefinspektor dort befand.

Dann, gerade, als er wieder sprechen wollte, klopfte es
an die Tür.

»Äh ja, wer ist da?«

»Farrar, Sir.«

»Ah, Farrar – kommen Sie doch rein.«

»Verzeihen Sie die Störung, Sir, aber Sie sollten wissen –
Sie und Mr Trubshawe –, dass Ihre Gäste schon auf dem
Weg nach unten sind.«

»Verstehe. Vielen Dank. Sie sind bereit, nicht wahr,
Trubshawe?«

»Ja, Colonel. Aber Sie wollten noch ...«

»Wir sprechen später darüber, einverstanden? Wenn wir mal einen Augenblick für uns haben.«

»Wie Sie wollen, Sir, wie Sie wollen.«

Fünftes Kapitel

Allein oder zu zweit, zuversichtlich oder furchtsam, marschierten die Gäste der ffolkes' in die Bibliothek, deren Wände bis unter die Decke mit identisch eingebundenen Büchern ausgekleidet waren, Büchern, die zumeist nicht nur ungelesen, sondern nie geöffnet worden waren, sodass die Regale wirkten, als stünden sie Reihe um Reihe voller Zigarrenkisten.

Nur Selina fehlte, die noch immer zu erschüttert war, um sich wieder zu zeigen. Aber in den zwanzig Minuten, die vergangen waren, seit sie sich auf ihre Zimmer zurückgezogen hatten, war es ihnen gelungen, sich für die Tortur, die nun vor ihnen lag, präsentabel herzurichten.

Clem Wattis sah mit seinem hohen Kragen mit Eselsohren und seiner schäbigen, schlecht sitzenden Strickjacke, deren lederne Ellbogenflicken den Eindruck machten, als müssten sie selbst ganz dringend geflickt werden, ganz und gar wie die Inkarnation des englischen Vikars aus. Der Doktor hatte sich für den angemessenen ländlichen Stil entschieden – Sportsakko mit Karomuster, tadellos geknitterte Cordhosen und braune Wildlederschuhe. Und Dons kanariengelber Pullover mit V-Ausschnitt und die karierte Fliege wiesen ihn sofort als *den* modernen amerikanischen Collegestudenten aus.

Evadne Mount trug inzwischen eins ihrer dottergelben Tweedkostüme, dazu ein Paar äußerst unkleidsamer

Strümpfe, und die Schuhe waren so vernünftig und praktisch, wie es so schön heißt, dass man sie beinahe um Rat fragen mochte, ob man die eigenen Anteile an Amalgamated Copper verkaufen sollte. Mary ffolkes hatte aus ihrer Garderobe ein geblümtes Taftkleid ausgewählt, das furchtlos unzeitgemäß wirkte, dafür aber teurer aussah, als es vermutlich war. Madge Rolfe stellte ein modisch schlichtes Kleid aus blassem rotem Knittersamt zur Schau, ein Kleid, dem man, auch wenn man es zuvor noch nie gesehen hatte, dennoch ansah, dass sie es schon ein paarmal zu oft getragen hatte. Die Frau des Vikars schließlich trug jetzt einen schäbigen braunen Baumwollrock und über der dazu passenden Bluse eine Wollstrickjacke, die fast so formlos war wie die ihres Gatten.

Dann gab es da ja noch Cora Rutherford. Wie alle aus der Schauspielerinnengilde war sie immer auf der Bühne, selbst im tiefsten Dartmoor. Sie schmückte sich mit einem Schneiderkostüm aus gefälteltem grauem Tweed, dazu trug sie ein Seidenhemd mit hohem Kragen, um den sie lässig einen schicken Fuchsschwanz geschlungen hatte. Obwohl ihre Augen großzügig mit Mascara aufpoliert waren und die Lippen mit veilchenfarbenem Lippenstift, war ihr einziger Schmuck im Übrigen ein Paar praktisch unsichtbarer Perlenohrringe. Die Schauspielerin selber – das war die klare und deutliche Botschaft – war das Juwel.

Man bat sie, alle um den Chefinspektor herum Platz zu nehmen, der in der Mitte des Raumes an einen massiven Mahagonitisch gelehnt stand, auf dem zwei von Roger ffolkes' geprägten Briefmarkenalben thronten, ein übergroßes Vergrößerungsglas, die Schreibmaschine, auf der Gentrys Notizen getippt worden waren, und, als Krönung aller denkbaren Scheußlichkeiten, einer jener »humoristischen« Aschenbecher, an dessen Rand sich ein winziger Zecher mit Zylinder unsicher an einen Laternenpfahl klammert.

Als alle so weit waren, signalisierte der Colonel dem Polizeibeamten stumm, das Kommando zu übernehmen.

»Ja dann«, sagte der Chefinspektor, »ich möchte Ihnen zunächst allen danken, dass Sie sich so beeilt haben. Jeder von Ihnen weiß, warum er hier ist, also bleibt mir nur noch, die Reihenfolge festzulegen, in der Sie befragt werden.«

Er ließ seinen Blick nachdenklich über die Versammelten wandern, als habe er sich nicht längst entschieden, wer sein erstes Opfer sein sollte.

»Vielleicht darf ich Sie bitten, Vikar«, sagte er schließlich, »die Runde zu eröffnen?«

Der Vikar sprang beinahe von seinem Stuhl auf.

»Ich!«, rief er. »Warum ... warum ich?«

»Nun, irgendeiner muss der Erste sein, verstehen Sie«, sagte Trubshawe mit einem kaum wahrnehmbaren Zwinkern.

»Ja, aber ich ...«

»Ja?«

»Also, das finde ich jetzt unfair, einfach so ... jemand ...«

»Wenn das so ist, möchten Sie vielleicht selbst jemanden von Ihren Freunden bestimmen, der Ihren Platz einnimmt?«

»Aber das ist genauso unfair! Was für ein Elend!«, stöhnte der Vikar, der so aussah, als würde er gleich in Tränen ausbrechen.

»Also los, Mr Wattis«, sagte sein Peiniger sanft, aber entschieden. »Ich verspreche Ihnen, alles zu tun, damit es so schmerzlos wie möglich über die Bühne geht.«

Der Vikar, dem nicht nur durch die Zurechtweisung des Chefinspektors, sondern auch durch die Blicke seiner Freunde klar geworden war, in was für einem ungünstigen Licht er sich gezeigt hatte, versuchte jetzt hastig, seine Fassung wiederzugewinnen.

»Oh, sicher … also, in dem Fall, Mr Trub – ich meine, Inspektor Trub – soll natürlich heißen, *Chef*inspektor Trubshawe! Ich meine, wenn Sie wirklich der Meinung sind …«

»Ja, Vikar, bin ich. Bin ich wirklich«, unterbrach ihn der Polizeibeamte schnell. »Allerdings –«, wollte er hinzufügen.

»Ja, Sie sagten allerdings?«, unterbrach ihn der Vikar erneut, und diesmal war seine ohnehin piepsige Stimme ganz nahe daran zu brechen.

»Allerdings, hören Sie – im Lichte des Berichts, den Miss Mount von den Ereignissen des gestrigen Abends gegeben hat – eines Berichts, dem, wie ich bemerkt habe, keiner von Ihnen, auch Sie nicht, Vikar, widersprochen hat –, fühle ich mich verpflichtet, Ihnen zu sagen, dass Sie die Wendung ›so schmerzlos wie möglich‹ nicht dahin missverstehen sollten, dass unser Gespräch vollkommen, äh, schmerzfrei sein wird. Sie sind sich doch darüber im Klaren, dass ich Ihnen einige sehr bohrende – ja, einige sehr persönliche Fragen stellen muss?«

»Oh Gott, ich – ich weiß nicht, ob …«

»Fragen«, fuhr Trubshawe fort, der sich nicht länger durch die Einwürfe des Geistlichen aus dem Rhythmus bringen lassen wollte, »die ich Ihnen, wäre ich offiziell mit diesem Fall betraut, tät-a-tät stellen würde, wie die Franzmänner sagen, in der geschützten Atmosphäre Ihres eigenen Hauses oder auf einer Polizeiwache. Da aber alle, auch Sie, dem Vorschlag des Doktors zugestimmt haben, dass ich meine Befragung, die, das möchte ich hier noch einmal bekräftigen, völlig inoffiziell ist …«

Jetzt war es Cora Rutherford, die das Ganze unterbrach.

»Oh, Herrgott noch mal, Trubshawe, das wissen wir doch alles!«, schnauzte sie ihn an. »Hören Sie doch bitte mit dem Geschwätz auf!«

»Nur Geduld, verehrte Dame, nur Geduld«, antwortete Trubshawe ruhig. »Wenn Sie an die Reihe kommen, was unvermeidlich der Fall sein wird, werden Sie es vielleicht nicht so eilig haben. Tatsache ist nun einmal, dass meine Anwesenheit hier ganz und gar inoffiziell und gegen die Regeln ist, und ich möchte ganz sicher sein, dass jeder hier weiß: Niemand ist vom Gesetz her verpflichtet, sich hier und jetzt von mir befragen zu lassen.«

»Aber ich sagte Ihnen doch, das haben wir längst verstanden!«

»Außerdem«, fuhr er unbeirrt fort, »hat es, auch wenn Sie mit der Befragung einverstanden sind und ungeachtet der Tatsache, dass Sie nicht unter Eid stehen, keinen Sinn, mir etwas anderes als die ganze Wahrheit zu erzählen – oder wenigstens das, was Sie für die ganze Wahrheit halten. Habe ich nicht recht? Sie sehen, worauf ich hinauswill, Vikar?«

Clem Wattis empörte sich über das, was er für eine Verunglimpfung seines Charakters hielt.

»Also, wirklich! Da muss ich protestieren – da muss ich wirklich auf das Entschiedenste protestieren, Chefinspektor. Das kommt mir jetzt so vor, als ob Sie mich völlig grundlos bloßstellen wollten!«

»Aber bitte, bitte, Vikar, lassen Sie mich Ihnen eines versichern: Ich habe keineswegs die Absicht gehabt, Sie zu beleidigen. Wenn ich mich besonders auf Sie konzentriert habe, dann nur, weil Sie derjenige sind, der den Auftakt machen wird.«

Der Vikar war inzwischen so aufgeregt, dass auf seinem kahlen Haupt Schweißperlen glänzten und seine eulenähnliche Hornbrille allmählich beschlug.

»Also gut, wenn Sie – wenn Sie darauf bestehen. Schließlich bin ich als Mann, der das geistliche Kleid trägt, ohnehin verpflichtet, die Wahrheit zu sagen. Ich meine damit, ich bin einer höheren Autorität verpflichtet als der Ihren.«

»Ja, ja, gewiss, das verstehe ich. Also können wir …?«

»Mm, mhm«, sagte der Vikar unglücklich.

»Gut«, sagte der Chefinspektor. »Nun – ich möchte damit beginnen, dass ich Sie bitte, uns Ihre eigene Version vom Verlauf des Abendessens zu schildern. Die Art, wie Miss Mount es beschrieben hat – war das für Sie im Großen und Ganzen zutreffend?«

Clem Wattis warf seiner Frau einen hilflosen Blick zu. Sie sagte nichts, schien ihn aber, indem sie beständig nervös nickte, zu ermuntern, sich auszusprechen. Es musste jedoch nicht leicht für sie sein, denn sie wusste, was auf ihn zukam, und ihre Lippen waren so fest zusammengepresst, dass man das Gefühl haben musste, ihr Gesicht würde sich auflösen, wenn sie sie öffnen würde.

»Also, Inspektor – oh, ich sage es dauernd falsch, nicht wahr? –, ich meine, Chefinspektor …«

»Das ist schon in Ordnung, Reverend. Wie gesagt, ich bin im Ruhestand, und mein Dienstrang ist jetzt wirklich nicht mehr von Bedeutung. Bitte machen Sie weiter.«

»Nun, Evadne hat Raymond Gentry sicher – sie hat ihn sicher haargenau getroffen. Ich meine, man sollte nie schlecht über die Toten sprechen – und ein Mann mit meiner Berufung sollte sogar über die Lebenden nie schlecht sprechen –, aber schließlich bin auch ich nur ein Mensch, und ich gebe nicht vor, heiliger zu sein als irgendeines meiner Schäfchen, und ich kann nicht bestreiten, dass ich eine spontane Abneigung gegen den jungen Mann hatte. So, jetzt ist es raus!«

»Spontane Abneigung, ja? Überwiegend aus denselben Gründen wie Miss Mount, nehme ich an?«

»Absolut. Traurig zu sagen, ja. Unsere kleine Gesellschaft kam gerade so richtig in Fahrt, als er mit Selina zusammen auftauchte. Dann herrschte ziemlich bald dicke Luft.«

Trubshawe blinzelte.

»Ach, ja? Können Sie mir ein Beispiel nennen?«

»Ich kann Ihnen viele Beispiele nennen. Gleich am Anfang musste Gentry uns unbedingt wissen lassen, dass er nur deshalb unter uns weilte, weil die arme, ahnungslose Selina wollte, dass er ihre Familie kennenlernte.

Also, niemand könnte Selina ffolkes mehr zugetan sein als ich, aber ich fürchte, sie hat – und ich hatte schon die Gelegenheit, ihr das selber zu sagen, also rede ich jetzt hier nicht hinter ihrem Rücken –, also, sie war in der

Wahl ihrer männlichen Gesellschaft nie besonders anspruchsvoll.«

Als er bemerkte, dass Don ihn anstarrte, fügte er hastig hinzu:

»Eh ... soll heißen, bis jetzt nicht.«

Er wischte sich die Stirn mit einem Taschentuch ab, das ihm seine immer wachsame Ehefrau diskret gereicht hatte, und versuchte, wieder zum Thema zu kommen.

»Gentry konnte einfach nicht widerstehen, uns ständig unter die Nase zu reiben, wie viel amüsanter – nein, nein, nein, nicht amüsanter, sondern *tiefgründiger* – das war das Wort, Evadne hat den Nagel auf den Kopf getroffen, er benutzte das Wort ›tiefgründig‹ so oft, dass es tief in meinen Kopf eindrang und mir eine Migräne einbrachte, etwas, das ich ...«

»Vikar«, sagte Trubshawe, »wenn Sie bitte ...«

»Was?«

» ... auf den Punkt kommen würden?«

»Nun, tut mir leid, Inspektor«, sagte der Vikar leicht gereizt, »aber wie Sie sehen werden, genau das ist der Punkt. Wenn sein Geschwätz mir nicht meine zermürbenden Kopfschmerzen eingetragen hätte, über die ganze rechte Gesichtshälfte, wäre ich vielleicht in der Lage gewesen, ihm gegenüber eine etwas wohlwollendere, christlichere Haltung einzunehmen. Ich hätte mir mehr Mühe gegeben, Interesse zu heucheln für sein verschrobenes Geschwätz über die ›Kreise‹, in denen er sich bewegte, diese ganzen Vegetarier, Ägyptologen, Fakire, Kubisten, russischen Tänzer, Angehörigen der Christian Science, Amateurfotografen, Theosophisten und wer weiß noch was alles! Ah, da haben wir ein Beispiel für Sie.«

»Das wäre?«

»Die Theosophisten. Evie vergaß zu erwähnen, wie viel Gentry über seine Séancen an der Planchette erzählt hat, wo er den Kontakt mit Denen-die-von-uns-gegangen-sind aufgenommen hat, verstehen Sie, dieser ganze alberne spiritistische Humbug. Sein mieser kleiner Geist erkannte natürlich, dass ich als anglikanischer Geistlicher solchen heidnischen Schnickschnack nicht akzeptieren konnte, also stichelte und hetzte er gegen mich, und ich konnte sehen, wie er mit diesem schlauen, heimtückischen Flackern in den Augen nur darauf wartete, dass ich anbeißen würde.«

»Und, haben Sie angebissen?«

»Inspektor, ich muss Ihnen sagen, dass ich selbst in diesem hübschen kleinen Nest hier von ungläubigen Dummschwätzern mit Beschlag belegt worden bin, und ich finde, die einzig angemessene Art, mit ihnen umzugehen, ist, sich nicht auf ihr Niveau herabzubegeben. Also sagte ich zu ihm: ›Ich weiß, was Sie wollen, junger Mann. Ich kann zwei und zwei zusammenzählen.‹«

»Was hat er darauf geantwortet?«

»Oh, er war mal wieder sehr witzig – wie immer. ›Ja‹, sagte er, mit diesem nasalen Wiehern, das uns alle so wahnsinnig machte, ›Sie können *zwei* und *zwei* zusammenzählen, und was dabei herauskommt, ist sehr *zwei*felhaft!‹«

»Verstehe«, sagte der Chefinspektor und verkniff sich ein Lächeln. »Also, Sie meinen, er war absichtlich grob zu Ihnen?«

»Ich meine es nicht, ich weiß es. Er ließ keine Gelegenheit ungenutzt, sich über meine tiefsten Überzeugungen lustig zu machen. Als der Colonel eine ganz richtige Bemerkung über den Weltkrieg machte – wie wir uns gegen die Flut der Hunnen gestellt haben, du erinnerst dich, Roger –, sagte ich, dass es den Hauptgewinn in der Lotterie des Lebens bedeutet, wenn man als Brite geboren wird. Gentry, der kein vernünftiges Argument dagegen finden konnte, höhnte nur. Und ich meine höhnen.

Verstehen Sie, Inspektor, bevor ich ihm begegnet bin, habe ich die wahre Bedeutung dieses Wortes gar nicht gekannt. Ich will sagen, ich weiß, was es bedeutet, was es physisch bedeutet, wenn jemand spöttisch lächelt oder finster blickt oder die Stirn runzelt. Aber höhnen? Nun, Raymond Gentry hat wahrlich *physisch* gehöhnt. Er machte ein *überaus* unanständiges Geräusch, indem er durch seine fast geschlossenen Lippen speichelte. Zwischen seinen Frontzähnen waren tatsächlich ekelerregende kleine Speichelbläschen zu sehen. Ach, ich sehe, Sie glauben mir nicht, aber – Evie? Sage ich nicht die Wahrheit?«

»Aber ja, natürlich, Clem, ich habe das noch nie so gesehen«, sagte Evadne Mount. »Aber du hast recht. Gentry hat dem Wort ›höhnen‹ wirklich eine neue Bedeutung verliehen. Ich versichere Ihnen, Trubshawe, Clem hat da wirklich eine sehr aufschlussreiche Bemerkung gemacht.«

»Oh, vielen Dank, Evie«, sagte der Vikar, der nicht an Komplimente von jemandem gewöhnt war, der sonst so sparsam damit umging.

»Und wenn ich mich nicht irre«, sagte Trubshawe, »ist es auch eine Bemerkung, die uns zum eigentlichen Kern der Sache bringt.«

»Zum Kern, sagen Sie?«

»Ich meine den Krieg. Sie haben eben vom Weltkrieg gesprochen.«

Der Vikar erbleichte. Jetzt kam es. Jetzt kam das, was er am meisten fürchtete. Wenn je ein Gesicht ein aufgeschlagenes Buch war, dann in diesem Augenblick.

»Sie werden sich erinnern, Vikar«, fuhr der Polizist fort, »dass die erste Zeile auf Gentrys Zettel lautete: REV – WAR. Und später erwähnte Miss Mount das, was sie Verleumdungen nannte, Gentrys Verleumdungen über Ihren Kriegseinsatz. Ist das richtig?«

»Äh ... ja«, sagte der Vikar, »das – das ist korrekt.«

Ein paar Sekunden verstrichen, in denen weder er noch Trubshawe, noch sonst irgendwer etwas sagte. Wie ein Pulk ungezogener Schuljungen, die alle griesgrämig darauf warten, dass ihr Direktor sie bestraft, ängstlich die Miene des ersten von ihnen, der das Büro des Direktors wieder verlässt, danach absuchen, ob sie irgendwelche Rückschlüsse auf die Natur der Strafe zu ziehen erlaubt, so dachten die ffolkes' und ihre Gäste wohl ebenso sehr an ihre eigene kommende Bedrängnis wie an die gegenwärtige des Vikars.

»Würde es Ihnen etwas ausmachen, das zu erklären?«, fragte Trubshawe schließlich.

»Nun, ich – ich sehe wirklich nicht, wie ...«

»Kommen Sie, Sir, wir haben uns alle einverstanden erklärt, oder? Die ganze Wahrheit? Also, können wir sie nun hören?«

Der bemitleidenswerte Geistliche, den anzusehen im Moment nicht einmal mehr seine Frau zu ertragen schien, erkannte, dass es keinen Ausweg mehr gab.

»Farrar?«

»Ja, Vikar?«

»Könnte ich – könnte ich ein Glas Wasser haben? Meine Kehle ist ein bisschen verengt, scheint mir. Irgendwie zugeschnürt.«

»Aber sicher, Vikar.«

»Oh, danke.«

Kurz darauf, nachdem er ein paar Schlucke getrunken hatte, war er wieder bereit weiterzumachen – oder jedenfalls so weit bereit dazu, wie er überhaupt bereit dazu war.

»Also gut, wissen Sie, ich – ich habe meine Stelle 1919 angetreten – im Januar, glaube ich. Oder Februar – na ja, ich nehme an, das ist nicht wirklich wichtig.«

»Nein, nicht wirklich«, sagte der Chefinspektor trocken. »Erzählen Sie weiter.«

»Egal, es war jedenfalls Anfang 1919, also nicht lange nach dem Ende des Krieges, und mein Vorgänger in der Pfarrei war ein junger Mann gewesen, relativ jung, aber bei seinen Gemeindemitgliedern sehr beliebt, ja ich möchte beinahe sagen, geradezu geliebt. Umso mehr, nehme ich an, weil er im Kampf getötet wurde – während einer der letzten großen Offensiven. Ich muss dazu auch erklären, dass er so begierig darauf gewesen war, seine Pflicht für König und Vaterland zu tun, dass er verschwieg, dass er Geistlicher war, und sich als einfacher Soldat meldete. Er wurde in einigen Meldungen erwähnt, müssen Sie wissen, und es hieß auch, er habe postum das King George's Cross erhalten.

Als ich 1919 hier ankam, um meine Stelle anzutreten, merkte ich jedenfalls, dass er immer noch sehr, sehr präsent war, wenn ich das so sagen darf. Wobei es keinerlei Abneigung gegen mich gab, das möchte ich gleich hinzufügen – jedenfalls nicht am Anfang –, es war nur so, dass die Einheimischen das leuchtende Vorbild seiner Tapferkeit nicht vergessen hatten. Ich fürchte, verglichen mit ihm, muss ich eine Enttäuschung für sie gewesen sein.

Das erklärt sicher auch, warum die Gemeinde anfangs, als Cynthia und ich hierherzogen, ein wenig reserviert war, ein bisschen ›schnippisch‹. Vor allem gab es da eine Mrs de Cazalis. Sie ist unsere hiesige *grande dame* und war ganz offensichtlich mit meinem Vorgänger ganz ›dick‹ gewesen. Harker, der Gelegenheitsarbeiter hier im Dorf, hatte einen Spitznamen für sie – Vikars Liebling. Sie wissen, wie die Art Schüler, die dafür verspottet werden, dass sie Lehrers Liebling sind.

Mir wurde jedenfalls bald klar, dass sie erwartete, dass alles so weiterging wie bisher. Mein Vorgänger war Junggeselle gewesen, wissen Sie, und obwohl man eigentlich annehmen sollte, dass das ein Minuspunkt für ihn hätte sein müssen, war es in Wirklichkeit genau umgekehrt. All die Damen hier am Ort – nun, Inspektor, ich will keineswegs sagen, dass sie *alle* Wichtigtuerinnen waren –, aber alle Damen am Ort, die *mitarbeiteten*, verstehen Sie, die Wohltätigkeitsbasare organisierten und Fahrten ins Blaue und Kutschfahrten für die Alten, die waren natürlich alle im siebten Himmel, dass es keine Vikarsfrau gab, die sich einmischte und diese Dinge in die Hand nahm, wie das normalerweise der Fall ist.

Deshalb war es wenigstens in den ersten Monaten für uns ein ziemlich einsames Leben. Es ist ohnehin ein einsamer Landstrich, und wir hatten Probleme, neue Freunde zu finden, was uns sowieso nicht leichtfällt; also hat Cynthia sich enthusiastisch auf all die üblichen Pflichten einer

Vikarsfrau gestürzt, ohne an die möglichen Konsequenzen zu denken, und damit hat sie, fürchte ich, einigen empfindlich auf den Schlips getreten. Es gab schließlich sogar so etwas wie einen Showdown – nennt man das nicht so? –, einen Showdown im Pfarrhaus.

Ich sehe sie immer noch alle in unserem kleinen Empfangszimmer sitzen und mit den Teetassen auf dem Schoß klappern, und nach einigen deutlichen Kommentaren über das *außergewöhnliche* Format meines Vorgängers, über seinen Heldenmut und alles das, wandte sich Mrs de Cazalis an mich und fragte, frech wie Oskar: ›Und was haben *Sie* im Weltkrieg gemacht, Herr Vikar?‹ Es versteht sich, dass sie es war, die das gewissermaßen in Kursivschrift sagte.«

Eine bedeutungsträchtige Pause trat ein, und schließlich gab ihm der Chefinspektor, der als Einziger unter den Zuhörern des Vikars den Ausgang der Geschichte noch nicht kannte, einen Wink weiterzuerzählen.

»Verstehen Sie, Inspektor«, sagte der Vikar, »ich hatte wirklich nicht vor, eine Lüge zu erzählen. Wirklich nicht. Es war beinahe so, als ob ich – also, nicht so sehr, als ob ich die Wahrheit *stehlen* würde – denn das ist eine Lüge meiner Meinung nach, eine gestohlene Wahrheit – sondern, als ob ich sie gewissermaßen veruntreut hätte.«

Dieser originelle Begriff faszinierte den Polizisten ganz offensichtlich.

»Die Wahrheit veruntreut? Ich gestehe, dass ...«

»Als hätte ich vorübergehend die Wahrheit eines anderen gestohlen, um mich aus einer misslichen Lage zu befreien, aber die feste Absicht, sie zurückzugeben, wenn die Gefahr vorbei war.

Leider«, seufzte er, »musste ich wie so viele Verun-
treuer vor mir feststellen, dass dieser passende Moment,
an dem man zurückgeben kann, was man gestohlen hat,
niemals eintritt. Bevor ich mich versah, hatte ich noch
andere Wahrheiten gestohlen, die nicht mir gehörten, bis
ich feststellte – oh allmächtiger Gott, vergib mir! –, feststellte, dass mein Leben zu einer einzigen Lüge geworden
war.«

Der arme Mann war jetzt wirklich am Rande der Tränen, und seine Frau hätte sicher versucht, ihn zu trösten,
wenn sie nicht erkannt hätte, dass ihn jedes Zeichen ihrer zärtlichen Verbundenheit mit ihm in dieser Situation
endgültig erledigt hätte.

»Mr Wattis«, sagte Trubshawe, »ich weiß, wie schwer
das für Sie ist, aber ich muss Sie das fragen. Worin bestand diese ›Wahrheit‹, die Sie – veruntreut haben? Vielleicht darin, dass auch Sie ein Kriegsheld gewesen sind?«

Der Vikar war angesichts dieser Unterstellung bestürzt.

»Nein, nein, nein, nein, nein! Schon allein der Gedanke,
Inspektor! Ich hätte mir niemals, *niemals* angemaßt ...
Durch meine Lügen hatte ich wahrhaftig nicht vor, mich
aufzublasen. Ich wollte diesen neugierigen Alten – ich
meine die Damen vom Kirchenkomitee – wirklich nur
einen Dämpfer versetzen.

Ich denke an einen unserer Freunde, einen Schulleiter –
ich meine Grenfell, Liebes«, sagte er zu seiner Frau, »der
sanfteste Mensch, den man sich vorstellen kann. Er hat
mir einmal gestanden, dass er sich am Anfang jedes neuen
Schuljahrs wie ein regelrechter Zuchtmeister seinen
Schützlingen gegenüber aufführte, bis hin zum Prügeln
mit dem Rohrstock, und das für die lächerlichsten klei-

nen Vergehen, auch wenn es ihm selbst gegen den Strich ging, denn er glaubte, wenn er ihnen gleich am Anfang so massiv seine Autorität demonstrierte, brauche er den Rohrstock später nie mehr einzusetzen. So etwas Ähnliches habe ich auch versucht. Ich habe mir gleich am Anfang eine kleine Lüge herausgenommen – nur um *meine* Autorität zu demonstrieren, wenn man so will – und darauf vertraut, ihr keine weitere folgen lassen zu müssen.«

»Ja – ja sicher, ich verstehe, wie das funktionieren sollte«, antwortete Trubshawe. »Aber ich muss Sie noch einmal fragen – worin bestand die Lüge?«

»Die Lüge?«, sagte der Vikar traurig. »Die Lüge war die, dass ich während des Weltkriegs Armeepfarrer in Flandern gewesen war. Nichts Großartiges, verstehen Sie, nichts Heroisches, keine Erwähnung in Meldungen. Ich habe meiner Gemeinde nur den Eindruck vermittelt – nicht viel mehr als einen Eindruck, wirklich nicht – dass ich, äh …«

»Ich verstehe. Sie haben behauptet, Sie hätten Kampfhandlungen in Europa mitbekommen. Aber stattdessen …?«

Der Vikar ließ buchstäblich den Kopf hängen.

»Stattdessen war ich Angestellter einer Firma in Aldershot. Ich war noch nicht einmal ordiniert worden, und außerdem war ich für untauglich erklärt worden. Meine Füße, verstehen Sie?«

»Ihre Füße?«, fragte der Chefinspektor.

»Sie sind leider platt. Ich bin mit Plattfüßen geboren worden.«

»Aha. Ich verstehe. Also, Vikar«, sagte Trubshawe

freundlich, »ich muss sagen, das scheint mir doch eine durchaus verzeihliche kleine Schwindelei gewesen zu sein. Es gibt für niemanden einen Grund, deswegen einen riesigen Tanz aufzuführen, nicht wahr?«

»Nein«, sagte der Vikar, »vielleicht nicht. Wenn das alles gewesen wäre.«

»Es gab also noch mehr?«

»Nun, ich fürchte, es ist alles ziemlich außer Kontrolle geraten. Sie kennen doch sicher den alten Reim ›Oh, welch verknotet Netz wir doch ersinnen / wenn der Lüge Spiel wir erst beginnen‹? Nachdem ich die erste Lüge erzählt hatte, war ich gewissermaßen in meinem eigenen Netz gefangen. Obwohl ich alles vermied, was hätte nahelegen können, ich sei ein Held gewesen, habe ich sicher eine Unterlassungssünde begangen, indem ich eben nicht ausdrücklich widersprochen habe.

Die Folge war, dass diese Damen aus der Gemeinde es für eine ausgemachte Sache hielten, dass ich übertrieben bescheiden und zurückhaltend war, was meine Erfahrungen im Krieg anbelangte, und dass sie begannen, mich mit Fragen über alles, was ich an der Front gesehen und gemacht hatte, regelrecht zu bedrängen. Sie dürfen mich hier nicht missverstehen; ich bin sicher, dass ihre Neugier darauf ganz ohne Hintergedanken war, außer – außer im Fall von Mrs de Cazalis selber, von der ich langsam, das muss ich gestehen, vermutete – ich weiß, das war sehr unchristlich von mir –, von der ich vermutete, dass sie leider Gottes nur zu wohlbegründete Zweifel an der Redlichkeit meines Charakters hegte und sogar hoffte, mir ein Bein zu stellen. Dann spitzte sich alles wegen dieser Sache mit meiner Orgel zu.«

»Ihrer Orgel?«

»Der Kirchenorgel. Als ich in der Gemeinde ankam, war sie dringend überholungsbedürftig, wie so viele Orgeln nach dem Krieg, und wie immer war einfach kein Geld da, um das zu bezahlen. Also haben wir beschlossen – nach unzähligen Komiteesitzungen mit all den mörderischen Zankereien, die ein wesentlicher Bestandteil dieser Sitzungen zu sein schienen, voller endloser gegenseitiger Vorwürfe und entsprechender Konsequenzen, die ich Ihnen erspare –, wir haben also beschlossen, ein großes Wohltätigkeitsfest zu veranstalten.

Es gab eine Tombola, Tanz um den Maibaum, ein Kasperletheater für die Knirpse, Blindekuh für die etwas älteren Kinder und ein Unterhaltungsspiel, das wir für uns selbst, die Mitglieder des Kirchenkomitees, veranstalten wollten. Wir luden ein paar muntere Pierrots und Harlekine von der Theatergruppe in Postbridge ein, den Fol-de-Rols. Die Mädchen von St. Cecilia führten ein paar sehr schöne *tableaux vivants* auf. Mr Hawkins von der Post erfreute uns mit seinen berühmten Vogelstimmenimitationen. Und sein ältester Sohn Georgie – also, ich erinnere mich, Georgie machte irgendetwas mit fröhlich angemalten Fassreifen. Ich habe niemals ganz herausgefunden, was eigentlich mit diesen Fassreifen passieren sollte, weil wir praktisch keine Zeit für Proben hatten, aber Georgie hatte es sich bestimmt nicht so gedacht, dass sie alle gleichzeitig in alle Richtungen von der Bühne rollen sollten. Egal, es wurde der größte Lacherfolg des Tages, und das war die Hauptsache, denke ich.«

»Mr Wattis«, schaltete sich der Chefinspektor schnell ein, »Entschuldigung, aber was hat es jetzt genau mit diesem Fest auf sich? Was hat es mit dem Mord an Raymond Gentry zu tun?«

Man hörte den Colonel schnaufen.

»Wirklich, Trubshawe!«, rief er. »Warum müssen Sie den armen Kerl so piesacken! Sie haben ihn nach seiner Geschichte gefragt, und genau die erzählt er Ihnen jetzt. Es ist eine verteufelt unbequeme Lage, in die Sie ihn gebracht haben, nicht wahr, aber er tut sein Bestes. Mach weiter, Clem, und nimm dir Zeit. Egal, ob du im Krieg Mut gezeigt hast oder nicht, jetzt zeigst du ihn jedenfalls. Du bist uns allen ein Vorbild.«

»Sehr freundlich von dir, dass du es so formulierst, Roger«, sagte der Vikar, den die Worte, mit denen ihm der Freund spontan zu Hilfe geeilt war, sichtlich berührten. Und tatsächlich war seiner Stimme angesichts seiner Erleichterung darüber, das Schlimmste hinter sich zu haben, sogar ein neues Selbstbewusstsein anzuhören.

»Die Sache ist die, Inspektor«, fuhr er fort, »man erwartete von mir als Vikar, dass ich zu dem Ganzen auch einen eigenen Beitrag leistete. Und da ich weder singen noch jonglieren, noch Vogelstimmen imitieren kann oder sonst irgendetwas dergleichen, schlug man schließlich vor – die perfide Mrs de Cazalis schlug es vor, Überraschung! –, dass ich einen kleinen Vortrag über meine Erfahrungen im Krieg hielt.«

»Hm. Da sind Sie in eine ziemlich heikle Lage geraten.«

»Ich konnte schlicht nicht Nein sagen, besonders nicht, weil es ja zum Wohl der Kirche war, und die anderen Damen vom Komitee unterstützten Mrs de Cazalis begeistert, und ich sah, dass ich wirklich in der Falle saß. Cynthia wird Ihnen bestätigen können, wie lange und gründlich ich mir den Kopf darüber zermartert habe, wie ich aus der Sache herauskommen könnte. Ich will Ihnen sagen, Inspektor – euch allen –, dass ich sogar kurz davor war, meine Stelle aufzugeben, was die einzig anständige Lösung gewesen wäre, aber – nun, das hätte unweigerlich auch bedeutet, die Kirche überhaupt zu verlassen, was für den Rest meines Lebens ein schweres Kreuz gewesen wäre. Und außerdem etwas, das ich mir kaum hätte leisten können.

Wie dem auch sei, das Ergebnis war, dass ich zustimmte.

Es kam überhaupt nicht infrage, wie ich schon sagte, Geschichten über meine eigene sogenannte Tapferkeit zu erfinden, aber ich sah ein, dass ich einen detaillierten Bericht über die Bedingungen an der Front abliefern musste. Also las ich jedes Buch über das Thema, das ich auftreiben konnte, historische Handbücher, persönliche Erinnerungen, was auch immer, ich las alles und machte ausgiebige Exzerpte. Und wie Sie sicher verstehen werden, konnte ich diese Bücher nicht einmal in der fahrenden Bücherei ausleihen, denn ich nahm an, die herumschnüffelnde Mrs de Cazalis würde dann bald wittern, was ich vorhatte. Also musste ich sie kaufen, was unser Portemonnaie erheblich strapazierte, denn Cynthia und ich sind arm wie ein Paar Kirchenmäuse.

Doch selbst wenn das, was ich zu sagen hatte, nicht *meine* Wahrheit sein sollte, nicht sein konnte, wollte ich, dass es auf einer bestimmten Ebene doch *die* Wahrheit war. Das verstehen Sie doch? Das war sehr wichtig für mich.«

»Was ist passiert?«

Der Vikar schien kurz davor, erneut die Fassung zu verlieren, riss sich dann aber rasch zusammen.

»Es war ein Fiasko!«

»Wirklich? Aber warum, wenn Sie doch, wie Sie erzählen, Ihre Hausaufgaben gemacht hatten?«

»Tatsache ist, ich kann einfach nicht gut lügen. Ich war so lange mehr oder weniger glaubwürdig, wie ich meinem Publikum einen Überblick über die allgemeine Lage in Flandern gab. Aber als ich anfing, in der ersten Person zu sprechen – darüber, wie *ich* in die Schützengräben ging, wie *ich* die Leichtverwundeten tröstete, wie *ich* einen Gottesdienst in einer halbzerstörten Dorfkirche abhielt, während der entfernte Geschützdonner der Dicken Berta an den Dachsparren rüttelte –, also, Inspektor, ich hätte im Boden versinken können. Ich verhaspelte mich, ich war ungenau bei den Einzelheiten, ich brachte alle meine Daten und Zahlen durcheinander, ich fand die richtigen Stellen in meinen Notizen nicht wieder, ich stotterte und druckste und stotterte wieder. Ich war desorientiert, völlig desorientiert!«

»Das tut mir ehrlich leid für Sie, Reverend. Das haben Sie wirklich nicht verdient für so einen kleinen Fehltritt.«

»Oh, das ist alles sehr lange her. Trotzdem, müssen Sie wissen, wache ich immer noch nachts schweißgebadet auf und denke daran. Nein, nein, nein, warum soll ich es länger verschweigen? Nicht schweißgebadet. Ich wache schreiend auf. Verstehen Sie mich? Ich, der nette alte Vikar, der liebe alte Clem Wattis, der keiner Fliege etwas zuleide tun würde – *ich wache mitten in der Nacht schreiend auf!* Ach, meine arme Cynthia, was hast du mit mir durchmachen müssen!«

Seine Frau sah ihn mit einem Blick an, der voller unerschöpflicher Liebe und Mitgefühl war.

»Wo war ich stehen geblieben?«, fragte er sich schließlich selbst. »Ach ja. Also, ich konnte schon im Publikum
das Gekicher und Gewisper hören und sehen, wie Mrs de
Cazalis ganz vorn in der ersten Reihe jede Minute ihres
Triumphs auskostete.

Und dann kam in meinen Notizen das Wort ›Ypern‹.«

»Wie bitte?«, sagte der Chefinspektor. »Welches Wort?«

»Ypern. Das belgische Städtchen, wissen Sie. Ich hatte
das einfach munter notiert, ohne daran zu denken, dass
ich es tatsächlich auch aussprechen müsste, wenn ich
meinen Vortrag hielt, und ich habe mich in meiner Aus-
sprache so verheddert, dass das Wort aus meinem Mund
kam wie ein – verzeihen Sie meine Vulgarität, aber ich
fürchte, ein anderes Wort *passt* nicht –, wie ein Rülpser.

Ich hatte es außerdem falsch hingeschrieben, was auch
nicht hilfreich war. Die Rechtschreibung ist eine alte
Schwäche von mir. Ich kann nicht für zehn Pfennig richtig schreiben. Um genau zu sein«, setzte er mit einer un-
erwarteten Prise Selbstironie hinzu, »kann ich nicht einmal ›Pfennig‹ richtig schreiben.«

Jeder lächelte über dieses Bonmot, lächelte aber mindestens ebenso sehr, weil es für eine entspannte Atmosphäre
sorgte, wie über die fragwürdige Qualität des Witzes.

»Also«, machte er tapfer weiter, »das Gekicher wuchs
allmählich zum offenen Gelächter an, und was Mrs de
Cazalis anbelangte, so machte mir der hämische Ausdruck auf ihrem geröteten fetten Gesicht klar, dass sie das
Ganze als Spiel, Satz und Sieg für sich selber wertete. Es
war der schlimmste Augenblick meines Lebens.

Und es war damit auch noch nicht zu Ende. Noch Monate später war ich die Zielscheibe hämischer kleiner Sti-

cheleien und Zweideutigkeiten im Dorf, und der Boten-
junge des Gemüsehändlers rief auf seinem Fahrrad hinter
mir nicht ›Yippee!‹, sondern ›Yipprää!‹. Wir fragten uns
schon, ob wir nicht einfach unsere Sachen packen und
mitten in der Nacht verschwinden sollten. Aber Cynthia,
Gott segne sie, bedrängte mich, standhaft zu bleiben.

Und sie hatte recht, wissen Sie. Denn auch wenn ich
anfangs dachte, ich könnte eine solche Erniedrigung auf
dieser Welt nicht überleben, so vergeht doch die Zeit und
heilt Wunden, genau wie man es immer sagt.

O ja, hin und wieder bekam ich eine Bemerkung mit,
bei der ich mir wie jemand vorkam, der andere belauscht – andere belauscht, obwohl die Bemerkung für
mich bestimmt war. Jemand sagte vielleicht, dass man,
wenn einen die Sorgen niederdrücken, eben einfach ›den
Sturmhelm aufsetzen und weiterkämpfen muss‹, verstehen Sie, was die Leute so reden, wenn ihnen nichts Besseres einfällt, und ich errötete innerlich – und manchmal
auch äußerlich – über das, was ich für eine Anspielung
auf mich hielt. Wieder war es Cynthia, die mich davon
überzeugte, dass ich überempfindlich war, und sehr
wahrscheinlich hatte sie recht.«

»Wie lange hat das alles gedauert?«

»Wie lange? Ein paar Monate, glaube ich. Und dann,
wie schon gesagt, versickerte das alles allmählich. Auch
wenn ich privat immer noch darunter leide, öffentlich
spielte es irgendwann keine Rolle mehr, und meine Frau
und ich leben seit vielen Jahren so zufrieden im Dorf, wie
wir können.

Das heißt«, setzte er nach einer längeren Pause hinzu,
»bis Raymond Gentry in unser Leben getreten ist.«

»Erzählen Sie mir bitte«, sagte Trubshawe, »was genau hat er gesagt?«

»Es war nicht, was er sagte«, antwortete der Vikar. »Es war vielleicht, was er anklingen ließ, all diese falschen hingezischelten kleinen Zweideutigkeiten über den Krieg. Ich weiß ja, er liegt tot da oben und hat eine Kugel im Herzen, aber wie Evie ganz richtig sagte, er hatte so etwas Unenglisches an sich. Nicht wirklich ausländisch, aber wie soll ich sagen, aalglatt und hinterhältig, wie so viele seiner unglückseligen Rasse. Nur jemand, der schon etwas über meine Geschichte wusste, hätte wirklich verstehen können, worauf er zielte, aber ich wusste, dass er wusste, und er wusste, dass ich wusste, dass er wusste, und dieses widerliche Komplizentum zwischen uns beiden, während alle anderen zusahen und zuhörten, wurde ganz unerträglich.«

»Was glauben Sie, wie hat er es herausgefunden?«

»Ja, also, da werfen Sie wirklich eine interessante Frage auf, Inspektor«, sagte der Vikar. »Da er ein professioneller Schnüffler war, konnte man bei Gentry natürlich erwarten, dass er den – äh, den Makel im Privatleben der berühmteren Bekannten der ffolkes kannte, wie bei Evie oder Cora. Aber beim Vikar des Ortes? Dem einheimischen Arzt? Wer konnte ihn darüber mit Informationen versorgt haben? Ich möchte Roger und Mary nicht verletzen, die lieben, lieben Freunde, die Cynthia und mich jedes Jahr zu Weihnachten einladen, während ich bezweifle, dass irgendwer sonst hier in der Gegend das tun würde, aber ich fürchte, die Hauptverdächtige in dieser Sache ist wohl Selina.«

»Wenn Miss ffolkes in der Lage ist, wieder zu uns zu

stoßen«, sagte Trubshawe verständnisvoll, »können Sie sicher sein, dass ich ihr alle Fragen stellen werde, die ich, was ihr Verhältnis zu dem Verstorbenen anbelangt, für wichtig halte. Aber jetzt, Vikar, muss ich Ihnen die härteste Frage von allen stellen.«

»Bitte?«

»Haben Sie Raymond Gentry getötet?«

Der Vikar bekam vor ungläubiger Fassungslosigkeit fast keine Luft mehr.

»Was? Soll das eine Scherzfrage sein?«

»Nicht im Geringsten.«

»Sie fragen mich also *ernsthaft*, ob ich …?«

»Hören Sie«, sagte der Chefinspektor nüchtern. »Warum habe ich Sie wohl dieser unerfreulichen Prozedur unterzogen, doch nur, weil Sie, wie jeder andere hier auch, ein Verdächtiger sind! Ich dachte, das versteht sich von selbst.«

»Ja, gewiss, das begreife ich, aber seien Sie doch mal ernsthaft, Mann. Wollen Sie mich wirklich fragen, ob ich der Typ Mensch bin, der mal eben einen Menschen umbringt, weil der ihm zufällig unrecht getan hat? Sehe ich wie ein Mörder aus?«

»Meine Güte, Vikar, wenn Mörder wie Mörder aussehen würden, wenn jeder Dieb mit einer Dominomaske und einem gestreiften Pullover herumlaufen und einen ausgebeulten Sack mit dem aufgedruckten Wort ›Beute‹ tragen würde, den er in irgendeinem Warenhaus für Diebe gekauft hat, wie leicht wäre dann unsere Arbeit!«

»Oh, natürlich, ich verstehe, was Sie meinen«, sagte der Vikar schicksalsergeben. »Einverstanden.«

»Deshalb – die Antwort auf meine Frage?«

»Die Antwort auf Ihre Frage ist Nein, Inspektor. Nein, ich habe Raymond Gentry nicht getötet. Ich hätte es vielleicht gern getan – wie jeder andere hier, und wie ich schon sagte, ich habe nie behauptet, besser als meine Mitmenschen zu sein. Aber ich habe ganz bestimmt den bösen Neigungen, die er in mir geweckt haben mag, nicht nachgegeben. In Wirklichkeit«, fügte er hinzu, »muss ich ihm in gewisser Weise sogar dankbar sein.«

»Dankbar?«, rief der Colonel. »Mein Gott, Clem, wie um Himmels willen kannst du so einem Schwein auch noch dankbar sein, das dir solche Qualen bereitet hat?«

»Es stimmt, Roger, er hat mir Qualen bereitet – aber so komisch das klingt, er hat mir auch Erleichterung von den Qualen verschafft. Endlich habe ich es mir von der Seele geredet. Endlich bin ich gezwungen worden, die Sache ans Licht zu zerren, unter Heulen und Zähneklappern, und ich glaube wirklich, es ist besser so. Ich fühle mich irgendwie gereinigt. Ich mag ein Lügner gewesen sein, und Gott ist mein Zeuge, dass ich für meine Lüge teuer bezahlt habe, aber ich bin, was Gott ebenfalls bezeugen kann, nie ein Feigling gewesen. Es stimmt, ich war im Krieg in keine Kampfhandlungen verwickelt wie mein ruhmreicher Vorgänger, aber das ging auch Tausenden anderen so, die Plattfüße oder Senkfüße hatten oder kurzsichtig waren, und es war nicht ihr Fehler, so wenig, wie es meiner war. Alles in allem habe ich im Krieg ein völlig respektables Leben geführt, und es gibt nichts, wofür ich mich schämen müsste. ›Auch jene dienen ...‹, wie Milton sagte.«

»Hört, hört!«, rief der Colonel.

»Gut für Sie, Vikar«, nickte der Chefinspektor zustimmend. »Danke, dass Sie so kooperativ waren. Ich möchte eine letzte Frage stellen, und dann sind Sie gewisser-maßen entlassen.«

»Bitte.«

»Haben Sie irgendwann in der Nacht einmal Ihr Schlaf-zimmer verlassen?«

»Ja, habe ich«, war die reichlich überraschende Ant-wort. »Sogar mehrmals.«

»Mehrmals? Warum?«

Der Vikar warf den Kopf zurück und lachte – er lachte sogar laut.

»Nun, nun«, sagte Trubshawe und kratzte sich am Kopf. »Ich mag ja langsam etwas verkalken, aber ich weiß wirk-lich nicht, was daran so komisch ist.«

»Oh, Inspektor, jetzt, wo mir die meisten Dinge nicht mehr peinlich sind, will ich Ihnen – vor einer halben Stunde wäre das für mich noch undenkbar gewesen –, will ich Ihnen also eine brutal offene Antwort auf Ihre Frage geben. Ich habe mein Schlafzimmer mehrmals ver-lassen, weil ich mehrmals dem Ruf der Natur Folge leis-ten musste. Wenn man mein Alter erreicht hat, kann die Natur sehr ... sehr bedrängend sein. Besonders nach der Schlemmerei von gestern Abend.«

»Verstehe. Und darf ich fragen, wann Sie ungefähr zum letzten Mal draußen waren?«

»Ich kann das nicht nur ungefähr sagen, sondern haar-genau. Die Natur, jedenfalls meiner augenblicklichen Erfahrung nach, scheint ein Gewohnheitstier zu sein. Es war halb sechs.«

»Und haben Sie irgendetwas Verdächtiges gesehen? Oder sogar etwas Schlimmes?«

»Nein, überhaupt nichts. Ich wachte auf, stand auf – wieder einmal –, schlurfte über den Flur und ...«

Er brach ab und runzelte angestrengt die Stirn, während er sich an etwas zu erinnern versuchte.

»Also *haben* Sie etwas gesehen?«

»N-n-n-nein«, murmelte der Vikar schließlich. »Nein, *gesehen* habe ich nichts.«

»Aber Sie haben eben innegehalten, als ob ...«

»Es geht nicht um das, was ich gesehen habe, sondern um das, was ich *gehört* habe. Wie überaus merkwürdig! Wegen all dessen, was seitdem geschehen ist, war es mir völlig entfallen.«

»Was haben Sie gehört?«

»Als ich von – von meinem letzten Ruf der Natur zurückkam, hörte ich wütende Stimmen, einen Streit, einen richtigen Krach zwischen einem Mann und einer Frau, ziemlich heftig. Ich konnte nicht verstehen, was da gesagt wurde, weil alles hinter verschlossenen Türen stattfand, verstehen Sie, aber es klang auf jeden Fall so, als müsste es in dem Zimmer selbst überaus laut hergehen.«

»In welchem Zimmer?«, fragte Trubshawe ruhig.

»Oh, was das angeht«, antwortete der Vikar, »kann es überhaupt keinen Zweifel geben. Es kam aus der Dachkammer. Ja, es kam mit absoluter Sicherheit aus der Dachkammer.«

Sechstes Kapitel

Ein Streit in der Dachkammer um halb sechs Uhr
morgens, ja?«, grummelte der Chefinspektor. »Zwischen einem Mann und einer Frau? Jetzt verdichtet sich
die Handlung doch wirklich ...«, setzte er ironisch hinzu.

Er zog an einem vom Nikotin eingefärbten Ende seines
Schnurrbarts und fragte dann den Vikar:

»Ich nehme an, Sie haben keine der Stimmen erkannt?«

»Ich fürchte, nein. Ich sage es noch einmal, Mr Trubshawe, ich habe auch den Streit selber nicht gehört – wer
gestritten hat und worum es ging. Ich habe nur gehört,
dass es einen Streit gab.«

»Und natürlich haben Sie auch keine Vermutung, wie
alt sie waren?«

»Wie alt wer war?«

»Der Mann und die Frau, die Sie streiten gehört haben?«

»Nein, nein, nein. Ich war im *Halbschlaf.* Das ist auch
der Grund, wissen Sie, warum ich mich erst jetzt daran
erinnere, dass ich überhaupt etwas gehört habe.«

»Gut, vielen Dank, Vikar«, sagte der Polizist. »Das war
überaus hilfreich.«

Er wandte seine Aufmerksamkeit jetzt den fünf anwesenden Frauen zu.

»Meine Damen«, sagte er, »Sie haben gehört, was der
Vikar eben gesagt hat. Darf ich also fragen, ob irgend-

jemand von Ihnen, aus welchem Grund auch immer, in die Dachkammer gegangen ist – denn wenn es auch sehr unwahrscheinlich ist, wäre es ja trotzdem nicht unmöglich, dass der Streit, den der Vikar gehört hat, und der darauffolgende Mord an Gentry nichts miteinander zu tun haben. Ich wiederhole, ist irgendjemand von Ihnen, aus welchem Grund auch immer, etwa gegen halb sechs heute Morgen hoch in die Dachkammer gegangen?«

Überraschenderweise war es der Vikar selbst, der als Erster etwas sagte.

»Mein Wort, mein Ehrenwort«, sagte er ohne erkennbare Bitterkeit in seiner Stimme, »hat für Sie vielleicht nicht mehr so viel Gewicht wie vielleicht früher noch, Inspektor, wenn man bedenkt, was ich gerade gestanden habe, aber ich möchte mich doch für Mrs Wattis verbürgen. Sie schlief tief und fest, als ich um halb sechs aus dem Bett kroch, und sie schlief auch noch tief und fest, als ich kaum sieben oder acht Minuten danach wieder ins Bett kletterte. Sie können mir natürlich glauben oder nicht, das steht Ihnen frei.«

»Mein lieber Vikar«, antwortete Trubshawe diplomatisch, »ich bin nicht hier, um Ihnen zu glauben oder nicht zu glauben. Weder Ihnen noch irgendjemandem sonst, in diesem Fall. Ich bin hier, um mir anzuhören, was jeder von Ihnen zu sagen hat, in der Hoffnung, irgendeinen Hinweis zu finden, wie, warum und von wem das Verbrechen begangen wurde. Ich hatte schon einmal Grund, Sie daran zu erinnern, dass ich nicht aus eigenem Antrieb nach ffolkes Manor gekommen bin.«

»Bitte, Trubshawe«, sagte der Colonel. »Wir sind alle gereizt und nervös. Evadne fällt es vielleicht schwer, ihre

Freude darüber zu verhehlen, dass sie direkt in einen dieser Fälle verwickelt ist, die sie bisher immer nur stellvertretend in ihren Büchern durchlebt hat – du brauchst es nicht abzustreiten, liebe Evie, es steht dir ins Gesicht geschrieben –, aber ich kann Ihnen versichern, dass es für alle anderen von uns kein Spaß ist, Verdächtige in einem echten Mordfall zu sein.

Was allerdings die Bürgschaft für unsere besseren Hälften angeht, und da hat Clem ja gerade das Seine getan, also da fürchte ich, ich kann es nicht. Ich habe wie gewöhnlich um halb sechs den Schlaf der Gerechten geschlafen, und Mary hätte in der Zeit vorm Garderobenspiegel den Hoochie Koochie tanzen können, ohne dass ich es gemerkt hätte.

Sie und ich sind aber jetzt schon beinahe sechsundzwanzig ungetrübte Jahre lang Mann und Frau, und *das* setzt mich in den Stand, jederzeit für sie bürgen zu können. Für einen Polizeibeamten wie Sie ist das vermutlich nicht ausreichend, aber für mich ist es mehr als genug.«

Er legte seiner Frau die Hand auf die Schulter, und sie umschloss sie mit ihrer eigenen.

Ein ungerührter Trubshawe wandte sich jetzt an den Doktor.

»Rolfe? Um halb sechs vermutlich tief im Schlaf?«

»Leider. Wir beide – ich meine, Madge und ich – neigen dazu, nachts zu schlafen. Das ist eine dieser sonderbaren Angewohnheiten, die wir uns zugelegt haben. Schade, wirklich. Wenn ich gewusst hätte, dass etwas im Busche war, hätte ich mich bemüht, wach zu bleiben. Aber das ist es eben, niemand hat uns vorgewarnt.«

»Wenn es Ihnen nichts ausmacht, Doktor«, sagte der

Chefinspektor mit einem kleinen Seufzer, »können wir ganz gut ohne diesen Sarkasmus leben. Diese Fragen muss ich nun einmal stellen. Miss Mount, ich nehme an, Sie bürgen für sich selbst?«

»Wenn Sie damit meinen, ob ich im Bett war, ob ich allein im Bett war und ob ich um halb sechs morgens fest geschlafen habe, ist die Antwort in allen drei Fällen Ja.«

Der Chefinspektor seufzte erneut.

»Und Sie, Miss Rutherford?«

»Ich? Ich weiß gar nicht, was halb sechs Uhr morgens ist!«

»Hm«, sagte Trubshawe, »dann bleibt nur noch Miss Selina übrig. Natürlich werde ich warten, bis sie wieder sie selber ist und sich uns anschließen kann, bevor ich ihr irgendwelche Fragen stelle. Und bitte schauen Sie nicht so ängstlich, Mrs ffolkes, ich werde die Diplomatie selbst sein. Ich weiß, wie man sich in solch schwierigen Situationen verhält. Da habe ich weiß Gott nun wirklich genug Erfahrung.«

Dann musterte er nacheinander jeden im Salon mit festem Blick und blieb, als er die Runde ein zweites Mal langsam in Augenschein nahm, schließlich an Cora Rutherford hängen.

»Wollen Sie so freundlich sein und als Nächste weitermachen, Miss Rutherford?«, fragte er.

»Mit Vergnügen«, sagte die Schauspielerin.

Hier muss einmal gesagt werden, dass man sich Cora Rutherford, ob sie nun wirklich in dem kokett unbestimmten Alter war, das sie für sich in Anspruch nahm – »nicht mehr ganz das muntere junge Ding, das ich mal war, Darling!« –, keinesfalls als eine etwas ledrige, alte wilde Hummel vorstellen durfte. Sie hatte noch immer eine straffe Figur, unter Umständen etwas zu straff, um all die Jahre ohne künstliche Hilfsmittel überdauert zu haben, und auch wenn es unter dem wachsgleichen Make-up, das ihr Gesicht zu einer dauerhaften affektierten Grimasse erstarren ließ, nicht so leicht zu erkennen war, schien dieses Gesicht doch wirklich faltenfrei zu sein.

»Ich schwöre«, verkündete sie, »die Wahrheit zu sagen, die ganze Wahrheit und nichts als die Wahrheit. Und dann noch ein bisschen mehr!«, setzte sie heiser hinzu und machte dabei eine großspurige Bewegung mit ihrer Zigarettenspitze.

»Sehr gut«, sagte Trubshawe. »Dann würde ich gern Ihre eigene Version der Auseinandersetzung hören, die Sie gestern Abend mit Raymond Gentry hatten.«

»Sicher«, antwortete sie, und ein winziger Rauchring schwebte über ihrem Kopf wie ein Heiligenschein auf der Suche nach einem Heiligen. »Wie Sie inzwischen bis zum Erbrechen gehört haben, war Gentry eine absolute Nervensäge. Er war ein Ekel und ein Schuft der allerersten Güte, ein von sich selbst eingenommener kleiner Parvenü mit Minderwertigkeitskomplex, mit seinem geckigen Haar und seinen scharlachroten Lippen und seinem T. S. dies und D. H. das und seiner endlosen Prahlerei und Angeberei wegen seiner Bekanntschaft mit der Maharani von Rajastan oder dem Oom von Oompapah oder anderen genauso märchenhaften Paschas oder Pascheusen.

Bei einer ganz bestimmten Geschichte, die er erzählte, kannte ich aber zufällig eine völlig andere Version aus erster Hand. Er sang uns wie immer die Ohren voll mit Geschichten über all die berühmten Leute, die er kennengelernt hatte, und erwähnte auch, dass er einmal im Claridge mit Molnar beim Cocktail zusammengesessen hatte – mit dem bekannten ungarischen Dramatiker, Sie wissen schon, hinreißender Mann, so geistreich wie eine Horde Affen. Nun, es ist nun mal so, dass ich Ferenc kenne – Ferenc Molnar, meine ich –, sehr gut sogar – ich spielte die Hauptrolle in seinem Stück *Olympia,* weißt du noch, Evie? –, und schon lange bevor ich das Pech hatte, Gentry zu begegnen, hatte Molnar mir erzählt, was wirklich passiert war.

Eines Abends hatte sich Gentry in der Bar vom Claridge an ihn herangemacht und ihn gefragt, ob er einverstanden sei, sich für sein Schmierenblatt von ihm interviewen zu lassen. Natürlich hat Ferenc abgelehnt – er konnte jeden Aufschneider schon eine Meile gegen den Wind riechen –, und als Gentry ihn weiter belästigte, hat er sich einfach umgedreht und ist rausgegangen. Als er an der Tür war, hat er aber zufällig noch einmal zurückgeblickt, und was glauben Sie, was er gesehen hat? Dieser lächerliche Gentry hat heimlich seinen Cocktail ausgetrunken – den von Ferenc, meine ich.

Als ich dann dieses Gerede über ›einen Cocktail mit Molnar‹ hörte, habe ich ihm einfach ins Gesicht gelacht. Ich habe wirklich nicht mehr so gelacht, seit Minnie Battenberg sich bei der Premiere von *Up in Mabel's Room* ins Hemd gemacht hat – ich meine, sie hat sich buchstäblich ins Hemd gemacht, glauben Sie mir.

Ich kann männliche Klatschbasen sowieso nicht ausstehen«, fuhr sie fort. »Nach meinen Erfahrungen, und davon habe ich eine Menge, sind es alles warme Brüder. Um ehrlich zu sein, als Gentry zuerst in den Salon getänzelt kam, habe ich ihn sofort für einen Schwulen gehalten und mich gefragt, was um Himmels willen Selina wohl an ihm gefunden hat. Weißt du, an wen er mich erinnerte, Evie?«

»Nein, an wen?«

»An den Gauner in diesem Buch von dir, das so unanständig war, dass du es in Frankreich veröffentlichen musstest.«

»*Die Familienjuwelen?*«

»Genau das. Eine Wahnsinnsgeschichte! Aber natürlich etwas, das Evie niemals in unserem guten alten England hätte herausbringen können. Wenn ich mich recht erinnere, spielte das Ganze in Portofino.«

»Stimmt«, sagte die Schriftstellerin. »Das Ganze spielte unter …«

»Ich schätze, ich bin an der Reihe, Schätzchen«, sagte Cora Rutherford giftig, weil sie sich sehr ungern an den Rand der Bühne drängen lassen wollte, nicht einmal von der Autorin, die das betreffende Buch geschrieben hatte. »Es drehte sich um eine Gruppe von britischen Aristokraten, die in einer Strandvilla die ewige Party feiern, und das Geniale war, dass das Verbrechen schon aufgeklärt war, bevor irgendeiner von ihnen bemerkt hatte, dass überhaupt eines begangen worden war. Die alte Lady – Lady – Lady Beltham, so hieß sie doch –, die die Party ausrichtet, lässt in ihrem Boudoir dieses unbezahlbare Erbstück herumliegen, das nur darauf wartet, geklaut zu werden, ein schweres Perlenhalsband aus mehreren Ketten – Sie wissen schon, die Art Schmuck, die Queen Mary immer trägt. Sie hält sich außerdem gerade einen ganz neuen *hombre,* der jung genug ist, um ihr Sohn zu sein – oder eher ihr Enkel. Im Buch heißt er schlicht

Boy, und jeder außer *la* Beltham begreift sofort, dass er zu der übelsten Sorte von Blutsaugern und Schmarotzern gehört. Und zwar umso mehr, als aus seinen Manieren und Manierismen recht zweifelsfrei hervorgeht, dass er irgendwie, wie soll ich sagen, irgendwie nicht ganz koscher ist. Ein Uranier, wie es die Leute um Oscar Wilde so schön altmodisch nannten, und tuntenhaft bis zum Gehtnichtmehr. Also nehmen natürlich alle an, dass er nur aus einem einzigen Grund mit der vernarrten alten Schachtel herumknutscht, weil er es nämlich kaum abwarten kann, das Halsband in seine habgierigen dreckigen kleinen Pfoten zu kriegen.«

»Wirklich, Miss Ruther...«, fing der Chefinspektor an und versuchte, ihren Redefluss einzudämmen.

»Also engagiert ihr Neffe – Lady Belthams Neffe, der künftige Erbe dieses Schmuckstücks – einen Privatdetektiv und führt ihn bei seiner Tante als früheren Schulkameraden ein, sodass er an der Gesellschaft teilnehmen kann. Ich betone, er führt ›ihn‹ ein, denn der Detektiv ist dieses eine Mal nicht Alexis Baddeley, sondern ein zarter junger Mann – ich glaube, er hieß Elias Lindstrom –, der, wie sich herausstellt, ebenfalls zu den Uraniern gehört.

Nun, eines Morgens, als alle am Strand faulenzen, kommt Boy aus der Villa, zieht sich aus und watet unter den Augen seiner entzückten alten Glucke ins Meer, bekleidet mit einer glänzenden, figurbetonenden Badehose. In diesem Moment erkennt Lindstrom, dass er gerade das Halsband gestohlen hat.

Der Trick dabei ist, dass er selbst – Lindstrom, meine ich – sich schon ein kleines Schlafzimmer-Techtelmechtel mit Boy genehmigt hat, gewissermaßen in Ausübung seines Berufs, und als er die ziemlich beeindruckende Beule in der Badehose sieht, eine Beule, die kaum eine Ähnlichkeit besitzt mit dem, was er ... Also, ich muss keine Zeichnung machen, oder? Er weiß, dass in der Badehose noch etwas mehr stecken muss als Boys eigene Familienjuwelen. Als Boy wieder aus dem Meer kommt, zerrt ihm der Detektiv die Hose bis zu den Knöcheln runter, natürlich ohne um Erlaubnis zu bitten, und das Perlenhalsband fällt heraus!

Nun, um auf gestern Abend zurückzukommen – ja, ja, Trubshawe, ich bin schon dabei –, um also auf gestern Abend zurückzukommen: Gentry erinnerte mich sofort an diesen schäbigen jungen Wicht, und um ehrlich zu sein, konnte ich mir einfach nicht vorstellen, was er für ein Interesse an Selina haben sollte, ganz zu schweigen von ihrem Interesse an ihm. Aber als ich ihn dann wegen dieser verlogenen Molnar-Geschichte auffliegen ließ, begriff ich sofort, dass ich mir einen Feind fürs Leben gemacht hatte.

Was ich allerdings nicht wissen konnte, war, wie schnell er zum Gegenangriff übergehen würde. Für manche Leute ist das Blut des Feindes wie ein feiner Qualitätswein, wissen Sie. Es muss gekostet werden, im Gaumen gespült, dieser ganze Weinprobenquatsch. Bei Gentry war das anders. Er ging einem direkt an die Gurgel.«

»Was sagte er?«, fragte Trubshawe.

»Das Erste, was er sagte – ich meine, was er andeutete –, das Erste, was er andeutete, war, dass ich beruflich auf dem absteigenden Ast sei, weil – weil ...«

An diesem Punkt schienen der Schauspielerin, ähnlich wie vorhin dem Vikar und ganz wie der Chefinspektor es vorausgesehen hatte, plötzlich die Worte zu fehlen.

Öffentlich zu enthüllen, was selbst für sie eine unangenehme und peinliche Wahrheit war, stellte sich trotz all ihrer ehernen Selbstbeherrschung offensichtlich doch als schwieriger heraus, als sie angenommen hatte.

»Also gut, es nützt ja nichts«, seufzte sie schließlich. »Er deutete an, ich sei auf dem absteigenden Ast wegen meiner wachsenden und mich beeinträchtigenden Abhängigkeit von – von gewissen Substanzen.«

»Drogen?«

»Kokain, wenn Sie es unbedingt wissen müssen.«

Das erschrockene Schweigen, das auf diese letzte Aussage folgte, hing weniger mit der Enthüllung zusammen, dass sie drogenabhängig war – wie Evadne schon angedeutet hatte, kursierten Gerüchte darüber seit Jahren –, sondern vielmehr mit der kühlen Verachtung, mit der sie das als eine der Tatsachen ihres Lebens konstatierte.

»Und stimmt das alles, was er Ihnen unterstellte?«

»Darauf lautet meine Antwort Ja, Nein und ganz sicher nicht, Chefinspektor.«

»Das müssen Sie mir erklären, Verehrteste.«

»Ja, ich nehme Kokain. Nein, ich fühle mich nicht beeinträchtigt. Und ich bin ganz sicher nicht auf dem absteigenden Ast. Ich habe gerade ein zehnwöchiges Gastspiel am Haymarket absolviert, wo ich die Ginevra in *The Jest* von Sem Benelli spiele, einem Dramatiker, dessen Stücke so lange gespielt werden, wie es noch Theater gibt, das versteht sich von selbst. Gegenwärtig stehe ich in Verhandlungen mit Hitch – Hitch? Alfred Hitchcock? Der berühmte Filmregisseur? Nein? Nie von ihm gehört? Keiner von euch? Herrje noch mal! Nun egal, ich verhandele mit Hitch über die Rolle von Alexis Baddeley in einer geplanten Filmfassung von Evadnes *Death Be My Deadline*. Für mich ist das natürlich eine ganz wichtige Rolle. Ich werde Unmengen Schminke brauchen, um mich älter zu machen.«

»Miss Rutherford, hat Raymond Gentry Ihnen tatsächlich gedroht, über Ihre – Ihre …«

»Meine Sucht?«

»Ja, Ihre Sucht. Hat er gedroht, darüber in *The Trombone* zu schreiben?«

»Nein, nicht ausdrücklich – so, wie auch der Artikel selbst, hätte er Zeit und Gelegenheit gehabt, ihn zu schreiben, nicht so ausdrücklich gewesen wäre, wenn Sie mir folgen können. Aber es war nur zu deutlich, was er vorhatte. Als ich seine Molnar-Geschichte entlarvt hatte, stand er vor Selina wie ein Blödmann da, und er war entschlossen, sich dafür zu rächen.

Oh, er hätte nicht gewagt, das Wort Kokain zu schreiben – dagegen hätte ich sicher klagen können, weil er nichts hätte beweisen können –, aber seine Leser verstehen natürlich alle den Code des *Trombone*, und er hätte keinen Zweifel darüber gelassen, worüber er tatsächlich schrieb.«

»Trotzdem«, sagte der Chefinspektor, »wenn Gerüchte über Ihre Abhängigkeit schon seit Jahren zirkulieren, wie wir von Miss Mount gehört haben, hätte es doch sicher keinen großen Unterschied gemacht, wenn ein – wie haben Sie es genannt? –, ein codierter Artikel in *The Trombone* erschienen wäre?«

»So würden Sie es sehen, nicht wahr? Aber diese Dinge funktionieren anders. Solange die Gerüchte nur ›zirkulieren‹, wie Sie es genannt haben, können sie keinen allzu großen Schaden anrichten, denn es zirkulieren so viele Geschichten, wahre ebenso wie falsche. Aber wenn sie gedruckt werden, und sei's nur als Gerüchte, und damit zu Nachrichten werden – das ist der Augenblick, wo sie gefährlich werden.«

»Ja, ich glaube, ich verstehe, was Sie meinen.«

»Und es waren ja nicht nur die Drogen. Es gab auch noch …«

An diesem Punkt brach sie wieder ab.

Trubshawe wartete ein paar Sekunden, bevor er nachhakte.

»Es gab noch *was*?«

»Ich – nun, es ist nicht an mir, das aufs Tapet zu bringen – diese andere Sache.«

»Bitte, Miss Rutherford, Sie haben bisher mit offenen Karten gespielt. Ich muss darauf bestehen, dass Sie mir alles erzählen, was wichtig sein könnte für die Situation, in der Sie alle sich jetzt befinden.«

Die Schauspielerin blieb weiter stumm.

»Könnte Ihre Zurückhaltung an dieser Stelle«, fragte er sie dann, »etwas zu tun haben mit« – er zog wieder Gentrys Zettel mit den Notizen aus der Tasche und las laut vor, was er für die betreffende Zeile hielt – »CR + EM = COCA + LES?«

»Ja … ja, damit könnte es zu tun haben«, antwortete Cora Rutherford nach einem kurzen Zögern. »Das Problem ist, Chefinspektor, dass das Privatleben einer anderen Person mitbetroffen ist. Ich meine nur, es wäre …«

»Oh, erzähl es ihm einfach, Cora«, unterbrach Evadne Mount sie schroff. »Es wird ohnehin rauskommen. Irgendwann.«

»Soll ich wirklich, Evie?«, fragte die Schauspielerin. »Ich meine, können wir überhaupt sicher sein, dass er auf das angespielt hat, was – du weißt schon, was?«

»Klar hat er das getan, die widerliche kleine Kröte. Worum sollte es sonst gehen? Aber wenn wir Trubshawes Wort haben, dass nichts davon durch diese vier Wände sickern wird, dann bin ich bereit, so offen zu sein, wie du es warst.«

»Ich habe Ihnen dieses Wort bereits gegeben.«

Jetzt war die Reihe an der Schriftstellerin, die Geschichte zu erzählen.

»Sie müssen wissen, Trubshawe, Cora und ich sind beste Freundinnen seit ewigen Zeiten. Als wir beide noch in unseren Zwanzigern waren, war sie eine sich abmühende junge Schauspielerin und ich eine hoffnungsvolle junge Autorin. Ein paar Jahre bewohnten wir zusammen ein Apartment in Bloomsbury, das winzigste Apartment, das die Welt je gesehen hat.«

»Winzig!«, sagte die Schauspielerin. »Winzig ist nicht das richtige Wort. Man konnte sich darin buchstäblich nicht umdrehen!«

»Nicht umdrehen?«, rief die Schriftstellerin. »Man konnte nicht einmal drin stehen!«

Von den Erinnerungen an eine ferne, schemenhafte Vergangenheit eingeholt, die nur sie allein kannten, fingen die beiden Frauen an, wie die unbedarften, aufgeregten Mädchen, die sie damals wohl gewesen waren, zu kichern. Das Schauspiel hatte beinahe etwas Rührendes.

»Jedenfalls«, sagte Evadne Mount und wischte sich eine nostalgische Träne aus dem Augenwinkel, »ich schrieb an meinem allerersten Buch und ...«

»Oh nein!«, rief der Chefinspektor. »Jetzt muss ich wirklich dazwischengehen. Es ist jetzt nicht – ich wiederhole: *nicht* – die Zeit und der Ort, um noch einen weiteren Ihrer überaus raffinierten Plots zu erzählen.«

»Also bitte, immer mit der Ruhe! Bei diesem Roman würde ich mich gar nicht trauen, die Handlung detailliert zu erzählen. Nicht, wenn der Vikar dabei ist.«

»Wie? Was Sie nicht sagen!«, fragte der Polizist, bei dem wider Willen das Interesse erwacht war. »Nun, äh – erzählen Sie mir, was war das für ein Roman?«

»Das ist ja der Punkt. Es war kein Krimi. Damals hatte ich den Ehrgeiz, ein großes literarisches Genie zu werden. Das Vorbild für mein Buch war *The Well of Loneliness* – Radclyffe Hall, Sie kennen das ja. Der Titel – ich laufe rot an, wenn ich heute daran denke –, aber der Titel war *The Urinal of Futility*, und es ging um eine noch unberührte junge Frau, die gerade Somerville College absolviert hatte, um ihre schmerzhafte Versöhnung mit der eigenen« – hier senkte die Autorin ihre Stimme bis zum Flüstern –, »der eigenen H-o-m-o-s-e-x-a-l, nein warten Sie, da ist ein kleiner Fehler, H-o-m-o-s-e-x-u-a-l-i-t-ä-t« – dann, nachdem sie das anstößige Wort ausgesprochen hatte, hob sie ihre Stimme wieder auf die normale durchdringende Lautstärke, als hätte sie den Lautstärkeregler an einem Radio aufgedreht – »und ihr intimes Verhältnis zu einer – zu einer – nun, lassen wir es dabei, dass es autobiographisch war.

Ja, Clem, du hast mich schon richtig verstanden. Es war autobiographisch. Und ich weiß auch, wie furchtbar ausgeprägt deine Empfindlichkeit ist, aber es gibt keinen Grund, so empört zu gucken. Ich bin nicht die Einzige, der das Leben einen hinterhältigen Streich gespielt hat. Du hast eben Plattfüße.«

»Evie, bitte!«, protestierte der Vikar pflichtschuldigst pikiert. »Ich kann mich nicht mit dem Gedanken einverstanden erklären, dass Plattfüße und das, worunter du gelitten hast – und ich hoffe, ich kann die Vergangenheitsform benutzen –, auch nur annähernd miteinander vergleichbar sind.«

»Miss Mount«, intervenierte Trubshawe. »Das ist alles sehr interessant, aber ich muss leider wieder unwirsch werden, weil mir einfach nicht einleuchten will, was das alles mit Miss Rutherford zu tun hat.«

»Heiliger Bimbam, Mann«, rief die Autorin, »es springt Ihnen doch förmlich ins Gesicht!«

»Ja? Aber ich weiß immer …«

»Hören Sie. Cora und ich waren beide jung, und sie sah hinreißend aus, und ich selber, auch wenn Sie's nicht glauben mögen, ich selber sah auch gar nicht so schlecht aus – jedenfalls nicht wie der Pandabär im Tweedkostüm, den Sie jetzt vor sich sehen –, und wir waren einsam und teilten uns ein Miniappartement, in dem nur ein einziges großes Bett stand, und – also, um Cora zu zitieren, muss ich eine Zeichnung machen?«

»Nein!«, sagte der Chefinspektor und zuckte leicht zusammen. »Ich fürchte, Sie haben es schon getan.«

»Wie auch immer«, fuhr Evadne Mount schnell fort, »für keine von uns beiden hat sich daraus eine endgültige Option ergeben. Wie alle Leser der *Illustrierten Filmwoche* sehr wohl wissen, hatte Cora nicht weniger als drei Ehemänner – es sind drei, nicht wahr, Cora, Darling?«

»Vier, Darling, wenn du an den Grafen denkst.«

»Ich denke nie an den Grafen.«

»Ich auch nicht«, kicherte Cora.

»Was mich anging, so entschied ich mich dafür, meine emotionalen Energien in meine Bücher zu investieren – ich rede von meinen Kriminalromanen. *The Urinal of Futility* ist veröffentlicht worden – als Privatdruck –, aber ich habe es nie wieder auflegen lassen und es auch, bei meinem Eintrag im *Who's Who*, immer weggelassen. Seine Autorin ist nicht mehr die, die ich heute bin und die ich schon seit vielen Jahren bin. Es war ein Weg, der nicht weiter beschritten wurde, wie man so schön sagt. Und zwar Gott sei Dank, sage ich auch. Meine Leser sind alles nette Menschen, da bin ich sicher, aber meine Erfahrung sagt mir, wenn man mal hinter die Nettigkeiten guckt, hinter das *Guten Tag* und *Schön, Sie zu sehen,* sind es dieselben Leute, die, wenn es darauf ankommt, mit den allerschlimmsten bigotten Ansichten herausrücken.«

»Sicher, sicher«, sagte Trubshawe ungeduldig, »aber könnten wir auf Gentry zurückkommen, bitte?«

»Da gibt's nicht viel zu sagen. Uns ist genau dasselbe passiert wie dem armen Clem. Gentry hat irgendwie Wind von unserer gemeinsamen Vergangenheit bekommen, also von Coras und meiner, und fing an, quer über den Tisch gegen uns zu sticheln. Und das so durchtrieben und subtil, dass, wie Cora schon erzählt hat, nur sie und ich verstehen konnten, worüber er eigentlich redete.«

»Wie kam das Thema denn überhaupt auf?«

»Wirklich, das war so kindisch, ich kann mich kaum erinnern.«

»›Lady of Spain‹, Evie«, soufflierte ihr die Schauspielerin. »Das solltest du erzählen.«

»›Lady of Spain‹?«, wiederholte ein verwirrter Trubshawe.

Die Autorin erinnerte sich und fuhr zusammen.

»Ja, so albern war das tatsächlich. Selina saß am Piano
und fragte, ob irgendjemand von uns einen Wunsch hätte.
Als Cynthia um ›Lady of Spain‹ bat – Sie kennen das ja,
›Lady of Spain, I adore you, tra la la la la, I implore you!‹ –,
warf Gentry Cora und mir sofort einen seiner bohrenden
Blicke zu und schlug vor, das Lied in ›Lady of Lisbon‹
umzubenennen.«

Jetzt sah Trubshawe völlig verblüfft aus.

»›Lady of Lisbon‹? Ich verstehe nicht, Lissabon liegt
doch in Portugal, nicht in Spanien.«

Erneut brachen die Schauspielerin und die Romanautorin in ein stürmisches, unbezähmbares Gelächter aus.
Noch einmal konnte man einen flüchtigen Eindruck – so
flüchtig, dass er kaum wahrnehmbar war – von zwei le-
benslustigen Frauen erhaschen, die vor endlos langer Zeit
ein kleines, kaltes Apartment und ein großes, warmes
Bett in Bloomsbury miteinander geteilt hatten. Dann
traten die Geister ihres jüngeren, fröhlicheren Selbst, so
rasch, wie sie aufgetaucht waren, diskret den Rückzug in
die Vergangenheit an, aus der sie kamen, gerade als zwei
Flecken der Schamröte auf Trubshawes Wangen auf-
leuchteten. Er brauchte ein paar Sekunden, dann hatte er
endlich verstanden.

»Ich verstehe – ja, ja, jetzt verstehe ich«, murmelte er,
hörbar gedemütigt.

»Ihr Wort, Sie erinnern sich?«, fragte Cora Rutherford.
»Sie haben uns Ihr Wort gegeben?«

»Aber sicher. Ich habe Ihnen mein Wort gegeben und

versichere Ihnen, ich werde es halten. Schon komisch, dass man etwas gibt, das man am Ende dann doch hält, Sie verstehen, was ich meine. Sie können mir vertrauen, meine Damen.

Und nun«, schloss er, »muss ich an Sie beide natürlich meine allerletzte Frage richten. Miss Rutherford, Miss Mount, hat eine von Ihnen beiden Raymond Gentry ermordet?«

»Du zuerst«, sagte Cora Rutherford zu Evadne Mount.

»Nein, nein, ich bestehe darauf, dass du anfängst«, sagte Evadne Mount zu Cora Rutherford.

»Alter vor Schönheit«, sagte Cora Rutherford.

»Du sprichst mir aus der Seele«, sagte Evadne Mount. »Deshalb bestehe ich darauf, dass du anfängst.«

»Hol's der Teufel! Warum musst du immer das letzte Wort haben, du alte Schlampe!«, sagte Cora Rutherford und zuckte einmal kantig mit ihren wattierten Schultern.

Sie sah den Chefinspektor an.

»Nein, ich habe Raymond Gentry nicht ermordet. Obwohl ich, um ganz offen mit Ihnen zu sein, Trubshawe, mir wünschte, ich hätte es getan. Es ist hochgradig befriedigend für mich – wie für jeden anderen hier im Raum, da bin ich mir sicher –, dass das Monster nicht mehr lebt. Aber es wäre noch befriedigender zu wissen, dass ich den Mut – oder das Glück – hatte, ihn aus seinem Elend zu erlösen. Ich meine natürlich, uns aus *unserem* Elend.«

»Stimmt und passt!«, rief Evadne Mount.

Siebtes Kapitel

Die Rolfes, die als Nächste an der Reihe waren, hatten in Wirklichkeit zwei Geschichten zu erzählen, nicht nur eine, und der Doktor erzählte die erste und seine Frau die zweite. Weil in ihrem Fall der Chefinspektor nur selten und in großen Abständen unterbrechen musste und weil diese Unterbrechungen bis zum Schluss reine Routine und völlig prosaisch waren und weil weder Ehemann noch Ehefrau den anderen, um eine Aussage zu überprüfen, konsultierte und keiner den anderen korrigierte, ist es am besten, jede von außen gemachte Bemerkung auszusparen.

»Also gut« (sagte der Doktor und strich sich über den Schnurrbart, der so gepflegt und bleistiftdünn war, dass man kaum glauben mochte, dass er zur selben Gattung gehörte wie Trubshawes borstiges Gewächs), »wie viele von euch wissen, sind Madge und ich vor gut sieben Jahren hierhergezogen. Es kam uns sehr gelegen, dass sich der alte Dr. Butterworth in Postbridge zur Ruhe setzen wollte. Er bot seine Praxis zum Verkauf an, ich kaufte sie ihm ab, und ich kaufte auch das reizende verfallene Cottage, das dazugehört und in dem wir seitdem wohnen.

In Postbridge bin ich natürlich nichts als ein gewöhnlicher Feld-, Wald- und Wiesendoktor. Der Großteil meiner Arbeit hat mit Koliken, Hühneraugen und Frostbeulen zu tun. Ich habe hier das ganze Jahr über nie einen echten Krankheitsfall, soll heißen ein interessantes Problem. Ich bin das, was man ein menschliches Placebo nennen könnte. Und ich hege schon lange den Verdacht, dass mein Umgang mit Kranken, den ich nach Bedarf regulieren kann wie den Wasserhahn im Bad – das wird diejenigen von euch, die mich für einen kalten Fisch halten, vielleicht überraschen –, dass also mein Umgang mit Kranken einen deutlich heilsameren Effekt hat als alles, was ich ihnen verschreiben kann.

Das ist nicht immer so gewesen. Ich habe meine Ausbildung als Kinderchirurg gemacht, und auch wenn ich mich jetzt selber loben muss, es war bald offensichtlich, dass ich dazu bestimmt war, auf diesem Feld wenn nicht Großartiges, so doch Herausragendes zu leisten. Ich habe einige viel beachtete Artikel im medizinischen Journal *The Lancet* über die Pathologie des Partus veröffentlicht – man nennt das auch Gebärvorgang – und wurde am St. Theodore's als der kommende Mann gehandelt.

In jenen alkyonischen Tagen waren Madge und ich, würde ich sagen, so glücklich wie noch nie und wie wir es vermutlich auch nie wieder sein werden. Wir hatten einen interessanten und anregenden Bekanntenkreis, darunter nicht wenige Berühmte oder Halbberühmte, und wohnten in einem winzigen Häuschen in Notting Hill. Nicht gerade eine elegante Gegend, das gebe ich zu, ein bisschen kleinbürgerlich, aber für diejenigen von uns, die sich Kensington nicht leisten konnten, war es gut genug, um dort zu wohnen, Freunde einzuladen und vor allem eine Familie zu gründen.

Eine Familie gründen. Da sind wir bei der furchtbaren, tragischen Ironie unseres Lebens. Für euch, die ihr Madge erst seit ein paar Jahren kennt, ist das vielleicht schwer zu glauben, aber alles, was sie eigentlich wollte, waren möglichst viele Kinder. Selbst unter meinen Patientinnen habe ich nur wenige Frauen mit einem so starken mütterlichen Instinkt kennengelernt. Und es war dieser mütterliche Instinkt von Madge, der die grausame Ironie unseres Schicksals ausmachte. Denn, um es klar zu sagen, wir – ich muss sagen, ich –, *ich* kann keine Kinder haben. Auch wenn ich ein halbes Dutzend Brüder und Schwestern hatte, ich selber bin … nun, ich bin unfruchtbar.

Jetzt wisst ihr es. Auch uns hat das Leben einen hinterhältigen Streich gespielt, um Evadnes Worte zu gebrauchen. Hier war ich ein angesehener Kinderchirurg, der in seinem Beruf jeden Tag jungen Frauen beistand und ihnen half, hübsche und gesunde Babys zur Welt zu bringen, und ich selber war nicht in der Lage, meiner Frau die Kinder zu machen, die sie sich so sehnlichst wünschte.

Durch diesen meinen Makel war unsere Ehe praktisch null und nichtig. Sie wurde von den Kindern heimgesucht, die wir nie hatten. Es war beinahe so, als hätten wir sie *gehabt*, und sie wären gestorben – so, das versteht ihr doch, als ob sie uns schon gestorben wären, bevor sie überhaupt geboren werden konnten. Diese ungeborenen Kinder lebten mit uns in unserem hübschen kleinen Haus in Notting Hill wie kleine Geister, kleine Babygeister.

Ich bitte um Verzeihung. Nicht vielen Menschen in meinem Leben habe ich mich so offenbart. Nicht einmal Madge, wenn ich es genau betrachte. Ich neige dazu, meine empfindsamere Seite ausschließlich für meine Patienten zu reservieren.

Egal, weiter. Natürlich haben wir über die Möglichkeit einer Adoption gesprochen. Ich muss jedoch sagen, dass wir durch die unglückseligen Erfahrungen von Nachbarn ziemlich entmutigt waren. Sie waren auch kinderlos und adoptierten einen kleinen Waisenjungen, fast noch einen Säugling, dessen Eltern bei einem Autounfall ums Leben gekommen waren. Was man ihnen aber nicht gesagt hatte – jedenfalls nicht, bis die Probleme ihnen über den Kopf wuchsen –, war, dass der Vater des Kleinen ein analphabetischer Hilfsarbeiter und seine Mutter eine schlampige Schnapsdrossel gewesen waren, eine halbe Zigeunerin, die als Hausmädchen arbeitete und von einer ganzen Reihe anständiger Haushalte wieder entlassen worden war. Kurz gesagt, sie kamen fast aus der Gosse, und wie man sich denken kann, hatte ihr unglückseliger Sprössling dieses schlechte Blut geerbt.

Als er fünfzehn war, hatte er es schon auf sämtliche Schulmädchen in der Nachbarschaft abgesehen, er wurde wiederholt vor Gericht zitiert wegen kleiner und gar nicht so kleiner Diebstähle am Arbeitsplatz, und er war durchweg unfähig, in irgendeinem der Jobs, die seine ehrbaren und verzweifelten Pflegeeltern ihm verschafft hatten, längere Zeit durchzuhalten. Ich brauche Ihnen kaum zu sagen, dass er am Galgen endete.

Man sieht also, egal, wie umsichtig man ist, man kann nie, *nie* sicher sein, was für ein Kind man adoptiert. Und die Erbanlagen kommen auf jeden Fall raus – als Arzt weiß ich sehr wohl, dass das eines der unumstößlichsten biologischen Gesetze ist. Und in Anbetracht der Tatsache, dass unsere Ehe auf dem Weg der Selbstzerstörung schon so weit gediehen war, konnten Madge und ich das Risiko einfach nicht eingehen.

Dann schien uns der Himmel selbst zu Hilfe zu kommen, damit wir unser Verhältnis wieder flicken konnten. Ich hatte eine Tante, eine unverheiratete Dame, die ihre letzten Jahre in Farnborough verbrachte. Sie war Kammerfrau bei der exilierten Kaiserin Eugénie gewesen, die ihr bei ihrem Tod fünftausend Pfund hinterlassen hatte, eine Erbschaft, die meine Tante praktisch nicht angerührt hatte, als sie selbst das Zeitliche segnete. Ich war ihr einziger lebender Verwandter, und auch wenn Madge und ich sie nie, wie soll ich sagen, gepflegt hatten – zu unserer ewigen Schande haben wir es niemals geschafft, sie und ihr altersschwaches Gefolge vom Hof zu Lebzeiten wenigstens einmal zu besuchen –, fiel uns die Erbschaft doch wie Fallobst in den Schoß.

Fünftausend Pfund waren in jenen Tagen eine hübsche Stange Geld, und während wir noch überlegten, was wir damit machen sollten, bekam ich ein Angebot, als Krankenhauschirurg ans Cedars of Babylon Hospital in Ottawa, Kanada, zu gehen. Das war das Wunder, das wir uns erhofft hatten, dachten wir beide, und ich nahm ohne Zögern an.

Ach je! Ich glaube, es ist Thomas Carlyle, der es einmal treffend so ausdrückt: ›Hier oder nirgends, jetzt oder nie, Einwanderer, liegt dein Amerika.‹ Unsere Wurzeln waren hier, und uns davon loszureißen, änderte letztlich nichts. Ich hatte natürlich meine Arbeit, die mich ausfüllte, aber Madge fand die Kanadier fast so frostig wie ihr Klima.

Nehmen wir meine Kollegen. Sie luden uns einmal zum Essen ein, und das war es dann. Nicht, weil sie uns nicht mochten oder dergleichen, denke ich mal, sondern weil sie dachten, wenn sie uns einmal zu Besuch gehabt hatten, hätten sie ihre Pflicht getan. Es war etwa so, versteht ihr, als wären wir Bekannte auf der Durchreise, Freunde von Freunden, auf einem Zwischenstopp. Sie hatten ihre eigenen kleinen gesellschaftlichen Kreise, und unsere plötzliche Anwesenheit drohte wohl die Symmetrie zu kippen. Es wäre falsch zu sagen, dass sie uns wie Eindringlinge behandelten, es war einfach so, dass in ihrem Leben kein Platz für uns war.

Die Auswirkungen auf unsere Ehe waren verheerend. Abend für Abend schrien wir einander an – manchmal schweigend, wenn ihr versteht, was ich meine, manchmal im Flüsterton und manchmal in voller Lautstärke. Und das war der Zeitpunkt, als ich zu trinken anfing.

Ich bin nie Alkoholiker gewesen. Wirklich nicht. Aber jeden Abend, wenn ich mich auf den Heimweg machte, spürte ich, dass ich mir Mut antrinken musste, um meiner eigenen Frau gegenübertreten zu können. Nein, nein, das ist ganz unfair, was ich jetzt gesagt habe. Madge trifft überhaupt keine Schuld. Was ich nicht ertragen konnte, war nicht meine Frau, es war unsere Ehe – oder das, was davon übrig geblieben war.

Wie dem auch sei, ich begann zu trinken, und was noch schlimmer war, ich trank weiter. Wenn Ottawa auch sonst nichts zu bieten hatte, es konnte sich doch wenigstens einer überwältigenden Anzahl einladender Bars rühmen, und recht bald unterstützte ich die meisten von ihnen.

Bis eines Tages das Unausweichliche passierte. Ich musste einen Kaiserschnitt vornehmen. Anfangs sah es ganz unproblematisch aus, nicht komplizierter als sonst. Es stellte sich aber heraus, dass ein wesentlich tieferer Schnitt nötig war, als irgendjemand hätte vorhersehen können – also, um es kurz zu machen, ich musste das Baby opfern, um das Leben der Mutter zu retten.

Ich schwöre, dass ich auch in diesem Fall keinen Fehler machte. Jeder Chirurg auf der ganzen Welt hätte sich in derselben Lage befunden wie ich, hätte sich demselben Dilemma gegenübergesehen und wäre ganz zweifelsfrei – ich wiederhole, zweifelsfrei – zur selben Entscheidung gekommen. So etwas passiert, und es kann den größten ärztlichen Kapazitäten passieren.

Der Vater, ein Angehöriger der berittenen kanadischen Polizei, war verständlicherweise tiefunglücklich, seinen Sohn verloren zu haben, er war aber auch überaus dankbar, dass ich ihm seine Frau mehr oder weniger gesund zurückgegeben hatte. Außerdem haben die meisten normalen Menschen vor einem Arzt, vor jedem Arzt, so viel Ehrfurcht, dass es ihnen gegen den Strich geht, sich zu fragen, ob eine in ihren Augen so heroische Person vielleicht einen Fehler gemacht hat.

Das alles hätte also ohne jedes unangenehme Nachspiel für mich ausgehen können, wenn nicht so eine impertinente Krankenschwester direkt zum Chefarzt gegangen wäre und sich beklagt hätte, sie habe Scotch gerochen, als sie meinen Mundschutz angepasst habe.

Selbstverständlich wurde ich ins Büro des Direktors

gerufen, wo ich sehr sachlich darlegte, dass es von meiner Seite keine Nachlässigkeit gegeben hatte. Der Anästhesist, sagte ich, würde mich ganz gewiss in meiner Feststellung unterstützen, dass nicht mehr hätte getan werden können, um das Kind zu retten. Und genau das tat er auch, nur dass er, unter dem Druck unerwartet hartnäckiger Nachfragen durch den Chefarzt, auch zugab, er habe ebenfalls den Eindruck gehabt, vor allem wegen meiner angeblich etwas schleppenden Stimme, ich hätte getrunken. Und nicht zum ersten Mal, fügte er hinzu.

Und nicht zum ersten Mal. Das waren die Worte, die mich erledigten. Der Chefarzt war absolut verärgert. Er forderte mich auf der Stelle auf, dieses Haus nie wieder durch den Schatten meiner Anwesenheit zu verdüstern. Anfangs wehrte ich mich noch. Ich protestierte und sagte, ich könne und dürfe nicht einfach wegen der Aussage eines Anästhesisten entlassen werden, aber er weigerte sich, mich ausreden zu lassen, und ehrlich gesagt, ich war auch nicht mehr ganz bei der Sache. Wenn ich mich dafür entschieden hätte zu klagen, hätte das nicht nur für das Krankenhaus, sondern auch für mich selbst einen Skandal verursacht, und ich war mir nicht sicher, ob eine Ehe, die schon so wackelig war wie die unsere, die ganze öffentliche Aufmerksamkeit überlebt hätte.

Damit war es dann ausgestanden, werdet ihr denken. Aber nein – es war noch nicht ausgestanden, und es war auch noch nicht einmal der Tiefpunkt erreicht. Ich habe keine Ahnung, wer gequatscht hat – die Krankenschwester, schätze ich –, aber es gibt nun einmal Geheimnisse, die unmöglich welche bleiben können, hippokratischer Eid hin oder her, und irgendwann kam es dem berittenen

Polizisten und seiner Frau zu Ohren, dass ich im Operationssaal – man sollte es nicht für möglich halten – angeblich ›sturzbetrunken‹ gewesen sei.

Sie schrieben einen Brief nach dem anderen an die Krankenhausleitung. Sie fingen an, uns mit Drohanrufen zu quälen. Und auch wenn sie unsere Privatadresse noch nicht kannten, war es für ihn als Polizisten natürlich kein Problem, sie herauszufinden. Ihr werdet sicher verstehen, warum Madge und ich keine Lust hatten, länger dort zu bleiben.

Wir packten auf der Stelle unsere Sachen, flohen nach New York – ›fliehen‹ ist das *mot juste*, fürchte ich – und buchten eine Passage auf dem erstbesten Schiff, das nach Europa ging, der *Zenobia*. Sechs Tage später gingen wir in Le Havre an Land. Noch am selben Abend waren wir in Paris, und am nächsten Tag saßen wir im *Train Bleu* nach Süden.

Von hier an« (schloss er im selben knappen und präzisen Ton, in dem er alles Vorherige erzählt hatte) »wird die Geschichte mehr zu einer von Madge als von mir. Wenn Sie einverstanden sind, übergebe ich deshalb den Stab an sie.«

Während der Beichte ihres Ehemannes war Madge Rolfes Blick so konzentriert auf ihn gerichtet gewesen, dass man das Gefühl hatte, sie schaue nicht einfach auf ihn und sein Gesicht, sondern tatsächlich auf seine *Lippen*, schaue zu, wie sie die Wörter und Sätze formten, die sie beide für immer in dem einzigen Kreis von Menschen ächten würden, zu dem sie sich noch zugehörig fühlen durften. Schließlich wandte sie sich von ihm ab und jenen zu, die ihn beinahe so konzentriert beobachtet und ihm zugehört hatten wie sie selbst.

Sie räusperte sich. Dann zündete sie sich eine Zigarette an – sie setzte, durch und durch Schauspielerin, allerdings eine Schauspielerin, die nie die Bühne betreten hatte, das Feuerzeug und die Zigarette exakt so ein, wie es eine Berufsschauspielerin getan hätte, ja wie Cora Rutherford es selbst getan hätte. Für sie war es jetzt vor allem ein handliches Paar Requisiten, das es ihr erlaubte, ein paar Augenblicke innezuhalten, um sich ihren Text zurechtzulegen und ihre Kräfte neu zu sammeln.

Sie runzelte noch einen Moment lang irgendwie attraktiv die Stirn, dann begann sie mit ihrem eigenen Bericht über die gemeinsame Vergangenheit.

»Ihr habt alle gehört« (sagte sie), »wie Henry unsere Eheprobleme analysiert hat. Ihr habt gehört, wie er regelrecht daran *operierte,* mit einer ruhigeren Hand als damals bei der armen Frau in Ottawa. Ja, ja, ich weiß, Henry, du warst keineswegs ›sturzbetrunken‹, das weiß ich wirklich. Aber ich weiß auch, dass du *getrunken* hattest, auch wenn du nicht betrunken warst, und ich denke, wenn du ehrlich bist, musst du zugeben, dass du vielleicht doch nicht ganz in dem tauglichen Zustand für eine solche Operation warst.

Was hat Sokrates gesagt? Dass ein Arzt keine Fehler machen kann, denn in dem Augenblick, da er einen Fehler macht, ist er kein Arzt mehr. Also lass uns einfach sagen, dass du in dem Operationssaal für ein paar Minuten kein Arzt mehr warst.

Nach derselben Logik bin ich dir vielleicht nie wirklich untreu gewesen, denn in dem Moment, wo ich mich mit anderen Männern einließ, war ich nicht mehr deine Frau. Oh, und hört bloß auf, so zu tun, als wärt ihr überrascht oder schockiert, meine Lieben. Ihr wusstet doch alle, dass *das* kommen würde. Ihr alle habt Gentrys Notizen gesehen, und ich kann mir nicht vorstellen, dass ihr nicht längst wisst, wen er mit MR gemeint hat.

Allerdings hat Henry recht. Wenn unsere Ehe kaputt-ging, dann aus dem einfachen, banalen Grund, dass das Einzige, was ich mir je im Leben gewünscht habe, Kinder waren und dass wir keine haben konnten. Ihr könnt mir alle glauben: Die Schmerzen, die eine Geburt begleiten, sind *nichts*, aber auch gar nichts gegen die Schmerzen, nicht gebären zu dürfen. Es ist seltsam. Ich erinnere mich, wie furchtbar empört ich war, als er mir von dem Baby erzählte, das auf dem Operationstisch gestorben war, und lange Zeit habe ich mich gefragt, warum – bis mir schließlich dämmerte, dass der Tod dieses Babys mich von Neuem an meine eigene Kinderlosigkeit gemahnte ...

Wie dem auch sei, nach dem Skandal, der Entlassung, den einschüchternden Anrufen und der Flucht nach Europa stürzten wir uns auf Südfrankreich, mit Tantchens fünftausend Pfund immer noch in der Tasche. Und dann taten wir das, was die meisten von euch getan hätten. Wir gaben uns alle erdenkliche Mühe, um sie zu verjubeln.

Zuerst verkehrten wir mit einem Kreis englischer Auswanderer in Monte – das übliche Riviera-Gesocks. Dazu gehörten John Fitzpatrick und Patrick Fitzjohn – jedenfalls nannten sie sich so –, Edward und Henrietta Arbuthnot, ›Plum‹ Duff Sowieso und sein Freund Di-ckie – und wenn ich es jetzt so recht bedenke, dann gab es eine Menge Dickies, oder, Henry, mir kommt es jetzt so vor, als hätte Plum alle seine Freunde Dickie genannt? Das Leben war ein einziger Wirbelwind aus halsbrecheri-

schen Fahrten über die Grande Corniche, haarsträuben-
den Abenden im Casino, milden Nächten unter schützenden Palmen – Plum nannte das ›Mondbaden‹ – und
Spritztouren über die Grenze nach San Remo und Ven-
timiglia am Wochenende. Ja, wir hatten *wahnsinnig viel*
Spaß, und natürlich war uns hundeelend zumute.

Dann lernte ich Raymond Gentry kennen.

Ja, das ist die Wahrheit. Ich sehe die Überraschung auf
euren Gesichtern, besonders auf Ihrem, Chefinspektor,
aber es ist nur allzu wahr. Ich kannte Ray schon, bevor er
hier am Heiligabend aufkreuzte.

Ich bestehe aber darauf, dass ihr wisst, dass ich ihn nie
im biblischen Sinne gekannt habe, wie man so schön sagt,
auch wenn das in jenen Tagen die einzige Bedeutung war,
die das Wort ›biblisch‹ in meinem Leben hatte. Offen gesagt, schätzte ich ihn genau wie Cora gleich als Schwulen
ein. Oder als Eunuchen. Und mit seinen Cocktails und
Halstüchern und seinem geschliffenen Akzent kam er
mir gleich als viel zu perfekter Engländer vor, um echt
zu sein. Ich nahm an, er sei so etwas wie ein mitteleuro-
päischer Jude, der sich für etwas Besseres hielt, obwohl
er viel zu gerissen war, als dass man ihm auf die Schliche
hätte kommen können. Und außerdem war ich ziemlich
weitherzig. Gott weiß, wie weitherzig ich war.

Wie dem auch sei, der Gentry von damals war einer
dieser aufgeschönten jungen Männer, die sich anboten,
irgendwelche reichen alten Hexen ins Casino oder zum
Karneval zu begleiten, und die dabei ein bisschen Ex-
trageld für sich selber abzweigten. Und auch wenn ich
keine alte Hexe war – obwohl, hätten Henry und ich
lange genug an der Riviera herumvegetiert, ich wäre eine

146

geworden –, war das genau der Dienst, den er auch mir bot. Während Henry die Nächte allein in unserem Hotelzimmer vertrank, suchte ich jemanden – im Idealfall einen, der mir nicht zu gefährlich werden konnte –, der mich die Croisette rauf und runter begleitete. Und mehr nicht.

Sicher, am Anfang machte er mir linkisch den Hof. Ich erinnere mich: Einmal schrieb er ein Gedicht von Rupert Brooke ab, änderte einige Namen, sodass es auf uns passte, und schenkte es mir, versteckt in einem Sträußchen Orchideen. Aber das war nur Formsache, mehr, um das Gesicht zu wahren, nichts anderes. Wir wussten beide, wie wir zueinander standen.

Eines Abends auf einer Party, die die Murphys gaben, Gerald und Sara, stellte er mich dann einem Bekannten vor, Maxime Pavesco. Ich habe nie herausgefunden, welcher Nationalität Maxime war. Er war kein Rumäne, obwohl sein Name das vermuten ließ und er vorgab, ein enger persönlicher Freund von Prinzessin Marie zu sein. Er war auch kein Grieche oder Spanier oder Korse. Für mich war er Albaner. Ich sage immer, wenn jemand nicht irgendwo anders herkommt, dann muss er aus Albanien kommen.

Ich weiß, was ihr jetzt alle denkt. Wie kann eine Engländerin wie ich so tief sinken, mit einem Albaner zu verkehren? Um ganz offen zu sein, ich wäre auch mit einem Hindu ausgegangen, wenn er einen weißen Kragen und ein vorzeigbares Dinnerjackett gehabt hätte.

Und Maxime, wisst ihr, war so attraktiv, so fesch, so verrucht und verführerisch. So *ganz und gar* unenglisch. Wenn wir zusammen in der Stadt waren, gab er mir das Gefühl, wieder richtig begehrenswert zu sein. Wenn ich merkte, wie andere Männer ihn beneideten, wenn ich sah, dass auch andere Frauen mich beneideten, dann fühlte ich mich endlich nicht mehr – nicht mehr unansehnlich und von gestern.

Ihr müsst nicht glauben, dass ich mir über ihn irgendwelche Illusionen machte. Er war ein Parasit und Schmarotzer, und wenn er in entsprechender Stimmung war, konnte er ein Ekel sein. Dennoch, ich kann's nicht abstreiten, ich war stolz darauf, mit ihm gesehen zu werden.

Was ich allerdings erst später erfuhr, weil dieser widerwärtige kleine Mistkerl Ray Gentry darüber natürlich nie ein Wort verloren hatte, war die Tatsache, dass ich mich ausgesprochen lächerlich machte. Maxime, *mein* Maxime, hatte schon die Runde durch alle einsamen, wohlhabenden und mittelalten Frauen an der Riviera gemacht, jede nicht ganz so fröhliche Witwe und nicht ganz so lebenslustige Geschiedene, die allen Stolz verloren hatte – oder kurz davorstand –, den sie jemals gehabt hatte. Er wurde von einer zur anderen weitergereicht, wie eine Nagelpflegerin oder eine Wahrsagerin. Wenn ich Secondhand war, dann gehörte Maxime zu den Remittenden.

Natürlich war immer ich es, die für die Kosten aufkommen musste. In Restaurants ließ ich ein paar hundert Franc in Maximes Tasche gleiten, damit er die Rechnung bezahlen und das Gesicht wahren konnte – und außerdem ein paar Franc für sich selbst bewahren, denn Wechselgeld habe ich nie zurückbekommen. Allmählich ging es ihm auch nicht mehr darum, das Gesicht zu wahren. Wenn er beim Roulette verlor, und er tat eigentlich nie was anderes, hielt er bei mir ganz schamlos die Hand auf, damit ich die Kasse auffüllte. Manchmal steckte er auch einfach seine Finger in meine Handtasche und zog ein dickes Bündel Geldscheine für sich selber raus. Und alles natürlich vor allen anderen.

Ich selber war inzwischen schon so weit, dass es mich auch nicht mehr kümmerte. Es war mir überhaupt nicht mehr peinlich, wenn wir beide in irgendeine schicke Herrenboutique auf der Promenade des Anglais gingen und er anfing – ganz gleich, ob der Verkäufer, der uns bediente, ihn hören konnte –, mich zu beschwatzen, dass ich ihm einen Safarianzug von Lanvin kaufen sollte. Es kümmerte mich nicht, dass er nichts anderes war als ein gerissener Goldgräber. Ich wusste, dass er es war, und es war mir egal. Jedenfalls tat ich so, als wäre es mir egal.

Und dann passierte es, die grausamste Ironie bei der ganzen Geschichte. Ich stellte fest, dass ich ein Kind von ihm erwartete. Ich hatte so lange davon geträumt, mit Henry nicht nur eines, sondern viele Kinder zu haben, und jetzt war ich schwanger von einem albanischen Gigolo!

Nun, ich bin sicher, ihr versteht, dass es für mich überhaupt nicht infrage kam, dieses Kind zu behalten, egal, wie stark mein mütterlicher Instinkt war. Das war der Zeitpunkt, als Ray Gentry passenderweise wieder in meinem Leben aufkreuzte.

Ich nehme an, Maxime hatte ihm von der Klemme erzählt, in der ich saß. Oder aber – oder die ganze Angelegenheit war von Anfang an zwischen den beiden so abgesprochen gewesen. Was immer es nun auch war, Ray kannte jedenfalls ganz zufälligerweise eine Chinesin in Toulon, die eine nahezu schmerzfreie Operation durchführen konnte – ich erinnere mich an die Genüsslichkeit, die beinahe bösartige Genüsslichkeit, mit der er das Wort *nahezu* aussprach –, und das für wenig Geld. Wie wenig, fragte ich ihn. Zwanzig, antwortete er. Zwanzig Franc?, wiederholte ich. Ich war sehr erleichtert, aber auch ungläubig. Nein, hieß seine Antwort, zwanzigtausend.

Ihr habt richtig gehört. Zwanzigtausend Franc. Es war schlicht und einfach Erpressung, obwohl Raymond natürlich weder dieses Wort noch irgendeinen Euphemismus dafür benutzte. Er deutete nicht einmal an, dass er, würde ich nicht zahlen, hässliche Gerüchte über die ganze Côte d'Azur verbreiten würde – so sanft und sorgfältig, wie man eine Scheibe Toast mit Marmelade bestreicht. Er musste überhaupt keine Andeutungen machen. Wir wussten beide, worum es ging.

Jetzt war es an mir, Henry eine schreckliche Nachricht zu überbringen. Wir waren wirklich ein mitgenommenes Paar, er und ich. Und vielleicht – vielleicht mussten wir beide unseren Schierlingsbecher erst bis zur Neige leeren, bevor wir uns wieder ins Gesicht sehen konnten.

Henry gab mir das Geld, das ich brauchte, ohne ein einziges Wort des Vorwurfs, das muss ich betonen. Ich fuhr nach Toulon und ließ mir von einer schnatternden chinesischen Alten die Eingeweide umstülpen – ja, ich sehe an euren Gesichtern, ihr wisst schon, was kommt –, so stümperhaft umstülpen, dass ich keine Kinder mehr bekommen könnte, selbst wenn ich es überhaupt noch wollte. Obwohl, so wie es heute aussieht, bin ich mit dem« (nun wandte sie sich ihrem Ehemann zu, um ihm direkt in die Augen zu sehen), »mit dem, was ich habe, ganz und gar zufrieden – zum ersten Mal in meinem Leben.

Also« (machte sie nach einer langen Pause des Nachdenkens weiter), »für Henry blieb von der Erbschaft seiner Tante gerade noch so viel übrig, um Dr. Butterworths Praxis zu kaufen, und so ließen wir uns vor sieben Jahren hier nieder und schufen uns nach und nach einen kleinen Freundeskreis, Roger und Mary, den Vikar und seine Frau, Mr Withers, unseren hiesigen Bibliothekar, die Postmeisterin Miss Read und noch ein paar andere.

Unser Leben ist langweilig, denke ich, aber es macht uns nichts aus – jedenfalls nicht viel. Um ehrlich zu sein, wir haben mehr Spaß und Aufregung gehabt, als wir vom Leben verlangt haben. Ab einem bestimmten Alter bekommt dieser Ausdruck, den die Leute so achtlos hinwerfen, ›Zeitverschwendung‹ – nun, er bekommt eine wirkliche Bedeutung, nicht wahr, ein wirkliches Gewicht. Man erkennt, dass man etwas verschwendet hat, von dem man immer weniger besitzt. Man hat sein Kapital angerührt. Man vergisst, dass man das Leben nur auf Zeit geliehen, nicht auf immer geschenkt bekommen hat.«

Einen Augenblick saß sie schweigend da, sogar ohne sich eine ihrer Players anzustecken, dann sprach sie weiter.

»Und dann wurde am Heiligabend, als Ray Gentry plötzlich wiederauftauchte, unsere Vergangenheit aus der Versenkung wieder hervorgeholt, in der wir sie für immer begraben zu haben hofften. Sie haben diese Notizen gelesen, Chefinspektor. Also überlasse ich es Ihnen, sich auszumalen, wie er uns beide gepiesackt hat. Das sollte Ihnen nicht allzu schwerfallen.«

Trubshawe, der während der beiden aufeinanderfolgenden Aussagen beinahe nichts gesagt hatte, nutzte einen ruhigen Moment, um ihnen beiden zu danken. Dann fragte er Henry Rolfe:

»Dr. Rolfe, haben Sie Raymond Gentry getötet?«

»Nein, habe ich nicht«, antwortete der Arzt. »Wissen Sie, Trubshawe, ich hatte keinen Grund dafür.«

»Keinen Grund, sagen Sie?«, fragte der Chefinspektor. »Wie wäre es mit Eifersucht?«

»Eifersucht? Ich sage Ihnen, für mich gab es absolut keinen Grund, auf Gentry eifersüchtig zu sein. Schließlich spielte er in der ganzen Sache nur die Rolle eines Mittelsmanns. Als Madge mir erzählte, dass eine – eine Operation nötig sei, hat sie seinen Namen überhaupt nicht erwähnt, und ich hatte bis vorhin immer geglaubt, dass Pavesco selbst sie erpresst hat. Ihn hätte ich ohne Weiteres umbringen mögen, aber er verschwand ganz schnell von der Bildfläche, nachdem er sich mit Gentry die Beute geteilt hatte. Das Letzte, was wir von ihm hörten, war, dass man ihn in Anacapri in Begleitung einer schrillen südamerikanischen Jüdin gesehen hat.

Also, wie ich schon sagte, von Raymond Gentry hatte ich noch nie etwas gehört, bis er hier mit Selina und Don aufkreuzte.«

»Ich verstehe. Gut, noch einmal vielen Dank.«

Der Chefinspektor wandte sich nun an Madge Rolfe.

»Mrs Rolfe, Sie wissen, dass ich Ihnen schon wie den

anderen Damen hier die Möglichkeit gegeben habe, diese
Frage zu beantworten, aber wenn es Ihnen nichts ausmacht, stelle ich sie Ihnen noch einmal. Waren Sie es, die
mit Gentry in der Dachkammer gestritten hat?«

»Nein, das war ich nicht. Es gab absolut nichts, was ich
ihm zu sagen gehabt hätte, weder vor den anderen noch
unter vier Augen.«

»Haben Sie ihn getötet?«

»Noch einmal nein. Und soll ich Ihnen erzählen,
warum Sie mir ruhig glauben können?«

»Ja, gern, warum nicht?«

»*Wenn* ich Gentry ermordet hätte, hätte ich ihn nicht
erschossen. Ich hätte ihn nicht erstochen. Ich hätte ihn
nicht vergiftet. Ich hätte es – wenn Gott mir die Kraft
verliehen hätte –, ich hätte es mit meinen bloßen Händen
getan. Ich hätte nicht gewollt, dass irgendetwas – keine
Pistole, kein Messer, kein Tröpfchen Blausäure, nicht
einmal ein Stückchen Schnur –, verstehen Sie, ich hätte
nicht gewollt, dass *irgendetwas* zwischen mich und die
Schmerzen und Qualen gekommen wäre, die ich dieser
Ratte zugefügt hätte!«

Erst als sie aufgehört hatte zu sprechen, bemerkten alle,
dass während ihrer ganzen Tirade Selina ffolkes auf der
Schwelle zur Bibliothek gestanden hatte.

Achtes Kapitel

Einen Augenblick lang war jeder zu elektrisiert durch ihr Erscheinen, um irgendwie zu reagieren.

Dann sprang Mary ffolkes aus ihrem Sessel hoch und eilte zur Tür, gefolgt von Don und dem Colonel.

»Oh, Selina, mein Schatz!«, rief die Frau des Colonels, schlang die Arme um ihre Tochter und stellte so viele mitfühlende Fragen auf einmal, dass schwer zu entscheiden war, wo die eine aufhörte und die nächste anfing. »Geht es dir gut?« und »Meinst du wirklich, dass du so schnell schon wieder aufstehen solltest?« und »Du hast wirklich einen *fürchterlichen* Schock erlitten, verstehst du – soll ich Mrs Varley sagen, dass sie dir einen kalten Umschlag macht oder eine schöne Tasse Kamillentee?«.

Auf all das antwortete Selina mit ganz erstaunlicher Selbstkontrolle, ob sie nun: »Ja, Mami, mir geht es gut« oder: »Aber ja, ich bin völlig wiederhergestellt« oder sagte: »Nein danke, Mami, ich brauche wirklich keinen kalten Umschlag. Und auch keinen Kamillentee.«

Auch Don machte großes Aufheben, überschlug sich vor Sorge und gurrte immer wieder: »Du armes Mädchen! Du armes, armes Mädchen!« Aber auch wenn seine Hand fast vor Sehnsucht zu vergehen schien, tröstend ihre Schulter zu streicheln oder ihr zart eine wirre Haarsträhne von ihrer blassen Wange zu streichen, so konnte doch jeder sehen, dass er seine Hand immer nur ein paar

Zentimeter vor ihr schweben ließ und nie wagte, sie tatsächlich zu berühren.

Derweil schnalzte der Colonel fürsorglich und beschwichtigend mit der Zunge und führte Selina unter den wachsam gespannten Blicken seiner Gäste in die Bibliothek. Er überließ ihr seinen eigenen Armsessel und fragte:

»Kann *ich* irgendetwas für dich tun, mein Liebling?«

»Nein danke, Papa, mir geht es wirklich viel besser.«

Ihr Blick wanderte langsam durch den Raum.

»Aber ... was geht hier vor?«

»Ja also ...«, antwortete der Colonel. »Es stimmt schon, es geht hier wirklich etwas vor. Ich bitte dich, mir gut zuzuhören, Liebes. Wir haben einen Polizeibeamten unter uns – du erinnerst dich vielleicht, Chitty war auf die Idee gekommen –, und hier ist er also, Chefinspektor Trubshawe von Scotland Yard.«

»Miss Selina«, sagte Trubshawe und nickte ihr etwas onkelhaft zu.

Ohne allzu große Überraschung über seine Anwesenheit zu verraten, erwiderte Selina das mit einem blassen Lächeln.

»Der Chefinspektor«, erklärte ihr Vater, »wohnt nicht weit von hier – in der Nähe des Bahnübergangs –, und, nun, er hat sich freundlicherweise bereit erklärt, zu uns zu kommen – es waren Rolfe und dein Freund Don, die ihn mit dem Wagen geholt haben –, er war also bereit, hierherzukommen und zu schauen, was man in dieser schrecklichen Situation machen kann.«

»Ich verstehe«, sagte Selina gefasst.

»Die Sache ist die, er hat uns alle befragt, was wir über den Mord wissen. Das ist völlig inoffiziell, verstehst du, nur bis der Sturm aufhört und die Polizei kommt – die offizielle Polizei, meine ich. Aber wir haben alle nacheinander seine Fragen beantwortet, und«, er kam zum Schluss, »wenn du dich noch nicht in der Lage fühlst, bin ich sicher, dass er …«

»Nein, nein«, unterbrach Selina ihn sanft, »mir geht es wirklich gut.«

Ihre blonden Locken ergossen sich über die glatte Stirn wie der Kamm einer Welle über einen einsamen Strand, und nun zeigte sie tatsächlich ein richtiges Lächeln, süß und mit kleinen Grübchen in den Wangen, ein Lächeln, das vergessen ließ, wie merkwürdig emotionslos ihre hellen, porzellanblauen Augen blickten, Augen, die nicht mehr entstellt waren durch die reichlichen Tränen, die sie zweifellos vergossen hatten. In ihrem grünen Kleid aus Seidentaft und einem Kaschmirpullover, den man als »im ländlichen Stil« hätte bezeichnen können, hätten sich nicht die Proportionen ihrer perfekten Figur ebenso perfekt darin abgezeichnet, sah sie bildhübsch aus.

»Wissen Sie«, erklärte sie, »ich habe nicht einfach nur geschlafen – ich habe nachgedacht. Nachgedacht über alles, was ich hier in den letzten beiden Tagen gesehen und gehört habe. Nicht nur über Raymonds – Raymonds Tod, sondern über alles, was dazu geführt hat. Es ist so lange her, dass ich das letzte Mal Zeit hatte, für mich allein nachzudenken – *über* mich nachzudenken, über meine Freunde, meine Familie und sogar« – sie erfasste mit einem klaren Blick alle Gäste der ffolkes' –, »sogar die Freunde meiner Familie. Und jetzt sehe ich viele Dinge ganz anders.

Deshalb, wenn Sie mich befragen wollen, Mr Trubshawe, ich bin bereit. Und ich verspreche Ihnen, ich werde nicht zusammenbrechen oder irgend so etwas Albernes. Ich habe mich schon ausgeweint.«

»Mensch, du bist großartig!«, rief Don, und die Bewunderung leuchtete ihm buchstäblich aus den Augen. »Du kannst dir gar nicht vorstellen, wie du mir – wie du uns allen gefehlt hast! Wirklich gefehlt!«

Aus unerklärlichem Grund folgte auf diesen Erguss ein heftiger Ausbruch von Evadne, der allen Anwesenden beinahe einen Schrecken einjagte.

»Großer Gott, ich war ja blind wie ein Maulwurf!«, brüllte sie. »Natürlich, das ist es!«

Alle, auch Selina, drehten sich nach ihr um, worauf die Autorin heftig errötete.

»Entschuldigung, Entschuldigung! Was ich meinte, war« – sie verfiel ins Murmeln, während sie eine vernünftige Erklärung für ihr außergewöhnliches Betragen suchte –, »was ich meinte, war – natürlich, Selina, du hast uns wirklich *gefehlt*! Ja, allerdings!«

Noch ein paar Augenblicke verstrichen, ohne dass jemand etwas sagte, denn das war wirklich ein überaus merkwürdiges Verhalten selbst vonseiten einer so exzentrischen Person, als die die Schriftstellerin gemeinhin galt. Dann wandte sich Trubshawe an Selina.

»Nun, Miss«, stellte er fest, »ich kann nicht verhehlen« dass es für mich außerordentlich hilfreich wäre, wenn Sie so gut wären, meine Fragen zu beantworten. Aber Ihr Vater hat selbstverständlich recht. Wenn Sie sich noch unsicher fühlen, was unter den gegebenen Umständen verständlich wäre, dann kann das auch bis zu dem Zeitpunkt aufgeschoben werden, an dem die örtliche Polizei hier eintrifft.«

»Aber nein«, beharrte Selina. »Ich möchte im Gegenteil gern darüber sprechen. Wogegen ich allerdings nichts einzuwenden hätte, wäre eine Zigarette.«

Madge Rolfe beugte sich vor, um Selina ihre Packung Player's anzubieten, während Don, ein Nichtraucher, sein Teil dazu beitrug und sich ein knolliges Tischfeuerzeug in Form von Aladins Wunderlampe vom Couchtisch schnappte und es erwartungsvoll vor Selinas Lippen hielt.

Selina nahm eine von Madges Zigaretten, ließ sich von Don graziös Feuer geben und sah den Chefinspektor an.

»Was genau wollen Sie wissen?«

»Also«, begann er zurückhaltend, »soviel ich weiß, sind Sie am Heiligabend spät in Begleitung von Mr Duckworth und dem Opfer, Raymond Gentry, hier angekommen?«

»Das stimmt. Ursprünglich wollte ich mit Don allein den Zug nehmen. Aber Ray, der einen Wagen hat« – sie korrigierte sich selber ganz ruhig –, »der einen Wagen hatte, einen Hispano-Suiza, sagte dann zu mir, es könne ganz amüsant sein, wenigstens einmal ein richtiges altmodisches Familienweihnachtsfest auf dem Lande mitzumachen, und bot uns beiden an, uns hierherzufahren.«

»Er war nicht eingeladen?«

»Nein – aber verstehen Sie, so war Ray. Wenn er sich etwas in den Kopf gesetzt hatte, ließ er sich nicht davon abbringen durch das, was er kleinbürgerliche Anstandsregeln genannt hätte. Sie verstehen, was man tut und was nicht.«

»Und obwohl Ihre Eltern ihn nicht eingeladen hatten und nicht mit ihm rechneten, hatten Sie keine Bedenken?«

Zum ersten Mal, seitdem sie in die Bibliothek gekommen war, schien Selina sich etwas unwohl zu fühlen.

»Das war eben Rays Art. Er war eine ziemlich domi-
nierende Persönlichkeit, wissen Sie, und am Ende schien
er immer seinen Willen durchzusetzen. Wenn man Ein-
wände gegen irgendeinen seiner verrückten Pläne erhob,
gelang es ihm immer, dass man sich schließlich ziemlich
spießig vorkam.«

»Also machte es Ihnen nichts aus, dass er unangemeldet
mit hierherkam?«

»Nein, das kann ich nicht sagen. Ich *bin* ein bisschen
spießig, wissen Sie – immer noch –, und tatsächlich habe
ich zunächst vorgeschlagen, Mama und Papa vorher anzurufen. Aber Ray sagte, wenn sie vorher Bescheid wüssten, würde das die ganze Überraschung verderben, und
dass es viel mehr Spaß machen würde, wenn wir einfach
auftauchten.«

»Und wie ging es Don damit?«

Selina sah einmal schuldbewusst zu dem jungen Amerikaner hinüber.

»Na ja, Sie können sich vorstellen, er war doch ein bisschen sauer. Er war *wirklich* eingeladen und – Sie wissen
ja, zu zweit ist es gut, der Dritte stört und so.«

»Aber das hat Ihnen auch nichts ausgemacht?«, fragte
Trubshawe sie.

Selina zuckte abrupt zurück, und als sie wieder sprach,
waren ihre Lippen zu einem dünnen Strich geworden.

»Doch, es machte mir was aus. Ich habe Ihnen gesagt,
Chefinspektor, Sie können mir gern Fragen stellen, aber
ich mag es nicht, wenn Sie mir Worte in den Mund legen. Ich habe schon gesagt, dass ich mich unwohl fühlte,
weil Ray ohne Einladung mitkam, und Dons Gefühle
waren mir auch nicht egal. Ich mag ihn sehr, sehr« – dass

sie wiederholt ›sehr‹ sagte, ließ, wie niemandem entgehen konnte, Dons Gesicht scharlachrot anlaufen, und er blickte Selina noch verzückter an als sonst –, »aber wie ich schon sagte, Ray hatte einen starken Charakter, und wenn er etwas wollte, dann bekam er es in der Regel auch. Jeder, der ihn kennt – der ihn *kannte* –, wird Ihnen dasselbe erzählen.«

»Miss ffolkes«, wollte Trubshawe da wissen, »wie lange kannten *Sie* Raymond Gentry schon?«

Selina überlegte kurz.

»Oh, gerade ein paar Wochen. Ich bin ihm im Kafka-Club begegnet.«

Der Chefinspektor zog die Brauen hoch.

»Entschuldigung – wo sind Sie ihm begegnet?«

»Im Kafka-Club. Kennen Sie den nicht? Der ist in Chelsea, in der King's Road. Das ist der Treffpunkt für all die jungen Autoren und Künstler, über die man gerade spricht.«

»Erzählen Sie weiter.«

»Nun, eines Abends wurden Ray und ich einander im Kafka vorgestellt und kamen ins Gespräch – über die Kunst und das Leben und die Philosophie und den Geschlechtstrieb –, und er kannte alles und jeden und schrieb freie Lyrik. Er verstand den Symbolismus von Hauptmann und Maeterlinck und erzählte mir, dass er zu den sieben Menschen in ganz England gehörte, die das *Kommunistische Manifest* im russischen Original gelesen hatten. Und verstehen Sie, ich war nur eine verschüchterte kleine Maus aus Dartmoor und noch nie jemandem begegnet, der so war wie er – wundert es Sie da, dass ich sofort hin und weg war?«

»N-e-i-n«, antwortete Trubshawe, »ich glaube, das wundert mich nicht. Aber wissen Sie, Miss, ich kann zwar nicht so tun, als wäre ich so vertraut gewesen mit den Vorlieben dieser – dieser zwei ausländischen Herrschaften, die Sie eben erwähnt haben – wie offenbar der jüngst verstorbene Mr Gentry –, aber selbst ich, der langweilige alte Inspektor Plodder«, sagte er, und ein stählerner Klang kam in seine Stimme, »selbst ich bin gebildet genug, um zu wissen, dass Karl Marx Deutscher war und kein Russe und folgerichtig das *Kommunistische Manifest* nicht auf Russisch, sondern auf Deutsch geschrieben hat. Aber das natürlich nur nebenher.«

Selina ffolkes blinzelte wie ein aufgeschreckter Faun.

»Und da wir schon dabei sind, Darling«, murmelte Cora Rutherford fast im Flüsterton, »ist dir nie der Gedanke gekommen, dass seine Lyrik deshalb *frei* war, weil keiner etwas dafür bezahlt hätte?«

Jetzt war Selina den Tränen so nah, dass die Schauspielerin sofort Mitleid mit ihr hatte.

»Tut mir leid, dass ich so ein Biest bin, Liebes«, sagte sie zerknirscht. »Ich kann manchmal nicht anders.«

»Hören Sie, Miss«, sagte Trubshawe, »ich meine, Miss Rutherford und ich versuchen nur in unserer unbeholfenen Art zu zeigen, dass Raymond Gentry Ihrer nicht wert war. Er war kein sehr angenehmer Mensch, oder?«

»Nein«, schrie Selina, und ihre Augen funkelten plötzlich, »vielleicht war er das nicht! Aber er war lebendig, verstehen Sie das, er war gescheit und lustig und hat mich wirklich fürs Leben geöffnet! Ja, ich sehe natürlich, wie albern und kindisch das für Sie klingen muss, aber verglichen mit Rays Welt war in meinem eigenen Leben

alles verkümmert und dröge. Bevor ich ihn kennenlernte, kannte ich nur dieses Haus und das Dorf und die
Landschaft hier. Ich wollte etwas Besseres vom Leben!
Ich sagte mir, dass ich frei, weiß und über einundzwan-
zig war, und ich wollte alles haben, was dieses verrückte
Leben zu bieten hat – Pelze und gute Weine und wilde,
extravagante Partys! Und das wollte ich nicht irgendwann – ich wollte es jetzt! Hatte ich denn nicht recht?«

Ihre Stimme fiel um eine Oktave.

»Nein, es braucht niemand zu antworten«, sagte sie
traurig. »Ich hatte *nicht* recht, ich weiß. Heute weiß ich
es.«

»Und wie haben Sie es herausgefunden?«, fragte Trubshawe sanft.

Selina drückte ihre Zigarette aus, an der sie nur ein
paarmal hastig gezogen hatte.

»Mr Trubshawe, wenn Sie meine Familie und ihre
Freunde befragt haben, dann werden Sie bestimmt schon
gehört haben, wie unerträglich grob und respektlos Ray
zu allen war, vom Moment unserer Ankunft an. Ich habe
ihm mit wachsendem Entsetzen zugesehen – habe gesehen, dass er es nicht lassen konnte, jeden zu malträtieren,
bis er nicht mehr konnte. Es kam mir so vor, als sei das
seine wahre Natur. Was mir im Kafka-Club so lustig, so
amüsant und tiefgründig erschien, wirkte hier nur noch
dümmlich, arrogant und grausam auf mich.

Das war eines seiner Lieblingswörter, wissen Sie, ›tiefgründig‹. Ich fand es göttlich, wie er es bei jeder Gelegenheit benutzte. Aber hier begriff ich dann zum ersten
Mal, was für ein dummes, hohles, bedeutungsloses Wort
das war, die typische Phrase für einen unausstehlichen

Besserwisser wie Ray, ein Ausdruck, dessen einziger Zweck es war, alle anderen kleinzumachen. Wann immer ich ihn hörte – hier, hier in diesem Haus, meinem Elternhaus und vor meinen Eltern und ihren Freunden, *meinen* Freunden, meinen *wahren* Freunden –, immer wenn ich hörte, wie er etwas oder jemanden als ›tiefgründig‹ beschrieb, wollte ich laut schreien!

Jetzt sah ich ihn, wie er wirklich war, und Weihnachten konnte für mich gar nicht schnell genug vorbei sein, damit er endlich nach London zurückfahren würde, diesmal allein, und ich ihn nie mehr sehen müsste – oder hören!«

Sie wandte sich an ihre Eltern, die ihr gebannt zugehört hatten.

»Es stimmt – Mama – Papa. Es tut mir so furchtbar leid, was ich euch zugemutet habe, aber ich schwöre, dass ich, schon bevor – bevor ihm das passierte, fest entschlossen war, das zu beenden. Bevor es noch weitergehen würde ... bevor es zu weit gehen würde ...«

»Oh, Selina, mein Herz«, rief Marie ffolkes, nahm sie in den Arm und gab ihr einen schmatzenden Kuss, »ich habe immer gewusst, dass du irgendwann einsehen würdest, was für ein schrecklicher Mensch er war!«

»Ich habe es eingesehen. Aber eigentlich war es Don, der mir gezeigt hat, was Ray wirklich wert war.«

»Don?«, wiederholte der Chefinspektor. »Was hatte er damit zu tun?«

»Nun, wie ich Ihnen schon erzählt habe, Don war von Anfang an, vom Beginn unserer Fahrt hierher, unglücklich, dass Raymond alles bestimmen musste, und ich konnte sehen, wie er Rays Anwesenheit schweigend erduldete und wie sehr er danach lechzte, ihm ein paar zu verpassen. Als Ray, der widerlich betrunken war – das war auch eine Seite von ihm, die ich mal charmant gefunden habe, auch wenn's keiner glauben mag –, als Ray dann sogar mich wegen meines Klavierspiels gequält hat, sprang Don auf und drohte tatsächlich ...«

Weil sie ahnte, wie Trubshawe auf diese letzten Worte reagieren würde, sagte Selina plötzlich kein Wort mehr.

»Ich, ich meine natürlich nicht ...«, begann sie schließlich zu stammeln. »Es ist nur so, verglichen mit Ray war Don so – wissen Sie – so männlich – so ...«

Der Chefinspektor blieb stur auf der Spur.

»Was hat Don Raymond Gentry angedroht?«, bellte er sie beinahe an.

»Bitte?«

»Womit hat Don gedroht?«

»Ich habe gedroht, ihn umzubringen.«

Trubshawe drehte sich auf dem Absatz um, um den jungen Amerikaner anzusehen, der gerade gesprochen hatte.

»Was haben Sie gesagt?«

»Sie haben gehört, was ich gesagt habe. Ich habe gedroht, ihn umzubringen.«

»Oh, Don«, flüsterte Selina, »ich hätte nichts sagen sollen. Ich wollte wirklich nicht ...«

»Ach, lass. Er hätte es ohnehin herausgefunden.«

»Sie haben ihm also gedroht, ihn umzubringen?«, fragte Trubshawe. »Nun, das ist *in der Tat* interessant. Interessant aus einem Grund, der jedem hier klar sein sollte, aber auch, weil Miss Mount es in ihrem Bericht über die Ereignisse von gestern Abend ausgelassen hat.«

»Ja«, sagte Don und sah kurz zu der Schriftstellerin hinüber, »das ist mir auch aufgefallen.«

»Himmelherrgott!«, protestierte Evadne Mount. »Das sollte doch völlig klar sein, warum ich es nicht erwähnt habe. Die Leute drohen andauernd, andere Leute umzubringen – ich habe schon vier Jahre alte Jungen gehört, die drohten, ihre Eltern umzubringen – und in praktisch jedem Fall, ich würde mal schätzen, in 99,9 Prozent der Fälle, bedeutet das überhaupt nichts. Aber natürlich würde die Polizei sich an so etwas festbeißen, und ich habe Sie noch nie bei der Arbeit beobachten können, Trubshawe, das dürfen Sie nicht vergessen. Sie hätten ja auch der Typ Polizist sein können, der immer sofort den naheliegendsten Schluss zieht.«

»Stimmt«, musste Trubshawe zugeben, »der hätte ich natürlich sein können« und fügte dann hinzu: »Besonders, weil dieser spezielle Fall hier zu den verbleibenden 0,1 Prozent gehört, wo die bedrohte Person am Ende *tatsächlich* ermordet wird.«

»Das gestehe ich Ihnen zu«, antwortete die Autorin widerstrebend. »Aber es ist doch für jeden offensichtlich, dass Don Gentry nicht ermordet hat.«

»In einem Ihrer Krimis hätte er das sicher nicht getan, aber wir sind hier in der wirklichen Welt.«

Er wandte sich wieder Don zu.

»Kann ich davon ausgehen, dass Sie Gentry wirklich ermorden wollten?«

»Zumindest habe ich mich danach *gefühlt*«, antwortete Don einschränkend. »Aber ich habe es nicht getan.«

»Warum haben Sie ihn dann bedroht?«

»Hören Sie, Mr Trubshawe, Sie haben diesen Kretin nie kennengelernt. Er war ein völliger … also, hier, wo Damen dabei sind, kann ich nicht aussprechen, was er war ..., aber Sie haben ja gehört, was alle anderen hier von ihm hielten.

Bei mir fing das früher an – als Selina anrief, um zu erzählen, dass er Weihnachten mitkommen würde. Bis dahin war alles in Ordnung gewesen – zwischen Selina und mir –, und ich begann zu denken – zu hoffen ... Dann saß ich plötzlich auf dem Klappsitz des Hispano-Suiza und sah, wie Selina ihm ›Du-mein-Held‹-Blicke zuwarf. Ich hatte es gründlich satt, das kann ich Ihnen sagen.

Als wir drei schließlich hier ankamen und Gentry direkt anfing, jeden zum Wahnsinn zu treiben, war es ganz schön hart für mich, mich zurückzuhalten.«

»Aber wenigstens am Anfang haben Sie es getan? Sich zurückgehalten, meine ich.«

»Ich war der Ansicht, das Ganze sei nicht mein Bier.«

Trubshawe runzelte verblüfft die Stirn.

»Nicht Ihr was?«

»Nicht mein Problem. Erst als er auch noch zu Selina frech wurde, habe ich rot gesehen.«

»Und was haben Sie genau gemacht?«

»Ich habe ihn am Kragen gepackt und ihm gesagt, er solle damit aufhören.«

»Hm. Ganz schön heftig, wenn auch nicht die Todesdrohung, die Sie zugegeben haben.«

»Nein ... aber das war nicht alles.«

»Aha?«

»Ja. Er fing an, Bemerkungen über meine Eltern zu machen – ich bin Waise, müssen Sie wissen, ich kenne meine leiblichen Eltern nicht, und Gentry sagte dann – also, Sie werden mich in tausend Jahren nicht dazu bringen zu wiederholen, was er gesagt hat. Aber ich habe ihn jedenfalls gewarnt. Wenn er noch einmal so eine dreckige Lüge erzählen würde – oder Selina auch nur ein Haar krümmen –, dann würde ich ihn umbringen.«

»Und das meinten Sie auch?«

»Und ob ich das meinte! Und ich hätte es auch getan. Aber was soll ich sagen? Ich bin in derselben Lage wie alle anderen in diesem Raum – irgendein Glückspilz war schneller. Ich weiß nicht, wer es war, und wenn ich es wüsste, würde ich es Ihnen nicht erzählen, weil er mir – mir und der ganzen Welt – einen Gefallen getan hat, indem er so eine Laus wie Gentry kaltgemacht hat.«

Während Selina mit demselben »Du-mein-Held«-Blick, den er gerade eben erwähnt hatte, nun Don ansah, nahm der Chefinspektor eine andere Fährte auf.

»Miss Selina, während Sie sich in Ihrem Zimmer ausgeruht haben, haben mir die Gäste Ihrer Eltern erzählt, wie Raymond Gentry sie verhöhnt hat, indem er alle möglichen Anspielungen auf gewisse unschöne Vorfälle in ihrer jeweiligen Vergangenheit gemacht hat. Aber auch wenn er ein professioneller Klatschjournalist war, wie ich erfahren habe, können ihm seine üblichen Quellen kaum etwas von den – wie soll ich sagen –, den eher *lokalen* Geheimnissen dieser Vorfälle mitgeteilt haben, und wir haben uns alle gefragt, wer sie ihm wohl verraten hat.«

»Ja …?«, sagte sie mit einem leichten Zittern in der Stimme.

»Nun?«, fragte er.

»Nun was, Inspektor?«

»Ich denke, Sie wissen, worum es geht, Miss. *Sie* waren es doch, oder? Von Ihnen hat er die Informationen bekommen?«

Eine längere Pause folgte, in der Selina hilflos in die Gesichter der Gäste ihrer Eltern sah.

»Also bitte, Miss. Es ist besser für Sie, wenn Sie mir die Wahrheit sagen. Jeder andere hat das auch getan.«

»Nun, es war so«, sagte sie so leise, dass man sich anstrengen musste, sie zu verstehen, »als klar war, dass Ray uns hierherfahren würde, fragte er mich, in welche Art Gesellschaft er da wohl hineinkommen würde. Sie müssen wissen, er hasste alle, die in seinen Augen nicht ›amüsant‹ waren. Er langweilte sich so furchtbar schnell, sodass ich nicht einfach sagen konnte, der einheimische Vikar und seine Frau würden da sein, der Arzt und seine Frau. Das hätte nicht amüsant genug für ihn geklungen. Deshalb – also, ich bemühte mich, sie etwas – etwas interessanter für ihn zu machen, und ich denke, ich habe ein bisschen vom hiesigen Klatsch weitererzählt. Ich wollte niemandem was Böses, und wenn ich gewusst hätte, was er damit vorhatte, hätte ich kein Wort darüber verloren, das schwöre ich.

Oh, könnt ihr mir jemals verzeihen?«, rief sie untröstlich allen Anwesenden zu.

»Ja«, sagte der Chefinspektor, bevor irgendjemand antworten konnte, »ich verstehe, dass Sie sich wegen Ihrer Indiskretionen jetzt ziemlich scheußlich vorkommen. Aber die Vorstellung, dass die Freundschaft dieses Mannes, den Sie ja erst ein paar Wochen kannten, Ihnen wirklich so wichtig war, dass Sie bereit waren, die intimsten Geheimnisse Ihrer Freunde preiszugeben? Ich muss schon sagen, das erstaunt mich doch.«

»Aber es waren keine Geheimnisse! Es war nicht richtig von mir, das weiß ich, aber das meiste, was ich Ray erzählt habe – die Operation von Dr. Rolfe in Kanada, der Vikar und der Krieg –, das weiß jeder in Postbridge. Wenn Sie wirklich alles über jeden hier in der Gegend wissen wollen, brauchen Sie nur einen Tag mit der Postmeisterin oder dem Bibliothekar zu verbringen.

Was Evie betrifft, müssen Sie sie nur anschauen, um zu erraten, was die Leiche in ihrem Keller ist.«

»Oh, dafür ganz herzlichen Dank, meine Liebe«, schaltete sich die Schriftstellerin mit einem ätzenden Ton in der Stimme ein, »ich denke, ich spreche im Namen aller hier, wenn ich meine Dankbarkeit dafür ausdrücke, dass du so erfrischend offen gewesen bist!«

»Jetzt bin ich völlig durcheinander!«, sagte Selina, die jetzt so nervös klang wie ihre Mutter, wenn sie in eine Krise geriet. »Ich habe euch alle gern, wirklich gern. Aber was ich dem Chefinspektor verständlich machen will, ist, dass ich Ray nichts erzählt habe, was er nicht selber nach ein oder zwei Stunden im Dorf hätte herausfinden können.«

»Miss Selina«, Trubshawe trieb sie jetzt in die Enge, »hatten Sie mit Raymond Gentry letzte Nacht – oder eher heute frühmorgens – ein Rendezvous in der Dachkammer?«

Selina rang nach Luft. Das war eine Frage, mit der sie nicht gerechnet hatte.

»Aber … woher wissen Sie das?«

»Man hat Sie gehört«, antwortete Trubshawe ohne Umschweife. »Wie es scheint, hatten er und Sie eine recht heftige Auseinandersetzung. Gegen halb sechs.«

Sie brauchte einen Moment, bevor sie antworten konnte.

»Ja, das stimmt. Ich war mit Ray in der Dachkammer.«

»Beschreiben Sie uns doch, was da passiert ist.«

»Ich konnte letzte Nacht einfach nicht schlafen. Ich musste immer wieder daran denken, was für ein absoluter Schuft Ray gewesen war, es ging mir einfach nicht aus dem Kopf. Ich wollte alles, was zwischen uns war, ein für allemal beenden, aber ich wollte mit dieser unerfreulichen Sache nicht bis zum nächsten Morgen warten – heute Morgen –, wenn das ganze Haus auf den Beinen wäre.

Also zog ich mir gegen fünf einen Morgenmantel über und ging auf Zehenspitzen zu seinem Zimmer. Ich klopfte immer wieder an die Tür – ich wagte nicht, zu laut zu klopfen, um nicht die anderen zu wecken –, und schließlich machte er auf. Er war in einer grässlichen Laune – ein Kater, nehme ich an – und fing an, mir Vorhaltungen zu machen, weil ich ihn zu so einer gottverdammten Stunde weckte, wie er es nannte. Ich sagte ihm, wir müssten reden, und schlug vor, in die Dachkammer zu gehen, die nie benutzt wurde und in der wir nicht gehört werden konnten. Nach langem Grummeln und Murren und Brummeln willigte er ein.«

»Also gingen Sie beide nach oben in die Dachkammer?«

»Ja.«

»Die Sie unverschlossen vorfanden?«

»Aber ja. Sie ist nie verschlossen.«

»Ich verstehe. Erzählen Sie weiter.«

»In der Dachkammer habe ich ihm gesagt, was ich von ihm hielte und dass er sich nur selbst entlarvt habe, als er sich meinen Freunden gegenüber so widerlich benahm. Dann bestand ich darauf, dass er am nächsten Morgen nach London zurückfahren sollte. Ich meine heute.«

»Wie hat er reagiert?«

»Er hat mich ausgelacht.«

»Sie ausgelacht?«

»Ja – das war ein ganz schreckliches teuflisches Lachen. Es war genau dasselbe böse Lachen – jetzt wird es mir klar –, das er immer lachte – verstehen Sie, böse im spöttischen Sinn, jedenfalls habe ich mir das so eingebildet. Aber diesmal, als es gegen mich selbst ging, habe ich zum ersten Mal geahnt, wie sich seine Opfer gefühlt haben müssen.

Also, er machte sich einfach schon wieder über mich lustig und über Mama und Papa und ihre Freunde, über ihre Werte und Traditionen, und er fing sogar an, darüber zu spotten, wie trostlos und langweilig das Leben in England auf dem Lande sei. Er sagte, das sei nichts als warmes Bier und Hundenarren und alte Jungfern, die im Nebel mit dem Fahrrad zur Andacht fahren ...«

»Und was haben Sie darauf geantwortet?«

»Ich schrie ihn an und wurde immer lauter, bis ich dachte, wenn ich noch einen Augenblick länger in dem Zimmer bliebe, würde mir der Kopf platzen. Es war nicht nur der Klang von Rays Stimme, den ich nicht länger ertragen konnte, es war auch der Klang meiner eigenen. Also drehte ich mich auf dem Absatz um und stürmte zurück in mein Zimmer.«

»Und dann?«

»Zehn Minuten später hörte ich Raymond vorbeigehen. Er pfiff vor sich hin, wirklich, er pfiff, als ob ... Ich erinnere mich, es war ›The Sheik of Araby‹.«

»Oh, dieses Schwein!«, sagte Don durch die aufeinandergepressten Zähne.

»Und ich blieb in meinem Schlafzimmer und weinte mich selbst in den Schlaf, bis ich geweckt wurde, als …«

Sie stockte und konnte nicht weitersprechen.

»Als der Leichnam entdeckt worden war … ich weiß«, murmelte Trubshawe. »Sagen Sie mir, was haben Sie da gefühlt, Miss Selina?«

»Oh, das war schrecklich! Ich fühlte mich tatsächlich schuldig! Es war beinahe, als sei ich in gewisser Weise für seinen Tod verantwortlich gewesen. Schließlich war Ray ein enger Freund, und wie schrecklich er sich auch benommen hatte, das hatte er sicher nicht verdient … Ich weiß nicht mehr, was ich rede … Ich bin so durcheinander …«

»Sie mögen verwirrt sein, Miss«, sagte der Chefinspektor, nachdem er ihr ein paar Sekunden zum Atemholen gelassen hatte, »aber vor allem waren Sie tapfer, sehr, sehr tapfer. Und dafür möchte ich Ihnen wirklich danken. Nicht, dass das, was Sie gesagt haben«, setzte er mit einem Kopfschütteln hinzu, »uns irgendwie näher an eine Lösung gebracht hätte, aber das scheint in der Natur der Sache zu liegen. In der Natur des Falles, meine ich«, fügte er hinzu, damit für jeden klar war, wovon er sprach. »Noch einmal danke. Für Sie ist die Tortur vorbei.«

Während Mary ffolkes erneut ihre Tochter umschwirrte, wandte sich Trubshawe, offensichtlich ein Mann, der keine Zeit verlor, ihrem Gatten zu.

»Colonel?«

»Ja, Trubshawe?«

»Nachdem uns Miss Selina nun alles erzählt hat, was sie weiß, denke ich, Sie sind jetzt an der Reihe, über die glühenden Kohlen zu laufen.«

»An der Reihe … Aber ja, natürlich, natürlich«, antwortete Roger ffolkes schnell.

Trotzdem fummelte er ein paar Sekunden missmutig an der Bauchbinde seiner Zigarre herum. Dann sagte er:

»Nur eines, Trubshawe – wir sind hier, glaube ich, schon ein paar Stunden dabei. Ich weiß nicht, ob die anderen so denken wie ich, aber wir sollten eine kurze Pause machen. Ihre Befragung hat sehr an uns allen gezehrt, wissen Sie, und ich bin sicher, meine Gäste würden sich gern für einen Augenblick in ihren Zimmern hinlegen. Was mich angeht, ich habe heute meinen Spaziergang noch nicht gehabt, und ich muss mir wirklich die Beine vertreten.«

»Bei *diesem* Wetter, Colonel?«

»Bei jedem Wetter, Sir, bei jedem Wetter. Stimmt es, Mary?«

»Oh ja, das ist einfach so, Inspektor. Roger würde nie einen Tag ohne seinen Spaziergang verstreichen lassen.«

»Nun, äh«, sagte Trubshawe unbestimmt, »vielleicht ist eine Pause gar keine schlechte Idee. Aber nur eine kurze, wohlgemerkt.«

Kaum hatte er die Zustimmung des Chefinspektors erhalten – die für ihn natürlich auch einen Aufschub des Verhörs bedeutete, wenn auch nur vorübergehend –, war der Colonel sofort wieder so aufgeräumt wie eh und je.

»Aber absolut!«, antwortete er herzlich. »Absolut! Alles, was ich brauche, ist ein tiefer Atemzug frische Winterluft. Eine halbe Stunde, und ich bin zurück, versprochen.«

»Hören Sie, Colonel«, sagte Trubshawe, »wenn Sie schon einen Spaziergang machen, frage ich mich, ob Sie

Tober nicht mitnehmen könnten. Der arme alte Kerl braucht auch seinen Spaziergang.«

»Aber gern, aber gern«, sagte der Colonel. »Aber wird er mir auch folgen?«

»Oh ja. Tober würde jedem auf einen Spaziergang folgen. Selbst einem Schurken, haha! Hey, Tober, stimmt doch, oder? Gassi! Gassi!«

Sobald er das magische Wort vonseiten des Chefinspektors gehört hatte, richtete sich der Labrador, der zusammengesunken seinem Herrchen zu Füßen gelegen hatte, mit so erstaunlicher Energie auf, dass man meinen konnte, sein heftig wedelnder Schwanz habe als eine Art hydraulischer Hebel gewirkt.

»Guter Junge«, sagte der Colonel, kitzelte die klebrig feuchte Schnauze des Hundes und führte ihn aus der Bibliothek. »Gehen wir Gassi, wir beiden? Eh? Eh, Tobermory?«

Als sie die Schwelle erreicht hatten, drehte er sich noch einmal um.

»Farrar?«

»Ja, Colonel?«

»Während ich unterwegs bin, könnten Sie eine Weile in der Küche nach dem Rechten schauen – einfach sehen, ob mit den Dienern alles in Ordnung ist.«

»Ja, natürlich, Sir.«

»Und, Farrar?«

»Ja, Sir?«

»Sagen Sie Iris, dass sie Tee servieren soll im Salon. Ich nehme an, dass alle hier dringend einen Tee brauchen, bevor sie in ihre Zimmer gehen.«

»Selbstverständlich.«

Neuntes Kapitel

F abelhaft, der Speck, Mrs Varley.«
»Das freut mich, Mr Chitty. *Ihr* Urteil ist mir besonders viel wert. Kann ich Sie noch zu etwas kaltem Truthahn überreden?«

»Ich würde mich überreden lassen, Mrs Varley.«

»Addie!«, schrie Mrs Varley.

Es kam keine Antwort.

»Addie!!!«

Die kleine Addie, die kleine Drüsen-Addie, kam aus dem Kohlenschuppen gerannt und wischte sich dabei ihre rußgeschwärzten Hände an der Schürze ab.

»Haben Sie mich gerufen, Ma'am?«

Mrs Varley sprudelte ungläubig hervor:

»Ob ich dich gerufen habe? Da fragst du noch! Wen habe ich wohl sonst gerufen? Jetzt plapper mal nicht und schneid Mr Chitty noch eine Scheibe Truthahn ab. Und achte drauf, dass es eine schöne ist und dick genug.«

»Ja, Ma'am. Sofort, Ma'am.«

»Oh nein, Mädel, nicht sofort. Zuerst wäschst du dir die Hände. Und zwar richtig, verstehst du. Da ist ja eine richtige Dreckkruste drauf.«

»Ja, Ma'am.«

Während Addie zum Waschbecken huschte, steckte sich Tomelty, der irische Gärtner und Mädchen für alles bei den ffolkes', eine Senior Service an, ließ seine schar-

175

lachroten Hosenträger einmal lässig schnappen und strich sich dann mit der Hand durch sein welliges, dunkles, rabenschwarzes Brillantinehaar. So etwas wie ein selbst ernannter Don Juan und der Schrecken der Dorfmädchen, mit seinen leuchtend weißen Zähnen und dem Bartschatten, saß er jetzt hingekauert am Chitty entgegengesetzten Ende des Küchentisches, seine Senior Service in einem Mundwinkel und im anderen ein spöttisches Lächeln, sein Markenzeichen.

Er sah zu, wie der Butler an seinem dampfenden Tee nippte, und sagte freundlich: »Nun, Mr Chitty, scheint so, als ob diese Mordgeschichte Ihnen den Appetit nich verdorben hat.«

»Na ja, Tomelty«, antwortete Chitty und zog mit abstoßender Vornehmtuerei ein Stückchen Speck zwischen zwei seiner Vorderzähne hervor, »man muss die Ohren steifhalten.«

Es gab ein kurzes Schweigen.

»Sie sind sehr still, Mr Farrar«, sagte jemand.

»Bitte, was?«

»Was denken *Sie* darüber?«

»Über was?«

»Wer wird das nächste Opfer des Mörders sein?«

»Tomelty!«, fuhr Chitty ihn an. »Hüten Sie Ihre Zunge! Ich dulde nicht, dass Sie das Weibsvolk mit leichtsinnigem Mordgerede verschrecken. Nicht, solange ich in dieser Küche das Sagen habe.«

Chitty war einige Jahre lang Ringrichter beim Boxen gewesen, bevor er in Stellung ging, und ließ das seine Untergebenen oft genug spüren.

»Kein Mordgerede? Viel Glück dabei!«, rief der Chauf-

feur. »Seit ich hier angefangen habe, hat's so was Interessantes in ffolkes Manor noch nich gegeben. Und Sie
glauben, Sie können uns hindern, darüber zu reden? Sie
haben wirklich komische Vorstellungen. Hab ich recht,
Mr Farrar?«

»Ja-a. Was man auch sonst dazu sagen mag, interessant
ist der Mord an Gentry bestimmt.«

»Ich muss mich doch wundern, Mr Farrar, Sie mit Ihrer
Bildung!«, sagte Mrs Varley. »Interessant? Wie kann man
so ein Wort benutzen, wenn ein Gast tot gefunden wird,
mit einer Kugel im Hirn?«

»Im Herzen, um korrekt zu sein.«

»Herz – Hirn – was macht das für einen Unterschied?
Ein Mann ist erschossen worden. Dafür finde ich eine
Menge passender Worte, aber ›interessant‹ ist bestimmt
nicht dabei.«

»Und ich finde eine Menge passender Worte für Raymond Gentry«, sagte Tomelty, »aber ›interessant‹ gehört
ganz bestimmt auch nich dazu.«

»Ja-a, das stimmt allerdings«, sagte Mrs Varley und
dachte daran, wie kurz es erst zurücklag, dass sie auf den
verblichenen Klatschkolumnisten wütend gewesen war.
»›Schleimig‹ passt besser.«

»Also, also, Mrs Varley«, mahnte Chitty. »Sie haben
eben selbst gesagt, der arme Mann liege tot da oben. Ein
bisschen christliches Mitgefühl wäre schon angebracht.«

»Armer Mann!«, sagte Mrs Varley und wurde nun richtig warm mit dem Thema. »Diese Frechheit, diese boden-
lose Frechheit, um elf Uhr am Vormittag Eier und Speck
zu verlangen! Was hat er denn gedacht, wo er ist? Im
verdammten Savoy-Hotel? Der hatte vielleicht Nerven,

wenn ich das mal sagen darf. Entschuldigen Sie meine Ausdrucksweise, Mr Chitty.«

Chitty, der offensichtlich ähnliche Gefühle hegte – denn auch er war Opfer einiger witziger Einfälle von Gentry geworden –, war dennoch der Ansicht, Mrs Varley habe sich schlecht ausgedrückt.

»So etwas sagt man nicht, Mrs Varley, bitte …«

»Es tut mir leid, Mr Chitty, aber ich bin sicher, Sie werden nicht abstreiten, dass er ein rundherum schlechter Kerl war, der genau das verdient hat, was ihm widerfahren ist.«

»Oh, ich glaube nicht, dass ich so weit gehen würde …«

Inzwischen kam Addie – deren flache zarte Gesichtszüge durchaus ansprechend hätten sein können, wenn man ihr gezeigt hätte, wie man sich zurechtmacht, und wenn sie ihr Haar zurückgesteckt hätte, damit es ihr nicht ewig in die Augen fiel – mit einer extradicken Scheibe Truthahn an den Tisch, die sie von der stumpfen Seite eines großen Brotmessers auf Chittys leeren Teller klatschen ließ.

»Huh!«, sagte sie und meinte niemanden in der Runde speziell, »ich hätte nicht wenig Lust, zur Musik einer dieser Bands im Savoy Foxtrott zu tanzen, die man da im Radio hört. Besser als diese Charity Minstrels auf Southend Pier.«

»Du wirst nie danach tanzen, also vergiss es«, antwortete Mrs Varley. »Geh und bring die restliche Kohle rein.«

»Ja, Ma'am.«

Sie rauschte davon und stieß beinahe mit Iris zusammen, dem Zimmermädchen und einer der beiden Zwillingsschwestern mit flammend roten Haaren, die am selben Tag in den Dienst der ffolkes' getreten waren. Der Name ihrer Schwester war Dolly, und da beide in ihrer Zimmermädchentracht gleich flott und hübsch aussahen, war es beinahe unmöglich, sie auseinanderzuhalten.

»Ach, meine armen Füße!«, stöhnte Iris. »Das bringt mich um!«

Sie ließ sich auf den Stuhl neben Tomelty fallen.

»Hallo, Schöne«, begrüßte er sie mit der flapsigen Galanterie, die ihm längst zur Gewohnheit geworden war und die so subtil wie ein weithin sichtbarer Signalmast war. Man fragte sich immer, wie sie funktionierte. Aber sie funktionierte – jedes Mal.

»Soll ich sie massieren?«, fragte er erwartungsvoll.

»Schlingel! Ooooh!«, seufzte sie ekstatisch, als sie ihre Schuhe unter dem Tisch abstreifte – den linken Schuh mit den rechten Zehen und den rechten mit den linken Zehen. Sie begann, ihre Fußsohlen kräftig zu reiben. »Darauf habe ich mich die ganze letzte Stunde gefreut. Die fühlen sich an wie rohes Fleisch!«

Sie ließ einen Seufzer voller Vorfreude hören.

»Morgen früh hab ich frei, und ich stell den Wecker auf sechs – nur damit ich mich gleich wieder umdrehen kann. Die reine Seligkeit!«

»Und, was geht da oben vor?«, fragte Mrs Varley, die gerade den dritten von vier Löffeln Zucker in ihren Tee schaufelte. »Immer noch völlig durcheinander, oder?«

»Überhaupt nich. Das isses, warum wir hier unten bleiben sollen – weil da oben die ganze Dreckwäsche gewaschen wird. Als ich mit dem leeren Tablett aus dem Salon gegangen bin, hat diese Schauspielerin, diese Cora Schlagmichtot, Gentry einen Hund genannt – einen verlogenen Hund –, das waren ihre Worte, und die hat sie richtig ausgespuckt! Der möcht ich nich im Dunkeln begegnen.«

»Wirst du nicht, also vergiss es«, sagte Mrs Varley, die am besten über den Tag kam, wenn sie sich reichlich aus ihrem Kästchen mit Standardsprüchen bediente.

»Es ist eine Redewendung, Mrs Varley. Was man eine Allergie nennt.«

»Von Allergien halte ich nichts. Gutes, klares Englisch ist für jeden gut genug.«

Sie nippte nachdenklich an ihrem Tee, den kleinen Finger vornehm abgespreizt.

»Es überrascht mich trotzdem zu hören, dass sie Gift und Galle gespuckt hat. Sie kam mir immer so kultifiert vor.«

»Kultifiert? Diese hochnäsige Schnepfe? Kultifiert, mein …«

»Iris!«, mahnte Chitty. »Das sagt man nicht!«

»Entschuldigung. Aber wissen Sie, ich musste wirklich lachen über was, was ihr rausgerutscht ist.«

»Wem?«

»Dieser sogenannten Cora Rutherford.«

»Was heißt sogenannte?«

»Also, es war so. Sie tranken alle ihren Tee, auch der Polizist, und sie – Cora Rutherford – versuchte, die Runde mit einer ihrer Antidoten aufzuheitern.«

»Ich halte nichts von Antidoten.«

»Oh, halten Sie den Mund, Mrs Varley! Weiter, Iris, was ist passiert?«

Die ganze Küche hörte aufmerksam zu. Addie war aus dem Kohlenschuppen zurück und stand so unauffällig wie möglich an der Tür zum Garten – wenn sie am besten war, war sie einfach nur unauffällig –, während Dolly, die gerade von ihrer Arbeit oben heruntergekommen war, sich auf die andere Seite neben Tomelty setzte.

»Also«, sagte Iris mit einem Bühnenflüstern, »sie saß nah am Kamin mit diesem Pelz um den Hals ...«

»Aber der sieht doch klasse aus!«, rief Dolly dazwischen. »Ich würde sterben – ich würde jemanden *umbringen* – für so einen Nerz!«

»Es ist kein Nerz, es ist Fuchs.«

»Es ist Nerz.«

»Fuchs!«

»Nerz!«

»Mädchen, Mädchen, das ist doch wohl nicht so wichtig!«

»Wie recht Sie haben, Mr Farrar. Es ist höchst unerfreulich, bei einer Antidote schon unterbrochen zu werden, wenn man noch gar nicht richtig angefangen hat«, sagte Iris und funkelte ihre Schwester zornig an.

»Wie ich also gesagt hatte, bevor ich unverschämterweise unterbrochen wurde«, redete sie weiter, »erzählte sie denen allen irgend 'ne Geschichte, als sie 'n ganz kleines Kind war – endlich mal was nich vom Theater –, irgendwas, wie sie sich gegenüber einem Jungen aus ihrem Ort schlecht benommen hat – nein, nein, nein, nicht, was Sie denken, Tomelty, Sie irischer Hallodri, Sie – immer nur das eine im Kopf! Scheint so, als ob sie und dieser Junge ziemlich im Schlamm gespielt haben, und als sie nach Hause kam, ist ihre Mutter beinahe vor Zorn geplatzt deswegen, wie ihre Sachen aussahen, und hat sie ohne Ende zusammengestaucht – und dann hat sie, also

Cora, dieses ungezogene Wort zu ihrer Mutter gesagt – das tatsäch' die Pointe von der Antidote war –, aber weswegen alle laut gelacht haben, war, als sie wiederholte, was ihre Mutter darauf gesagt hat, auf diese freche Bemerkung« – Iris verfiel nun in eine unheimlich überzeugende Imitation von Cora Rutherfords Akzent: »Also wandte sich meine liebe Mutter an mich und schrie: ›Wie kannst du es wagen, so mit deiner Mutter zu sprechen, Nelly!‹« – »Nelly!«

»Ich verstehe nicht«, sagte Addie.

Iris brach in ein raues, heiseres, dreckiges Lachen aus.

»Nelly! Da saß sie und erzählte ihre Geschichte, wie witzig sie is und alles, und das hat sie so mitgerissen, dasse glatt vergessen hat, dass ihr Name angeblich Cora ist. Sie hat die Antidote nicht mal zu Ende erzählt. Sie hat die Hände vor den Mund gepresst, und ihr Pastetengesicht – sieht eigentlich aus wie einer von Mrs Varleys kleinen Kuchen, finde ich! – wurde ganz – wie heißt das noch? – ganz *pöterrot*. Ich schätz mal, sie heißt auch nicht Rutherford. Eher schon Ramsbottom.«

»Also, also, Iris«, sagte Chitty, der sah, dass er seinen Kampf zur Verteidigung des Anstands auf verlorenem Posten führte, »so was wollen wir hier in der Küche nicht hören.«

»Little Nelly Ramsbottom«, fuhr Iris ohne Reue fort, »die Königin der Hinterhöfe!«

Ihr Gesang – »Lit-tle-Nel-ly-Rams-bo-ttom!« – wurde von Dolly aufgenommen und dann sogar, wenn auch zunächst noch verhalten, von Addie, wobei die drei anfingen, einen Conga rund um den Tisch zu tanzen.

»Still, alle zusammen!«, brüllte eine indignierte

Mrs Varley. »Wie kann man sich nur so aufführen, wenn ein Toter im Haus liegt!«

»Na, na«, sagte Tomelty, »Sie haben selbst gesagt, dass Raymond Gentry ein übler Kerl war. Sie wollen doch jetzt keine Tränen über ihn vergießen, oder?«

»Nein«, sagte sie. »Aber es ist kein angenehmer Gedanke – das Haus mit einem Mörder zu teilen.«

»Darüber müssen Sie sich nich den Kopf zerbrechen«, schnaubte er. »Dieser Mord ist ganz klar eine Angelegenheit unter feinen Pinkeln. Für die ist das eine schöne Kunst – eine Sportart für Snobs, so ähnlich wie die Fuchsjagd. Wir haben vielleicht manchmal Lust, einen von ihnen umzubringen, aber Sie können Ihr letztes Hemd drauf wetten, die würden sich nie ihre Manikürefinger schmutzig machen, um einen von uns zu ermorden. Wir sind's nich wert, dass man uns zum Cocktail einlädt, und wir sind's auch nich wert, dass man uns umbringt. Wenn einer von der Bande einen von uns umbringen würde, würde man ihn auch kurz und klein machen – aber wisst ihr, warum? Nich, weil er 'n Mord begangen hat, sondern weil er seine Klasse verlassen hat!«

Trotz seines ungehobelten Äußeren konnte Tomelty überaus redegewandt sein.

»Könnt ihr euch vorstellen, dass irgendwer von denen sich die Mühe machen würde, einen von uns in der Dachkammer abzumurksen und es so aussehen zu lassen, als ob keiner reingegangen und keiner rausgegangen ist? Könnt ihr lange drauf warten! Wenn uns das passiert, dann auf die gute alte Arbeiterklassenart: ein kurzer Schlag hinten auf die Rübe direkt draußen vor der Stammkneipe. Keine

Angst, Mrs Varley, Ihr Leben ist hundert Prozent sicher – und Ihre Tugend natürlich auch.«

»Seien Sie still«, sagte Mrs Varley erregt, »meine Tugend ist meine Angelegenheit, lassen Sie sich das gesagt sein! Wenn der verblichene Mr Varley noch lebte und hörte, was Sie eben gesagt haben, er würde sich im Grab umdrehen!«

»So, wie hier alle über ihn gesprochen haben«, warf Chitty ein, »würde ich sagen, wenn sich irgendeiner in diesem Augenblick im Grab rumdreht, dann ist das Raymond Gentry.«

»Er liegt noch gar nicht im Grab, Dummkopf«, betonte Iris, während sie sich die Nasenspitze mit einer pinkfarbenen Puderquaste betupfte. »Er liegt immer noch in der Dachkammer, wo man ihn gefunden hat. Ziemlich geschmacklos, finde ich, einen Toten da liegenzulassen, ohne ihn abzudecken oder irgend so was.«

»Aber nein, Iris!«, meldete sich Addie zu Wort. »Das ist das, was man tun muss bei einem Mord, sagt die Polizei.«

»Was?«

»Nichts.«

»Nichts? Was meinst du mit ›nichts‹?«

»Man darf eben gar nichts tun. Das habe ich in einem Buch gelesen.«

Mrs Varley zeigte das, was man im Kino einen Spätzünder nennt.

»*Du* hast ein Buch gelesen?«

»Ich habe *zwei* Bücher gelesen, Mrs Varley«, antwortete Addie beherzt. »Jessie hat sie mir gegeben, als sie gekündigt hat. Sie erinnern sich doch an Jessie, Ma'am? Sie

184

ist gegangen und hat den Sohn des Kurzwarenhändlers geheiratet, und in die Flitterwochen sind sie nach Great Yarmouth gefahren.«

»O ja«, sagte Mrs Varley erbittert, »an Jessie kann ich mich gut erinnern. Ich kann mich auch daran erinnern, dass wir in dieser Runde nicht mehr über Jessie sprechen wollen. Das Aufgebot ist für meinen Geschmack ein bisschen zu eilig bestellt worden. Und wenn man bedenkt, dass der Vikar ihr gestattet hat, in Weiß zu heiraten! Man kann auch zu christlich sein!«

»Egal, Ma'am, Jessie hat mir jedenfalls diese beiden Bücher geschenkt. Waren ganz schön anspruchsvoll. Eins hieß *The Vamp of the Pampas*. Das war ziemlich scharfes Zeug!«

»So etwas sagt man nicht, Addie! Wir sind hier nicht in Paris.«

»Tut mir leid, Mr Chitty.«

»Und wie hieß das andere, meine Liebe?«, fragte er.

»Also, das's das Komische. Es war eins von Miss Mount, die wo oben bei den Gästen ist.«

»Welches war es?«, fragte Dolly.

»Also Dolly, da fragst du was«, sagte Addie. »Ich denke, es hieß *Mord* und noch was …«

»Na, das bringt uns mächtig weiter«, sagte Tomelty und verdrehte die Augen. »Beinahe jedes von ihren Büchern hat ›Mord‹ im Titel …«

»Das ist es! Das ist es!«

»Das ist was?«

»*Kein Mord im Titel!* Es hieß *Kein Mord im Titel* und war wirklich gut! Der Mord findet im ersten Kapitel statt – wirklich 'ne blutige Angelegenheit. Das Opfer –

irgend 'ne Art großer Geschäftsmann, Hiram Rittenhouse – Hiram B. Rittenhouse der Dritte – ein Napoleon der Finanzen wird er genannt –, wird tot gefunden in seiner Suite im Dorchester, in den Hosenbügler gequetscht.«

»In Dorchester?«

»Nein, *im* Dorchester. Das große Hotel. In London.«

»Hör auf, du bringst alles durcheinander. In Dorchester oder in London?«

»Er hatte eine Suite im Dorchester in London. Egal, die ganze Zeit, wenn man's liest, erinnert man sich an den Mord im ersten Kapitel, und man weiß, wer's getan hat, und fragt sich, wie diese Detektivin – 'ne Frau, die Alexis Baddeley heißt –, man fragt sich, wie sie den Mann retten will, der dafür eingebuchtet wird – er ist ein hübscher, anständiger junger Yankee, Mike Irgendwer – sein Familienname fällt mir nicht ein – nein, lass mich nicht lügen, ich erinnere mich, es war Mike Rittenhouse, so hieß er, er war der arme Neffe vom Napoleon –, also, man weiß wirklich nicht, wie sie ihn davor retten will, dass er baumelt, weil man ja gleich am Anfang gelesen hat, dass er's wirklich getan hat, bevor man noch irgendwas anderes gelesen hat.«

Nachdem sie länger als vermutlich je zuvor in ihrem kurzen Leben geredet hatte, ohne unterbrochen worden zu sein, hielt Addie inne und atmete einmal tief durch.

»Also, jetzt spann uns hier nicht auf die Folter, Addie«, sagte Mrs Varley. »War er's nun oder war er's nicht?«

»Nein, er war's nicht!«, rief Addie und strahlte einen nach dem anderen triumphierend an. »Das war das Raffinierte an dem Buch. Man merkt erst ganz am Ende, dass er im ersten Kapitel im Kino war – das hat er der Polizei auch immer wieder gesagt – und dass das, was man im ersten Kapitel liest, also nicht der Mord von ihm an seinem Onkel ist, für den er verdächtigt wird, sondern ein ähnlicher Mord in dem Film, der den wirklichen Mörder – wie heißt das noch? – *inspiritiert!* –, der also den wirklichen Mörder inspiritiert hat. Aber weil's das Erste ist, was man liest, und weil, nachdem er aus dem Kino kommt, weil er die Bond Street runtergeht und ganz unglücklich ist über die schreckliche Sache, die er gemacht hat, und man denkt, es ist der Mord, über den er unglücklich ist – aber tatsäch' ist er unglücklich, weil er sein ganzes Geld mit diesem losen Weibsstück verjubelt hat, dasser in Lyon's Tea Room getroffen hat –, und weil man eben die ganze Zeit beim Lesen im Kopf hat, dass er's ist, der's getan hat, ist das am Ende die Riesenüberraschung, dass er's gar nicht war, der seinen Onkel umgebracht hat!«

Überwältigt von dem ihrer Meinung nach uneingeschränkten Gelingen ihrer Erzählung, war ihr entgangen, dass die Blicke ihrer Zuhörer immer verständnisloser geworden waren.

»Ich will verhext sein, wenn ich das verstanden habe«, sagte Mrs Varley.

»Ich hab's auch nicht kapiert«, sagte Dolly und schüttelte den Kopf.

»Du hast mal wieder was in den falschen Hals bekommen, wie üblich«, sagte Chitty in einem Ton, den er zweifellos für freundlich hielt.

Das Küchenmädchen war jetzt den Tränen nah.

»Nein, hab ich nicht. Es ist wirklich eine sehr gute Idee, wenn man drüber nachdenkt.«

»Ich halte nichts von Ideen«, sagte Mrs Varley. »Für die Hälfte aller Probleme in der Welt sind Ideen verantwortlich.«

»Aber dieser junge Yankee, dieser Mike, verstehen Sie, jeder sagt, er ...«

»Jetzt fang nicht noch mal von vorn an«, sagte Tomelty. »Wir haben's beim ersten Mal nicht begriffen, und wie wir dich kennen, wirst du alles beim zweiten Mal nur noch schlimmer machen. Warum hast du uns das eigentlich alles erzählt, würde ich gern wissen?«

Während ihre Unterlippe unter den vorstehenden Zähnen zitterte wie bei einem gescholtenen Kind, sagte Addie: »Ich wollte nur sagen, dass man in einem Mordfall keinen Leichnam berühren darf, bevor der Arzt nicht festgestellt hat, dass einer wirklich tot ist. So stand es in dem Buch, also muss es stimmen.«

»Gut, das wäre geklärt«, sagte Tomelty. »Nun, was denkt man hier in der Runde? Wer hat es getan?«

»Höre ich richtig, Tomelty«, rief eine entsetzte Mrs Varley, »fragen Sie uns wirklich, wen wir für den Mörder von Gentry halten?«

»Warum nicht? Oben scheinen sie jedenfalls nur ein Durcheinander zustande zu bringen.«

Mrs Varleys Augen wurden zu Schlitzen.

»Was meinen Sie, wird es eine Belohnung geben?«

»Belohnung? Nee! Wenn das ganze Haus abbrennen würde und sie würden schreien wie am Spieß und man würde reinrennen, um sie zu retten, würden sie sagen, man soll sich die Schuhe abtreten, bevor man auch nur halb durch die Flammen ist!«

Er wandte sich an Dolly.

»Also, Dolly, erzähl uns, wer deiner Meinung nach Raymond Gentry ermordet hat?«

Dolly presste ihren Zeigefinger genau auf die Mitte der Stirn, als wollte sie jedem zeigen, wo der genaue Ort ihrer Vermutungen war.

»Nun, ich habe mich gefragt«, sagte sie, »wenn man gesehen hat, wie sehr er sie alle gereizt hat mit seinen Intensinuationen, könnten es nicht, versteht ihr, könnten es nicht alle auf einmal gewesen sein?«

»Alle? Auf einmal?«

»Versteht ihr, alle zusammen? Wie bei einer Jury?«

Tomelty machte mit diesem Argument kurzen Prozess.

»Zu einer Jury gehören zwölf, also geht das nicht. Iris?«

»Nun, da Sie fragen, Tomelty«, sagte das Zimmermädchen geziert, »ich habe schon eine Theorie.«

»Eine Theorie, ja? Gut, Miss Alberta Einstein, lassen Sie mal hören.«

Sie schüttelte ihre Dauerwelle gezielt in Richtung Chauffeur, um ihm deutlich zu machen, was sie von seinem ordinären irischen Singsang-Sarkasmus hielt, und fuhr fort:

»Erinnert ihr euch, dass es in Büchern immer die Person ist, von der man es überhaupt nicht erwartet?«

»Ja?«

»Na, dann ist alles klar, oder? Der Mörder muss dieser – wie heißt er – Trubshawe sein, der Polizist.«

»Du bist plemplem, wirklich!«, rief Mrs Varley, die trotz ihres Missfallens an der Richtung, die das Gespräch nahm, der Versuchung keinesfalls widerstehen konnte, mitzumachen. »Trubshawe war noch nicht mal im Haus, als es passierte.«

»In Büchern ist das nie ein Hinderungsgrund. Bei dem bisschen, was wir wissen, kann er sehr wohl hergeschlichen sein, mitten in der …«

»Quatsch!«, rief Tomelty.

»Sie scheinen ja Bescheid zu wissen, Tomelty«, sagte Chitty. »Was ist denn *Ihre* Theorie?«

»Nun, wir suchen nach einem offenkundigen Verdächtigen, habe ich recht?«

»Sicher.«

»Dann muss es wie immer der Butler gewesen sein.«

»Na, na, was soll das? Sie beschuldigen *mich* des Mordes?«

»Nee, 'türlich nich, Mr Chitty. Sie nich. Ich habe einen Scherz gemacht, das war alles. Nur einen Scherz.«

Ein kurzes Schweigen. Dann, unfehlbar wie auf Zuruf:

»Ich halte nichts von Scherzen«, sagte Mrs Varley.

Zehntes Kapitel

Es war ein finsterer und stürmischer Nachmittag. Der Sturm heulte wie eine wahnsinnige Todesfee und schüttelte die dürren, blattlosen Bäume an der Auffahrt so heftig, dass man hätte schwören können, das Klappern ihrer Skelette zu hören, und ein eisiger Wind brandete gegen ffolkes Manor. Die Temperatur lag knapp über dem Gefrierpunkt.

Als er aus dem Haus trat, den alten Tobermory im Schlepptau, der schwerfällig hinter ihm hertrottete, während seine Leine über den schneebedeckten Kiesweg schleifte, blieb der Colonel abrupt an der Schwelle stehen, noch bevor er die Pforte schloss. Die bloße Wucht des Windes hatte ihn sichtlich überrascht, und er sah hoch zum Himmel, als frage er sich besorgt, ob der Spaziergang überhaupt eine gute Idee gewesen sei. Dann ermannte er sich, knöpfte den obersten Knopf seines Mantels zu und stellte den Kragen hoch, bis sein Hals rundum geschützt war.

Wenigstens für den Augenblick hatte der Schneefall aufgehört. Jetzt lag der Schnee hoch und gleichmäßig, so weit das Auge reichte, wobei allerdings die Frage war, wie weit das Auge unter dem tief hängenden Himmel überhaupt reichte. Was aber direkt vor ihm lag, war nicht der malerische Pulverschnee der Weihnachtskarten – dieser Schnee als Glitzerschmuck der Natur. Stattdessen erstreckte sich in jede Himmelsrichtung eine Schneewüste, und weder nah noch fern war eine Oase von Häusern in Gestalt hingetupfter Lichter auszumachen, die auf die Existenz eines Dorfes, einer lebendigen Gemeinschaft hingedeutet hätten, um einem zu versichern, dass man nicht der letzte Überlebende in einer toten Welt war.

Wie oft hatte der Colonel darauf gepocht, dass er es mochte, wenn die Jahreszeit wirklich *Jahreszeit* war. »Die vier Jahreszeiten«, wurde er nie müde zu sagen, »sind wie die vier Gänge eines Essens. Eine permanente Sonnenscheindiät wäre so wie ein Essen, das aus vier Puddings besteht.« Und selbst jetzt, an einem so gottverlassenen Nachmittag wie heute, wo jeder ihm verziehen hätte, wenn er über die Angemessenheit eines solchen Spaziergangs noch einmal nachgedacht hätte, konnte man seinem Gesicht doch die masochistische Befriedigung ansehen, die jeder wahre Engländer angesichts eines wahren englischen Winters erfährt, jener Art von Winter, die sich wirklich wie Winter anfühlt, die Art von Winter, die Dickens beschrieben hat.

Den Mantel bis zum Hals zugeknöpft und den kratzigen Wollschal fest um den Kragen geschlungen, schmetterte er die Eingangspforte zu ffolkes Manor zu. Das war eine weitere seiner Eigenarten. Man konnte immer sagen, ob es der Colonel war, der kam oder ging, weil er völlig unfähig war, eine Tür zu schließen, irgendeine Tür, ohne sie zuzuknallen. Er brachte es sogar fertig – wie, das wusste keiner so genau –, Türen *auf*zuschmettern. Wie oft auch immer Mary ffolkes, die zu nervösem Kopfschmerz neigte, selbst wenn es ihr gut ging, ihn daran erinnerte, dass es im Haus keine einzige Tür gab, die sich nicht leise schließen ließ – im entscheidenden Moment dachte er nicht daran.

Als er die Auffahrt hinunterging, warf der Colonel einen prüfenden Blick auf die Andentanne seiner Frau, die direkt vor dem großen Erkerfenster der Küche stand. Das war für ihn ein Firlefanz, den er schroff abzulehnen vorgab, aber er konnte trotzdem nicht umhin, sich darum zu kümmern und gute Ratschläge zu erteilen und seine Nase hineinzustecken wie in alles, was im Haus und drum herum geschah. Aber die alles verschlingende Düsternis machte es ihm unmöglich zu erkennen, wie gut sie der Grimmigkeit eines Winters im englischen Südwesten trotzte. Mit einem fast hörbaren Seufzer griff er deshalb nach seinem knorrigen Spazierstock, einem echten Hirtenstab, den er von seinem Aufenthalt in Amerika mitgebracht hatte, pfiff Tobermory, der aus dem Nichts angezottelt kam, um sich ihm anzuschließen, und machte sich auf seinen täglichen Spaziergang übers Moor.

Er ging ziemlich flott, um sich so warm wie menschenmöglich zu halten, aber auch nicht so schnell, dass Toby möglicherweise nicht mehr mitkam – er führte mit dem Hund zugleich seine Erinnerungen spazieren und hatte den Hund vielleicht ohnehin zum Vorwand genommen, um das unbeobachtet tun zu können –, und er wirkte seltsam verletzlich, wie er sich so vor den weißen Schatten der verlassenen Mondlandschaft abzeichnete.

Immer mal wieder blieb er kurz stehen, um den Boden vor sich mit dem Stock zu prüfen, damit er nicht unabsichtlich seinen Fuß in eines der winzigen, aber heimtückischen Wasserlöcher setzte, die jetzt durch den Schnee trügerisch verborgen waren, Wasserlöcher, mit

denen die Moore durchsetzt waren wie von Pocken-
narben. Das wusste er, denn er war mit ihnen vertraut
wie mit dem eigenen Körper. Und jeden Schritt, den er
machte, begleitete er mechanisch, beinahe automatisch,
als wäre er sich dessen gar nicht bewusst, wie ein Arbeiter,
der bei seiner Arbeit pfeift, mit einer liebevollen Ansprache an Tobermory.

»Na komm, Tober!«, rief er etwa, ohne sich überhaupt
nur umzudrehen, und »Hierher, Alter!« und »Ja, prima,
komm mit, du schaffst das!« und »Ja, ja, du bist ein müder
alter Köter, bist du!«. Und weil sich natürlich kein anderer Bewohner von Dartmoor, weder Mensch noch Tier,
an einem so unfreundlichen Weihnachtstag nach draußen
getraut hatte, zeichneten sich die verschlungenen Muster
seiner Fußabdrücke so klar auf dem ansonsten unberühr-
ten Boden ab, dass man ihm buchstäblich auf dem Fuße
folgen konnte.

Nach etwa fünfzehn Minuten oder etwas mehr Marsch
in gleichbleibendem Tempo, als ffolkes Manor schon weit
hinter ihm lag – die Lichter des Hauses waren noch zu
sehen, waren aber viel zu klein, unbestimmt und glanz-
los, um noch »warm« genannt werden zu können –, nach
dieser Zeit also begann Tobermory irgendwie unruhig zu
wirken.

Natürlich trottete er immer hinter dem netten Mann
her, der, das schien er durchaus zu begreifen, für seinen
eigentlichen Herrn eingesprungen war. Ab und zu aber
spannte er unter Schmerzen seine verkalkten Nacken-
muskeln an und drehte sich um, um einen Blick auf das
Gelände zurückzuwerfen, das sie schon hinter sich gelassen hatten. Jedoch bellte oder knurrte er nicht, und der

Colonel, dessen Atem vor seinem Mund stand wie Zigarrenrauch, merkte nichts von der wachsenden Unruhe des Tiers.

Dann kam, ebenso unerwartet wie kurz, hinter einer niedrigen Wolkenbank eine dunstverschleierte Sonne hervor, und die ganze Landschaft erschien in sanfterem Licht. Genau in diesem Moment drehte Tober sich erneut um – und diesmal bellte er. Aus der Entfernung klang sein Bellen sehr nach dem schwerfälligen Pfeifen eines asthmatischen alten Kauzes, aber es reichte, um den Colonel zum Stehenbleiben zu veranlassen.

Er schützte sein Gesicht vor dem Wind und sah sich nach dem Hund um, dessen stimmliche Anstrengungen nicht nur seinen Schwanz, sondern seinen ganzen hinfälligen Körper zum Wedeln brachten.

»Was ist, Tober? Du riechst was, alter Junge, ja? Ein Kaninchen? Eine Ziege? Nein?«

Der Colonel hielt eine Hand über die Augen und starrte angestrengt in die Richtung, in die der Hund noch immer bellte.

»Aber du hast recht, *irgendwas* ist da – oder irgendwer. Guter Junge, Tober, guter Junge! Du magst ja schon kurz vorm Grab sein, aber du hast immer noch ganz schön deine Sinne beisammen.«

Er schwieg ein paar Sekunden und starrte weiter nach vorn, gewiss wachsam, aber nicht so sehr ängstlich als vielmehr einfach nur neugierig.

Dann verwandelte sich die anfängliche freischwebende Neugier schließlich doch in nagende Angst.

Er rief: »Hallo, Sie!«

Dann, nach einer zähen Pause:

»Hallo! Warum antworten Sie nicht?«

Dann, nach einer wesentlich kürzeren Pause:

»Wer *ist* da? Kommen Sie näher, damit ich Sie sehen kann!«

Im selben Moment, als der Schuss ertönte, fiel er um wie ein Stein.

Elftes Kapitel

Je nachdem. Kommt drauf an.«

Es war Trubshawe, der das sagte. Er stand mit seinem breiten, stiernackigen Rücken zum Kamin, allerdings in einem schrägen Winkel, als sei er darauf bedacht, die Wärme für die anderen im Salon nicht zu blockieren. Im Gegensatz zum lodernden Feuer war die Pfeife, die ihm ständig zwischen den Lippen hing, nach wie vor nicht entzündet, sodass man sich fragte, ob man sie je hatte brennen und Rauch ausstoßen sehen. Wie viele Männer seines Alters *trug* er die Pfeife eher, als dass er sie rauchte, und sie war ein so unersetzlicher Bestandteil seiner Selbstdarstellung geworden wie der hohe Kragen des Vikars oder Cora Rutherfords schriller Wirrwarr von Armreifen.

Keiner hätte sagen können, welche oder wessen Aussage bei ihm diese typische Zurückhaltung hervorgerufen hatte. »Je nachdem. Kommt drauf an.« Das hätte sein Motto sein können, seine »Legende«, wie die Franzosen es auszudrücken belieben.

Seine ganze Karriere war durch seine Zuverlässigkeit geprägt gewesen. Es war offenkundig, auch für die, die während seiner Dienstzeit nur flüchtig mit ihm zu tun gehabt hatten, dass er nie einer der Stardetektive der Truppe gewesen war, dass kein Boulevardreporter ihn je »Trubshawe vom Yard« tituliert hatte. Aber er war das, woran es der Polizei in Großbritannien am wenigsten mangelt: der Typus des Ermittlers, der nicht durch einen beeindruckenden Geistesblitz und seine Inspiration oder gar Imagination zur Lösung eines Problems gelangt (er selbst hätte nie das Wort »Rätsel« oder »Geheimnis« benutzt), sondern durch schlichte, verbissene Arbeit, die sich darauf verließ, dass andere ihm, teils ohne sich dessen bewusst zu sein, den Weg in die richtige Richtung wiesen.

Er pflegte eine Frage zu stellen, höflich und geduldig der Antwort zu lauschen, dann noch ein wenig mehr und noch ein wenig länger – oh, er hatte unendlich viel Zeit! –, bis der unglückselige Verdächtige, eingeschüchtert durch das andauernde Schweigen und sich vielleicht sogar vage dafür verantwortlich wähnend, Dinge ausplauderte, die zu erzählen er nie vorgehabt hatte. Und dann, so konnte man sich vorstellen, kam der Zeitpunkt, wo dieser von Hause aus langsame, ja sogar schwerfällige Mann sich plötzlich auf die Beute stürzte – auf seine Art. Er bereitete den abschließenden Coup vor, so geduldig und höflich, wie er zuvor den Boden dafür bereitet und die Falle ausgelegt hatte.

Deshalb war er überhaupt kein Sherlock Holmes. Doch in seiner sturen, sogar langweiligen Manier hatte er vermutlich mehr Kriminelle geschnappt als mancher brillantere Praktiker des ehrwürdigen Detektivhandwerks.

Nachdem sie alle etwa eine Dreiviertelstunde in ihren Zimmern verbracht hatten, hatten es sich die Gäste der ffolkes' jetzt rund um den Kamin bequem gemacht, allem Anschein nach mehr und mehr wieder mit ihren eigenen alltäglichen Angelegenheiten beschäftigt.

»Ach, Farrar, da sind Sie ja. Ist unten alles in Ordnung?«

»Ja, Mrs ffolkes. Das Personal scheint recht gefasst zu sein, wenn man's bedenkt.«

»Wenn man was bedenkt?«

»Wenn man bedenkt, wie durcheinander sie alle waren, als der Leichnam entdeckt wurde.«

»Oh. O ja, natürlich. Sie waren *ganz schön* durcheinander, nicht wahr?«

Es lag etwas Unnatürliches in Mary ffolkes' Stimme. Während sie nun am ehesten einem alternden Schmetterling ähnelte, falls man sich unter einer solchen Kreatur überhaupt etwas vorstellen kann, war sie doch immer schon eine unruhige, nervöse Frau gewesen, immer in Panik vor den Stimmungen des Colonels, diesen lautstarken und zu häufig auch öffentlichen Ausbrüchen seines berüchtigten hitzigen Temperaments. Wenn es eines gab im Leben, das sie fürchtete, dann war es eine »Szene«, obwohl nach ihrem Empfinden eine »Szene« schon ein paar zu laute Stimmen bei einem Abendessen sein konnten. Aber als sie jetzt sprach, deutete die heisere Artikulation zusammen mit einer leichten Verzögerung der Worte darauf hin, dass sie unter noch stärkerem Druck stand.

Sie stand an der hohen Verandatür, deutlich abseits von ihren Freunden, und selbst vom anderen Ende des Raums konnte man erkennen, dass sie unruhig mit einer der verknoteten Troddeln spielte, mit denen die schweren Vorhänge gefranst waren. Ab und zu, wenn sie sich unbeobachtet fühlte, schob sie die Vorhänge auseinander und warf einen schnellen Blick nach draußen ins Moor. Dann zog sie sie ebenso schnell wieder zu und drehte sich, nachdem sie ein tapferes Lächeln aufgesetzt hatte, munter – eine Spur zu munter – nach den anderen um.

Nach einem kurzen Moment sprach sie erneut.

»Verzeihung, Farrar, wissen Sie zufällig ...«, setzte sie zu einer Frage an.

»Ja, Mrs ffolkes?«

»Wissen Sie zufällig, ob mein Gatte zurückgekommen ist?«

»Äh, nein.«

»Aha. Na ja, vielen Dank jedenfalls.«

Dann, indem sie so tat, als sei ihr noch etwas eingefallen, setzte sie hinzu: »Ach ja, Farrar ...«

»Bitte?«

»Meinten Sie eben – Verzeihung –, meinten Sie eben, *dass* er nicht zurückgekommen ist, oder meinten Sie, Sie wüssten nicht, *ob* er zurückgekommen ist?«

»Nun, natürlich kann auch er sich ändern, aber es ist nicht sehr wahrscheinlich, dass er hätte zurückkommen können, ohne dass ihn irgendwer gehört hätte. Wo er doch auch mit Tobermory gegangen ist. Und Sie wissen, die Art – nun, die Art, wie er die Türen schmettert.«

»Ja, sicher. Natürlich, natürlich. Daran habe ich nicht gedacht. Wie dumm von mir.«

Dennoch konnte sie es sich nicht versagen, noch einmal – wie bisher – die Vorhänge aufzuschieben und diesmal keineswegs so verstohlen und ausdruckslos in die leere, öde Landschaft zu starren, die sich vor dem Haus erstreckte.

Es war kaum zu glauben, dass niemand sonst die allmähliche Veränderung in ihrem Verhalten bemerkt hatte, dass niemand die Hysterie gespürt hatte, die in ihr eingeschlossen war wie der Geist in der Flasche. Aber selbst in der größten Krise scheint es normal veranlagten Men-

schen ohne Weiteres möglich zu sein, sich wieder zwang-
los mit den eigenen Privatangelegenheiten beschäftigen
zu können. Davon legten die Bruchstücke des Geplau-
ders Zeugnis ab, die durch den Salon schwirrten und denen man entnehmen konnte, dass in Ermangelung eines
Themas, das sich allen aufdrängte, oder eines gemeinsamen Entschlusses, der zu fassen gewesen wäre, die Gesellschaft bei den ffolkes' wieder in die alltägliche Routine der Zeit vor dem Mord zurückverfallen war.

Der Vikar und seine Frau etwa waren in eine private
kleine Besprechung versunken. Nach allem, was man
mitbekam, diskutierten sie darüber, wie sie der Zukunft
ins Auge sehen konnten angesichts der Schatten, die die
Ereignisse der vergangenen vierundzwanzig Stunden auf
ihr Ansehen geworfen hatten. Vielleicht steckten sie auch
nur imaginäre Nadeln in das ebenso imaginäre Bildnis
der schrecklichen Mrs de Cazalis.

Die beiden boshaften West-End-Hexen, Cora Rutherford und Evadne Mount, amüsierten sich bestens damit,
beißenden Spott über die Heuchelei gemeinsamer Be-
kannter aus der Welt der Bücher und des Theaters auszu-
gießen. Dann und wann übertönte das Bonmot einer der
beiden durchdringend das allgemeine Geplapper – »Ja, er
war schon kurz geraten, der Zwerg, aber nicht so kurz
wie der Prozess, den ich mit ihm gemacht habe!« (das war
die Autorin) – »Ihr eigenes Haar? Verd… unwahrscheinlich! So, wie es aussah, war's nicht mal ihre eigene Perü-
cke!« (das war die Schauspielerin) –, gefolgt von einem
Schwall blechernen Gekichers von Cora Rutherford und
dröhnenden Gelächters von Evadne Mount.

Und dann die Rolfes. Sie saßen nebeneinander auf

dem Sofa, das dem Kamin am nächsten stand, bei einer Gruppe geschnitzter Holzfiguren, die, etwa ein Viertel lebensgroß, allesamt Bimbos mit Fez oder Tropenhelm darstellten – Briefträger, Stationsvorsteher und andere kleine koloniale Hilfskräfte – und die der Colonel von einer seiner Reisen nach Afrika mitgebracht hatte. Wenn er nicht gerade zerstreut die eine oder andere dieser seltsamen Plastiken betastete, als würde er eine Abordnung von Pygmäen begrüßen, drückte Henry Rolfe die Hand seiner Frau fest in seiner, während sie den Finger ans Auge hob – wischte sie da etwa tatsächlich eine Träne weg?

Ihre offensichtliche Versöhnung zeigte, dass die Tragödie von ffolkes Manor wenigstens ein Gutes gehabt hatte. Sie hatte paradoxerweise eine Ehe gerettet, die vielleicht am Ende gewesen wäre, wäre Raymond Gentry am Leben geblieben. Für die Rolfes hatte der Begriff »zart« zu lange so etwas wie »wund« oder »verletzt« bedeutet. Jetzt sah es tatsächlich so aus, als könne er wieder »weich« und »romantisch« bedeuten.

Ein Gutes also – oder mehr? Denn da ist auch noch unser junges Liebespaar. Selina und Don hatten sich ins kleinere der beiden Sofas gekuschelt. Und wenn sie auch flüsterten oder jedenfalls glaubten zu flüstern, da sie sich in einer Sprache verständigten, die zu intim war, um laut gesprochen zu werden, machte die Tatsache, dass praktisch jeder hier leise sprach, es unmöglich, nicht zu hören, was sie sagten.

»Oh, Don, Liebling«, sagte Selina und sah dem jungen Amerikaner mit so ungeteilter Bewunderung tief in die Augen, dass dieser sie hätte eigentlich entweder schließen oder aber sich aus ihrem Blickfeld abwenden müssen,

»bin ich furchtbar grausam zu dir gewesen? Ich wollte das nicht, wirklich nicht. Es war nur – ich glaube, ich habe mich einfach mitreißen lassen.«

Selbst wenn Don jedes ihrer Worte vernommen hätte, wurde aus dem, was er antwortete, mehr als deutlich, dass er nur eines wirklich gehört hatte.

»Selina«, hauchte er, »hast du mich eben ...«

»Liebling genannt? Ja, das habe ich. Hast du etwas dagegen?«

»Dagegen? Du fragst mich, ob ich etwas *dagegen* habe? Liebste, liebste, liebste Selina, ich hätte nur was dagegen, wenn du mich *nicht* Liebling nennen würdest! Von jetzt an erwarte ich, dass jeder Satz, den du zu mir sagst, jede Frage, die du mir stellst, mit Liebling endet! Ich werde nie mehr einfach mit Don zufrieden sein. Um genau zu sein, ich möchte dich nie mehr, *nie* mehr meinen Namen nennen hören. Für dich habe ich ab jetzt nur einen Namen – Liebling.«

Selina lachte, ein hohes, helles, glockenhaftes Lachen, als würde jemand laut lächeln. Es war das erste Mal, dass sie gelacht hatte, seitdem die Leiche entdeckt worden war. Vielleicht sogar das erste Mal, seit sie hier im Haus angekommen war.

»Also, Don – ich meine, Liebling! Liebling! –, wie beredt du geworden bist!«

»Jetzt machst du dich über mich lustig.«

»Nein, nein, wirklich nicht. Ich finde, das war eben eine sehr poetische kleine Ansprache.«

»Oh, wenn du mich überhaupt willst, Selina, dann musst du mich so nehmen, wie ich bin. Ich bilde mir nicht ein, irgendwie poetisch zu sein.«

»Liebling, hör auf, dich selber schlechtzumachen. Meine – nun, meine Verblendung muss ich es wohl nennen, gegenüber Ray – das war gar nicht er selber, weißt du –, um ehrlich zu sein, weiß ich überhaupt nicht mehr, ob ich ihn jemals gemocht habe – es war die Welt, für die er stand.«

Sie ließ den Blick über den Halbkreis schweifen, den die Gäste ihrer Eltern bildeten.

»Du siehst, aus welchem Milieu ich komme. Ich schätze sie alle, jeden Einzelnen von ihnen. Mama und Papa natürlich am meisten, aber auch Evie und Cora und den Vikar und Cynthia und … mein Gott, sie sind alle furchtbar nett und das alles, aber sie sind so viel älter als ich, so viel *gesetzter*. Ich fing an, mich in diesem Haus ein bisschen wie eine Gefangene zu fühlen. Ich sehnte mich nach Leben und Erfahrungen und Abenteuer, und Ray hat Türen für mich geöffnet, Türen in Welten, von deren Existenz ich bis dahin nur aus Büchern, Zeitschriften und Filmen wusste.«

»Du musst wissen, mein Liebling«, sagte Don merkwürdig feierlich in seinem jugendlichen Überschwang, »dass *ich* dir solche Türen nicht öffnen kann. Sie sind mir so verschlossen, wie sie es für dich waren. Und wenn ich sehe, welche Folgen sie für dich hatten – etwa dass du das Wort ›Milieu‹ benutzt, so ein typisches Raymond-Wort! –, bin ich auch willens, sie verschlossen zu halten.«

»Das ist mir klar. Und vielleicht liebe ich dich gerade deshalb, nicht trotzdem. Das solltest du wissen und verstehen.«

»Oh, ich weiß, ich bin ein farbloser Charakter, ein bisschen von der Stange.«

»Was redest du da? Du hast Es. Jede Menge davon.«

»Es? Was Es?«

»Hast du deine Elinor Glyn nicht gelesen?«

»Also nein, ich …«

»Was? Du hast Es nie gelesen? Das ist ein moderner Klassiker.«

»Weißt du, Selina, ich habe es nicht so mit Büchern.«

»*Es* meint Sex-Appeal, mein vortrefflicher Liebling!«

Don riss die Augen so weit auf, als wollte er die ganze sichtbare Welt verschlingen.

»Wahnsinn! Du – du glaubst, ich habe Sex-Appeal?«

»Ich hab's dir gesagt, jede Menge davon, du Tollpatsch, verrückter, wunderbarer Tollpatsch, du!«

Das war zu viel für ihn.

»Oh Mann – Mann!«, stotterte er, überwältigt von dem Tempo, in dem sich sein Schicksal gewendet zu haben schien. »Und ich habe immer gedacht, dass ich, weißt du, dass ich groß, dunkel und einfältig bin. Meine einzige Entschuldigung war, dass mein Schöpfer mich so gemacht hat.«

»Und ER hat eine wunderbare Arbeit geleistet. ER«, wiederholte sie und fügte dann schelmisch hinzu: »Oder SIE.«

»SIE?«, wiederholte Don heiter. »Ein weiblicher Gott, ja? Soll ich das so verstehen, dass du eine … eine … na, wie heißt das werden willst?«

»Wie heißt was?«

»Na, diese Harpyien, die sich an Parlamentstore anketten und mit ihren Regenschirmen in der Luft herumwedeln und die Gleichberechtigung für Frauen verlangen?«

»Feministinnen?«

»Feministinnen, ja! Also bist du jetzt eine Feministin?«

»Das musst du schon selber herausfinden«, sagte Selina mit einem schalkhaften Lächeln um die Lippen.

»Nun, keine Sorge, von dem Unsinn werde ich dich schnell kurieren. Es gibt in unserer Ehe nur eine Person, die die Hosen anhaben darf, und ich verspreche dir, das wird nicht mein kleines Eheweib sein!«

»Aber Frauen haben schon das Wahlrecht, Don.«

»Bei mir zu Hause nicht! Außerdem bist du viel zu schön, um Feministin zu sein.«

»Ach, du Dummkopf, du Liebster, du süßer, süßer Klassemann!«, kicherte Selina. »Ich hätte nie gedacht, dass du so gebieterisch sein kannst!«

»Wahnsinn!«, rief Don wieder.

Diesmal rief er es tatsächlich, so laut, dass jeder im Raum das eigene Gespräch abbrach und amüsiert zu ihm herübersah.

Er wurde rot bis an die Haarspitzen.

»Entschuldigung, ich ...«, begann er mit peinlich berührter Stimme.

Aber er konnte seine Bitte um Entschuldigung nicht vollenden. An der Verandatür begrub Mary ffolkes plötzlich ihr Gesicht in den Händen und brach zuckend in lautes Schluchzen aus.

Alle sahen sich an – was nur bedeutete, dass keiner wusste, wo er hinschauen sollte.

Selina war die Erste, die reagierte. Dicht gefolgt von Dr. Rolfe, eilte sie zur Verandatür hinüber.

»Aber, Mama, was ist?«, rief sie. »Was ist los mit dir?«

Als Selina sie in die Arme nahm, versuchte Mary ffolkes zu sprechen, aber die Schluchzer, die einem Schluckauf ähnelten, schüttelten ihren ganzen Körper.

»Na, na, meine liebe Mary«, murmelte Dr. Rolfe mit seiner beruhigenden Stimme für Patienten und löste geschickt die schottische Cairngorm-Brosche, die den Kragen ihres Taftkleides sicher geschlossen hielt, »versuch einfach, ruhig zu bleiben.«

Er legte schützend den Arm um ihre Schultern und sagte leise zu Selina:

»Wir müssen sie zum Sofa rüberbringen. Sie muss sich ein paar Minuten hinlegen. Ich fürchte, alles, was passiert ist, war einfach zu viel für sie. Ich hätte wissen müssen, dass sich die Anspannung bemerkbar machen würde. So jung ist sie auch nicht mehr. Ihr Herz, weißt du ...«

Zusammen richteten sie sie auf und führten sie durch den Raum. Schon auf halbem Wege aber hatte sich die Frau des Colonels nicht nur beruhigt, sondern bemühte sich bereits wieder, die Haarsträhnen zu richten, die ihr in die Stirn hingen, ein nervöser Tick, den jeder hier nur zu gut an ihr kannte.

»Danke, aber mir geht es wirklich gut«, murmelte sie fast unhörbar. »Bitte verzeiht mir, ich bin so ein Kindskopf.«

Als sie das Sofa erreicht hatten, schüttelte Selina schnell ein Kissen auf und schob es ihrer Mutter unter den Kopf, während Rolfe ihr half, die Beine auszustrecken, und sie von den Schuhen befreite.

»Fühlst du dich besser?«, fragte Selina und prüfte besorgt das gerötete, tränenverschmierte Gesicht ihrer Mutter.

»Viel besser, danke. Mir geht's gleich wieder gut. Ich muss nur erst wieder Luft bekommen.«

Rolfe sagte, während er beinahe verstohlen den Finger aufs Handgelenk seiner Patientin presste, um ihr den Puls zu fühlen: »Also, Mary, meine Liebe, darf ich fragen, ob irgendetwas – ich meine, etwas Bestimmtes – diesen kleinen Anfall ausgelöst hat?«

»Es – na ja, um die Wahrheit zu sagen, es ist Roger. Ich mache mir solche Sorgen.«

»Sorgen, Mama?«, fragte Selina verwirrt. »Was meinst du damit?«

In Mary ffolkes' Antwort war eine ganz ungewohnte Spur von Bitterkeit zu hören.

»Versteht ihr – *ihr* habt nichts gemerkt. Ihr wart alle sehr mit euren eigenen Angelegenheiten beschäftigt. Warum auch nicht? Ich kann niemanden dafür tadeln. Aber keiner von euch scheint bemerkt zu haben, dass Roger schon sehr lange weg ist – in der Tat sehr viel länger, als gut für ihn ist, besonders bei solch einem Wetter. Es hat wieder angefangen zu schneien, ziemlich heftig. Ich mache mir immer zu viel Sorgen, ich weiß, aber … Ach, entschuldigt, dass ich mich so albern aufführe!«

Trubshawe richtete seinen stechenden Blick sofort auf die Standuhr. Es war zwanzig vor zwei.

»Wann genau ist er gegangen?«, fragte er Mary ffolkes.

»Aber das ist es ja gerade«, murmelte sie und wischte sich die Tränen mit einem spitzenbesetzten Taschentuch ab, das sie aus dem Ärmel ihres Cardigans zog – ihres Cardies, wie sie ihn seit Ewigkeiten nannte. »Das macht mich so krank. Ich weiß es nicht. Ich weiß es einfach nicht. Roger ist eben einfach nur zu einem seiner Spaziergänge aufgebrochen. Er hat jeden Tag in seinem Leben wenigstens einen Spaziergang gemacht. Nur – nur dass es mir so vorkommt, als ob er diesmal viel länger weg ist als gewöhnlich. Ich bin sicher, ich mache mir umsonst Sorgen, aber wir Frauen haben nun mal unsere Instinkte, wissen Sie ...«

»Hat sonst jemand sich gemerkt, wann der Colonel gegangen ist?«

»Nun, Sir ...«

»Ja, Farrar?«

»Sie erinnern sich, er wollte, dass jemand nach unten in die Küche geht, um nach dem Personal zu sehen?«

»Ja?«

»Also, an einer Seite der Küche ist ein großes Erkerfenster, und wenn man dort steht und dem ganzen Geplapper da unten zuhört ...«

»Ja, gut, weiter.«

»Nun, man kann jeden sehen, der das Haus verlässt. Nach etwa einer Viertelstunde ging der Colonel am Fenster vorbei, direkt bei der Andentanne, und Ihr Hund Tobermory trottete hinter ihm her – und auf der Küchenuhr war es genau zwanzig nach zwölf.«

»Zwanzig nach zwölf, ja?« Trubshawe hielt einen Moment inne und überlegte. »Das würde heißen, er ist jetzt etwas länger als eine Stunde draußen im Moor.«

Er wandte sich wieder an Mary ffolkes.

»Es tut mir leid, Mrs ffolkes, aber Sie verstehen sicher, dass ich mit den Gewohnheiten Ihres Mannes nicht so vertraut bin. Wäre das eine normale Zeitspanne für einen seiner Spaziergänge? Oder ist es zu lang? Oder wie nun?«

»Meine Güte, Inspektor, ich kann's Ihnen wirklich

nicht sagen. Offensichtlich ist mir nie der Gedanke gekommen, bei Rogers Spaziergängen die Zeit zu nehmen. Was soll ich Ihnen erzählen? Ich habe es einfach in den Knochen, dass er jetzt zu lange weg ist.«

»Also, Mary«, sagte Evadne Mount aufmunternd, »du machst dir wirklich Sorgen um nichts und wieder nichts, weißt du. Ich bin sicher, dass Roger da draußen einen langen, energischen Spaziergang macht, um wieder einen klaren Kopf zu bekommen, und noch mehr, dass er jede Minute davon auskostet. Ich glaube außerdem, dass er sich buchstäblich kranklachen wird, wenn er erfährt, wie viel Sorgen du dir gemacht hast. Ich kann sein Gelächter jetzt schon hören.«

»Endlich bin ich einmal mit Miss Mount einer Meinung«, nickte Trubshawe bedächtig. »Bei allem, was hier in den letzten Tagen passiert ist, ist es mehr als verständlich, dass Sie sich jetzt alle möglichen Sorgen machen. Vermutlich glauben Sie nur deshalb, dass Ihr Gatte länger als sonst weg ist, weil Sie die ganze Zeit nach ihm Ausschau gehalten haben. Denken Sie an den sprichwörtlichen Kessel.«

Mary ffolkes blinzelte.

»Den sprichwörtlichen Kessel?«

»Ich meine, wenn man darauf wartet, dass er endlich kocht …«

»Ach so. Natürlich. Wenn Sie es so sehen …«, sagte sie zweifelnd.

»Aber letzten Endes«, fuhr Trubshawe fort, »möchte ich, dass Sie sich wirklich beruhigen können. Also schlage ich Folgendes vor. Eine kleine Gruppe von den Männern – Sie, Don, wenn Sie mögen, Farrar und ich –

Rolfe wird hierbleiben für den Fall, dass Sie ihn noch einmal brauchen, Mrs ffolkes –, wir holen uns ein paar Fackeln und gehen los, um den Colonel zu suchen. Farrar hat sicher eine Idee, in welche Richtung er gewöhnlich geht, deshalb bin ich ziemlich zuversichtlich, dass wir ihm auf seinem Rückweg begegnen. Vielleicht kommt er sogar gerade die Auffahrt hoch, wenn wir die Haustür aufmachen. Wie auch immer – wenigstens haben Sie die Gewissheit, dass er nicht mehr allein da draußen ist. Wie gefällt Ihnen das?«

»Oh, vielen Dank, Inspektor«, sagte Mary ffolkes und lächelte matt. »Ich weiß, ich schlage unnötig Alarm, aber – ja, ich wäre Ihnen sehr dankbar.«

»Schon gut«, antwortete Trubshawe. »Dann sollten wir gehen, Männer – Don, Farrar?«

»Ich komme mit«, erklärte Evadne Mount.

Der Chefinspektor erhob sofort Widerspruch gegen diesen Vorschlag.

»Davon will ich nichts hören, Miss Mount. Das ist Männersache, und Ihr Platz ist hier an der Seite der anderen Damen.«

»Das schon wieder! Alles Quatsch! Ich bin ebenso Manns wie Sie, Trubshawe. Außerdem gibt es hier für mich nichts zu tun – Cora könnte ihre Geschichten auch Hinz und Kunz erzählen, das macht keinen Unterschied für sie. Nein, nein, ob's Ihnen passt oder nicht, ich komme mit.«

Das tat sie.

Zwölftes Kapitel

Die Landschaft sah noch weniger einladend aus als zu dem Zeitpunkt, da der Colonel zu seinem Spaziergang aufgebrochen war. Sie machte in der Tat den Eindruck, als habe Gott einen riesigen Schwamm genommen und den Horizont einfach weggewischt, wie auf einer Wandtafel oder eher einem Whiteboard. Es schneite jetzt wieder heftig, und das einzige Geräusch, das man hören konnte, vom Geheul des zu- und abnehmenden Windes einmal abgesehen, war das Knirschen des Pulverschnees unter den Füßen. Nichts konnte jedoch einen weniger weihnachtlichen Eindruck hinterlassen als das schaurig unberührte Moor an jenem Nachmittag. Sein Weiß war das Weiß des Todes, seine Blässe die abscheuliche Blässe eines Leichnams.

Selbst die Fackeln, die ihren gelben Schein zu Füßen jedes Einzelnen warfen, beleuchteten nur die Tatsache, dass es nichts zu beleuchten gab. Man erwartete halb, das erstarrte Auge irgendeiner wilden Kreatur in ihrem Lichtschein eingefangen zu sehen – doch nein. Nichts. Weit und breit war keine solche Kreatur zu sehen.

Wer auch nicht zu sehen war – und das war ein Gedanke, der zweifellos schon jeden Einzelnen des kleinen Spähtrupps gestreift hatte, obwohl keiner ihn gern aussprechen wollte –, wer auch nicht zu sehen war, war der Colonel. Trubshawes Versicherung beim Abschied von

Mary ffolkes, dass ihm wahrscheinlich ihr Gatte bei seinem Heimweg auf der Auffahrt von ffolkes Manor entgegenkommen würde, hatte sich schon nach ein paar Minuten als hoffnungslos optimistisch herausgestellt. Nur unter den schützenden Zweigen der Andentanne waren Roger ffolkes' gut erhaltene Fußabdrücke noch sichtbar, dicht gefolgt von denen Tobermorys. Aber es gab nur diese Abdrücke, und sie zeigten nur in eine Richtung – weg vom Haus.

Schließlich war es der Chefinspektor, der das Schweigen brach.

»Setzt Ihnen die Kälte zu, Miss Mount?«

Die Autorin trug einen schäbigen, mottenzerfressenen Tweedmantel, der bessere Tage gesehen hatte, einen dicken Wollschal, mehrfach um den Hals geschlungen, und den Matrosendreispitz, der in der literarischen Welt Londons zu ihrem Markenzeichen geworden war. Dieses außergewöhnliche Ensemble schützte sicher gegen die frostige Temperatur, es verlieh ihr allerdings auch eine bestürzende Ähnlichkeit mit einer jener Verrückten, die vor Charing Cross Streichhölzer verkauften. Nicht, dass sie sich einen Pfifferling darum geschert hätte.

»Überhaupt nicht, überhaupt nicht!«, protestierte sie mit gedämpfter Stimme, die noch immer laut genug war, um über den Mooren widerzuhallen. »Ich mag die Kälte.«

»Sie *mögen* die Kälte?«

»Sie haben richtig verstanden. Und bitte, verschonen Sie mich mit einem Ihrer herablassend ungläubigen Blicke, die wir inzwischen alle kennen. Ich weiß, ich bin eine Schriftstellerin und für jemanden wie Sie schon deshalb eine Exotin. Aber es gibt viele unter uns, die einfach die Sonne hassen, die nämlich nicht in Schweiß gebadet werden wollen. Ja, in Schweiß. Ich nenne es Schweiß, denn genau darum handelt es sich. Ich kann nicht für Sie sprechen, aber *ich* schwitze. Ich transpiriere nicht.«

»Schon gut, schon gut. Es stimmt wohl, was gesagt wird. Nichts ist so komisch wie die Leute.«

Don, in den Waschbärpelz eingewickelt, der bei seiner Ankunft in ffolkes Manor eine kleine Sensation hervorgerufen hatte, drehte sich verwirrt nach dem Chefinspektor um.

»Entschuldigung, das habe ich nicht ganz verstanden – was Sie eben gesagt haben.«

»Was ich gerade gesagt habe? Ach so, natürlich. Kein Wunder, dass Sie's nicht verstehen. Eine alte englische Redewendung. Sie können Ihren letzten Dollar drauf verwetten, dass sie bis auf Chaucer zurückgeht, wie alle alten Redewendungen, auch die schlüpfrigen. ›Nichts ist so komisch wie die Leute‹ – na ja, das heißt eben, dass es auf der ganzen Welt nichts Seltsameres gibt als die Menschen selbst.«

»Ich verstehe. Sie meinen zum Beispiel, dass Miss Mount die Kälte der Hitze vorzieht?«

»Richtig. Ich für meinen Teil liebe die Sonne. Mit meiner Frau – der Herr lasse ihre Seele in Frieden ruhen – bin ich jeden August im Wohnwagen nach Torbay gefahren. Ich habe die Sonne regelrecht aufgesogen. Und wie ist das bei Ihnen?«

»Ja, ja, ich auch. Aber klar, ich komme ja auch aus Kalifornien.«

»Aus Kalifornien? Wirklich?«

»Jaa. Los Angeles. Hübsche kleine Stadt. Voller Orangenhaine und Filmstudios. Mal dort gewesen?«

»Das Entfernteste, wohin ich je gekommen bin, war Dieppe. Ein Tagesausflug. Konnte nicht begreifen, warum man so viel Lärm darum macht.«

»Und Sie, Miss Mount?«, fragte Don.

»Evadne, mein Lieber. Bitte nennen Sie mich Evadne.«

»Evadne.«

»War gar nicht schwer, oder?«, flötete sie. »Nun, was wollten Sie wissen?«

»Los Angeles. Ob Sie je da gewesen sind.«

»Nein, bin ich nicht. Obwohl einer meiner Krimis dort spielt. Über die Stadt habe ich mich informiert, indem ich Dashiell Hammett gelesen habe. Kennen Sie seine Geschichten? Nicht mein Geschmack, wie Sie sich vorstellen können, aber er kennt sich aus in seinem Metier.«

Die Pause, die nun folgte, rührte weniger von irgendeinem inneren Widerstand auf Dons Seite her, nach der Handlung des erwähnten Kriminalromans zu fragen, sondern davon, dass er ohnehin annahm, dass ein Abriss dieses Romans auf jeden Fall erfolgen würde, ob er nun danach fragte oder nicht.

Dieses Mal jedoch kam der Abriss nicht, deshalb sagte er schließlich:

»Es würde mich interessieren, worum es ging. In Ihrem Kriminalroman, meine ich.«

»Na ja, ich weiß nicht«, sagte Evadne Mount und warf einen Blick zum Chefinspektor hinüber. »Ich habe den starken Eindruck, dass unser Freund von Scotland Yard mich ein wenig zu dominierend findet, wenn ich von meiner Arbeit spreche.«

»Oh, bitte. Nehmen Sie keine Rücksicht auf mich«, sagte Trubshawe und schlug seine behandschuhten Hände gegeneinander, während er weiter durch den Schnee vorausschritt. »Das haben Sie noch nie getan. Außerdem hilft es uns, die Zeit zu vertreiben.«

»Sie haben recht«, sagte sie und brauchte schon keine weitere Ermutigung mehr. »Nun, das Buch heißt *Mörder Mörder an der Wand,* und seine Hauptfigur ist eine alt-gewordene, verrückte Stummfilmdarstellerin. Die Figur lehnt sich locker an Theda Bara an – Sie erinnern sich, der Star von *A Fool There Was?* – nein, nicht *Sie,* Don, Sie sind viel zu jung dafür, aber beim Inspektor, als er jung war, hat sie ganz bestimmt einiges Herzklopfen ausge-löst.«

»Es muss nicht einfach für Sie gewesen sein, etwas über einen *Stumm*filmstar zu schreiben«, ließ Trubshawe die Gelegenheit zu einer Spitze nicht aus.

»Dieser Filmstar«, fuhr sie fort und ließ sich nicht pro-vozieren, »lebt zurückgezogen in einem irrsinnig bau-fälligen Haus in Bel Air und hat als einzige Gesellschaft ihren inkontinenten Pekinesen. Weil sie es nicht länger erträgt, ihrem eigenen körperlichen Verfall zuzusehen, hat sie alle Spiegel im Haus umgedreht. Sie hat auch eine Zugehfrau, das, was wir in England eine Putze nennen, die jeden Tag zum Staubwischen kommt – aber nicht so, wie Sie denken. In Wahrheit muss sie mit *zusätzlichem Staub* jede Oberfläche bedecken, die die Gestalt der Schauspielerin noch widerspiegeln könnte.

Die Sache ist nun die: Auch wenn sie knapp bei Kasse ist, und das schon seit Ewigkeiten, ist es in der Holly-wood-Gerüchteküche ein offenes Geheimnis, dass es ein

Schmuckstück gibt, das sie nie ins Pfandhaus gebracht hat, einen herrlichen Rubin, den ihr der Maharadscha von Udaipur vor vielen Jahren geschenkt hatte.

Dann entdeckt die Zugehfrau eines Morgens ihren brutal zugerichteten Leichnam. Sie ruft pflichtgemäß die Polizei an, die keine Spur von dem Rubin findet, und der einzige Hinweis auf die Identität des Täters sind die Buchstaben LAPD, die die Schauspielerin mit ihrem eigenen Blut an die Schlafzimmerwand hat schreiben können, bevor sie starb.

Natürlich erhebt sich der Verdacht, sie wollte – wie es Hammett ausdrücken würde – ›einen Fingerzeig geben‹ auf einen Angehörigen des LAPD selbst – Sie wissen ja, das Los Angeles Police Department. Das heißt, bis Alexis Baddeley auftaucht. Als sie in ihrer unverbesserlichen Art überall herumschnüffelt, deutet sie diese vier Buchstaben stattdessen als den vergeblichen Versuch der sterbenden Frau, das Wort *lapdog* – Schoßhund – auszuschreiben, und entdeckt den Rubin schließlich in einer billigen Cameo-Brosche, die der Hund am Halsband trägt.«

»Oh, Mann, das ist wirklich clever«, sagte Don. »Das würde ich wirklich gern lesen.«

Trubshawe machte die Hände hohl und blies kräftig hinein.

»Tut mir leid, dass ich darin keinen Sinn mehr sehen kann«, sagte er. »Sie haben doch die Auflösung schon auf dem Tablett serviert bekommen.«

»Nicht so schnell, Chefinspektor, nicht so schnell«, wandte Evadne Mount schnippisch ein. »Sie werden bemerkt haben, dass ich noch nicht gesagt habe, wer der Mörder war.«

»Na ja, das ist nicht schwer. Natürlich war's die Putze.«
Die Schriftstellerin stieß einen Triumphschrei aus.

»Hah! Das wollte ich gerade, dass der Leser das denkt! Tatsächlich stellt sich aber heraus, dass der Mörder ein Polizeibeamter ist, ein ›crooked cop‹, wie die Yankees das nennen. Die Buchstaben LAPD bedeuteten genau das, was jeder schon am Anfang vermutet hatte, und hatten mit dem Pekinesen überhaupt nichts zu tun. Im Todeskampf hat die Schauspielerin tatsächlich versucht zu sagen, wer der Mörder war. Also: Selbst wenn Alexis Baddeley falschliegt, liegt sie richtig! Hm, Trubshawe, was sagen Sie dazu? Trubshawe? Hören Sie mir zu?«

Überrascht, dass keine Reaktion kam, stellte sie erst jetzt fest, dass der Chefinspektor einige Schritte hinter ihr zurückgeblieben und dann schließlich stehen geblieben war. Er hielt schützend die Hand über die Augen, gleichsam in einer irritierenden Kopie der Geste des Colonels eine Stunde früher, und versuchte etwas oder jemanden in einiger Entfernung vor sich zu erkennen.

Ahnungsvolle Stille senkte sich über die kleine Gruppe. Jeder wollte selber sehen, was die Aufmerksamkeit des Chefinspektors auf sich gezogen hatte. Zuerst war nichts zu sehen. Dann erhob sich im ständigen Wechsel von Licht und Schatten eine dunkle und gestaltlose Form im Schnee, wie ein Haufen abgestreifter Kleidungsstücke, die nachlässig am Horizont abgelegt worden waren. Kaum hatte das Auge die Umrisse ausgemacht, wurde es unwiderstehlich durch einen zweiten, kleineren Haufen ein paar Meter weiter in Anspruch genommen.

»Was zum …?«, sagte Trubshawe, nahm seine karierte Segeltuchmütze ab und kratzte sich am Kopf.

»Mein Gott«, sagte Evadne Mount, »ich – ich – ich glaube wirklich ...«

Sie verschluckte den Rest des Satzes und rief: »Großer Scott-Moncrieffl.«

»Was? Was ist los?«, rief der Polizist. »Mein Augenlicht ist nicht mehr, was es mal war – irgendwann demnächst muss ich mir mal eine Brille besorgen –, und diese Fackeln blenden meine Augen.«

Ein paar lähmende Augenblicke lang sagte Evadne Mount nichts. Dann:

»Trubshawe«, sagte sie schließlich, »ich kann noch nicht erkennen, was der größere der beiden Haufen ist, obwohl«, sagte sie in bitterem Ton, »ich es mir vorstellen kann. Aber ich fürchte, ich fürchte wirklich, der kleinere ist – Tobermory.«

Trubshawe, der die Lippen so fest um die Pfeife geschlossen hielt, dass er nahe daran war, den Pfeifenhals durchzubeißen, legte halb gehend und halb rennend die Strecke zu den beiden gleichermaßen unheimlichen Schatten zurück.

Tobermorys Leib war der erste, der im herben gelben Fackelschein auftauchte. Der Hund lag auf der Seite und sah aus, als schliefe er, wären da nicht die schaumbedeckte Schnauze, der zerschmetterte Brustkorb und das Blut gewesen, das beinahe wie ein Punktmuster auf dem weißen Schnee wirkte. Er schlief aber nicht, er war tot. Er hatte sein Leben allerdings erst vor so kurzer Zeit ausgehaucht und so plötzlich, dass seine Nüstern, wenn sie auch nicht mehr zitterten, noch immer feucht waren.

Niemand wusste, was Trubshawe fühlte, als er seinen toten Gefährten betrachtete. Schließlich richtete er die

Fackel jedoch auf den größeren der beiden gestaltlosen Haufen. Natürlich bestand über dessen Identität keinerlei Ungewissheit mehr. Es war der Colonel, wie jeder längst wusste.

»Oh, Gott«, flüsterte Don.

»Das ist wirklich abscheulich«, keuchte Evadne Mount. »Ray Gentry war Abschaum – aber Roger? Warum sollte jemand Roger umbringen wollen?«

Der Chefinspektor vergeudete keine Zeit damit, Kummer oder Zorn zu zeigen. Er beugte sich über den Körper wie ein Terrier über ein Rattenloch und legte den Kopf seitlich an die Brust des Colonels. Dann blickte er hoch in den Kreis der Gesichter, die auf ihn hinuntersahen, und rief:

»Er lebt! Er ist noch am Leben!«

Auf den ersten Blick hatte der Colonel genauso tot wie Tobermory gewirkt. Als aber das Licht direkt auf sein Gesicht fiel, zuckten seine Augenlider – ganz unabhängig voneinander, ein merkwürdiger und fast grauenerregender Anblick –, und alle paar Sekunden ging ein krampfartiges Zucken abwechselnd durch die rechte und die linke Schulter.

»Was ist mit ihm?«

»Ich denke, er ist in einer Art Koma, Farrar – möglicherweise hat er eine innere Blutung gehabt, und ein Schlaganfall ist auch nicht ganz ausgeschlossen. Rolfe wird sicher eine korrekte Diagnose stellen können. Aber auf jeden Fall lebt er noch. Sehen Sie mal hier.« Der Polizeibeamte deutete mit dem Zeigefinger auf einen blutverschmierten Riss im Mantel des Colonels. »Der Mörder hat ganz offensichtlich aufs Herz gezielt, aber die Kugel ist viel zu hoch eingeschlagen. Durchschuss durch die Schulter und dann wieder raus.«

Nach einem schnellen Blick auf die sie umgebende Schneewüste brummelte er: »Hat keinen Zweck, bei dem Wetter nach der Kugel zu suchen. Oder nach Fußspuren. Alles längst zugeschneit.«

Er richtete seinen Blick wieder auf den bewusstlosen Mann.

»Ich bin kein Arzt«, sagte er, »aber während meiner Dienstzeit habe ich genug mit Männern zu tun gehabt, auf die gerade geschossen worden war, und ich bin völlig überzeugt, dass man ihn retten kann.«

»Aber was sollen wir machen?«, fragte Don. »Heißt es nicht immer, man soll einen verletzten Körper nicht bewegen?«

»Nun ja, das sagt man, aber ich mache mir weniger Sorgen wegen der Verletzung, die relativ oberflächlich zu sein scheint, als wegen der möglichen psychologischen Reaktion. Nein, ich kann wirklich nicht empfehlen, den alten Knaben hier auf der Erde liegenzulassen, während einer von uns zum Haus zurückläuft, um Rolfe zu holen. Wir haben keine andere Wahl. Wir müssen ihn schon selber zurücktragen.«

»Jaa, Sie haben sicher recht.«

Don schälte sich sofort aus seinem Waschbärpelz und sagte zu Trubshawe:

»Hier. Wir können doch das nehmen, um ihn zu tragen. Sie verstehen, wie eine Bahre.«

»Sicher ... aber das ist ein reichlich dünner Pullover, den Sie anhaben. Keine Angst, hier draußen zu erfrieren?«

»Machen Sie sich keine Sorgen, mir passiert nichts.«

»Ganzer Kerl«, sagte Trubshawe anerkennend. »Sie sind richtig!«

Dann fragte Evadne Mount laut:

»Und Tobermory?«

»Ich weiß, ich weiß … Im Augenblick ist es nun mal am wichtigsten, dass wir den Colonel nach Hause kriegen. Glauben Sie nicht, ich hätte den alten Tober vergessen. Aber fürs Erste müssen wir ihn allein lassen. Ich werde später zurückkommen und – nun, dafür sorgen, dass er ein anständiges Begräbnis bekommt. Aber danke, dass Sie gefragt haben.«

»Warum schießt einer denn nur so ein armes altes, blindes Tier tot?«, fragte Don. »Das ist einfach verrückt.«

Trubshawe sah wieder auf die leblose Kreatur hinab, die früher sein treuester und später sein engster Freund gewesen war, und für einen Augenblick kam seine natürliche Unerschütterlichkeit durch eine sehr echte und sichtbare Gefühlsregung ins Wanken.

»Nein, junger Mann, was immer es auch war, verrückt war es nicht«, antwortete er ruhig. »Tober mag blind gewesen sein, aber man sagt, die verbleibenden Sinne eines blinden Mannes – vor allem sein Geruchssinn – werden durch den Verlust seines Gesichtssinns noch gestärkt, und ich denke, für einen Hund gilt das auch. Vielleicht noch mehr. Tobermory war ein Zeuge, ein stummer Zeuge, der zum Schweigen gebracht werden musste. Hunde, auch blinde Hunde, können Gut und Böse unterscheiden, und sie erinnern sich auch, wer gut und wer böse war. Er hätte den Mörder angeknurrt und -gebellt, wann immer er ihm später begegnet wäre.«

»Es tut mir so leid, Inspektor.«

»Danke, aber jetzt haben wir keine Zeit für Gefühle. Also, Männer«, sagte er und schätzte ab, wie stark jeder Einzelne war, »wenn wir Dons Vorschlag umsetzen und den Mantel als Bahre benutzen, können wir den Colonel nach Hause bringen, ohne dass sein Zustand sich verschlechtert, denke ich. Farrar, helfen Sie mir, ihn umzudrehen – sachte, sachte, bitte – sachte, habe ich gesagt. Don, Sie sehen so aus, als wären Sie von uns allen der Stärkste, packen Sie den Mantel an dem einen Ende? So ist es gut – gut, gut –, aber passen Sie auf, dass Sie ihn nicht zu sehr schaukeln. Das ist keine Hängematte. Farrar, Sie und ich packen an dieser Seite an.«

»Und ich?«, fragte Evadne Mount. »Was kann ich tun?«

»Sie? Sie werden unsere Führerin sein. Wir brauchen wirklich eine Führerin, also konzentrieren Sie sich auf den Weg, und gucken Sie genau hin. Hier – nehmen Sie meine Fackel und Ihre eigene, und richten Sie das Licht von beiden auf den Boden. Wenn Sie einen Buckel sehen oder eine Bodenwelle oder eine Erhöhung oder irgendeine konkave Form, alles, worauf wir achtgeben müssen, dann machen Sie den entsprechenden Umweg, und wir folgen Ihnen. Verstanden?«

»Verstanden.«

»Gut. Jeder weiß, was er zu tun hat? Okay. Eins-zwei-drei – und jetzt!«

Dann schwenkte er einmal die Hand wie der Zugführer eines Güterzuges und rief:

»Führen Sie uns, Evadne Mount!«

So bahnte sich unser kleiner Trauerzug seinen langsamen und feierlichen Weg durch das schneebedeckte Moor.

Dreizehntes Kapitel

Es sah so aus, als hätte Mary ffolkes Dr. Rolfes Emp-
fehlung, bis zur Rückkehr des Suchtrupps in lie-
gender Stellung zu verharren, lieber ignoriert. Oder sie
war vielleicht – und wenn man sie kannte, war das wohl
auch wahrscheinlicher – im letzten Moment durch einen
Aufschrei Selinas alarmiert worden, die auf die dringliche
Bitte ihrer Mutter hin sich an der Verandatür postiert
hatte, um das erste Anzeichen der Rückkehr des Colonels sofort zu erhaschen, und dann schnell aufgesprun-
gen und dort hingelaufen, um herauszufinden, was diesen
Aufschrei verursacht hatte. Wie dem auch sei, die arme
Frau musste das an ein Begräbnis gemahnende Schauspiel gesehen haben, wie ihr Mann auf einer improvisier-
ten Bahre übers Moor getragen wurde, denn da sie das
Schlimmste annahm – wie Liebende es unausweichlich
tun –, war sie einfach in Ohnmacht gesunken. Deshalb
war Rolfe, als der Colonel schließlich in den Salon getragen und sein komatöser Körper auf dem Sofa abgelegt
wurde, schon dabei, ihr das Riechsalz zu verabreichen.

Weil er wusste, dass nichts ihren Anfall schneller und
wirkungsvoller beenden würde, als wenn man ihr erzählte, dass der Zustand ihres Gatten nicht so hoffnungslos und endgültig war, wie sie glaubte, schubste Trubshawe Rolfe beinahe mit dem Ellbogen beiseite, um ihr
die freudige Nachricht zu überbringen.

»Mrs ffolkes, können Sie mich hören? Hallo, können Sie mich hören, Mrs ffolkes?«

Mary ffolkes hob etwas die Augenlider und zeigte ihre Augen, die vom Schock und vom Schmerz verschleiert waren. Sie starrte in sein raues Gesicht.

»Roger? Ist er …?«

»Nein, Mrs ffolkes. Er ist nicht tot, wenn Sie mich das fragen wollten. Ich will Ihnen nichts vormachen. Er ist in einem ziemlich schlechten Zustand. Aber er ist nicht tot und wird auch nicht sterben.«

Die Wirkung trat unverzüglich ein. Ihre Augen schienen plötzlich wieder zum Leben erwacht, als seien sie mit Elektrizität wiederaufgeladen worden, und sie versuchte sogar, sich aufzurichten, wurde aber von dem Polizisten sanft daran gehindert.

»Also wird er wieder gesund werden?«, fragte sie tonlos.

»Ja, Mrs ffolkes, er wird wieder gesund werden«, sagte Trubshawe, und während er sich ihr zuneigte, entzündete er, soweit alle Anwesenden sich erinnern konnten, zum ersten Mal seine Pfeife. Er nahm einen kräftigen Zug und stieß den Rauch dann mit einem Genuss aus, der umso größer war, als er so lange darauf gewartet hatte. »Deshalb möchte ich gern, dass auch Sie wieder auf dem Damm sind – seinetwegen. Er wird Sie mehr brauchen als je zuvor.«

»Aber ich verstehe nicht. Sie haben gesagt, es geht ihm schlecht. Was ist ihm zugestoßen? Was ist da draußen passiert?«

Die Besorgnis, die auf Trubshawes Gesicht abzulesen war, spiegelte zweifellos den inneren Dialog wider, den er jetzt mit sich selber führte. Sollte er es ihr erzählen oder nicht? Hatte diese herzensgute, einfache, gottesfürchtige Frau die physische und seelische Stärke, um erfahren zu dürfen, was zu dem jetzigen Zustand des Colonels geführt hatte? Oder war es besser für ihre Gemütsverfassung, wenn er ihr (doch für wie lange?) die Tatsache verheimlichte, dass der Wunsch eines noch Unbekannten, ihren Ehemann für immer aus der Welt zu schaffen, ihn oder sie dazu geführt hatte, das schlimmste aller Verbrechen zu begehen?

Er ging das Wagnis ein.

»Nun, Mrs ffolkes, meine traurige Pflicht ist es auch, Ihnen mitzuteilen – und wenn ich das tue, dann deshalb, weil mein Instinkt mir sagt, dass Sie stark genug sind, um das hören zu können –, dass jemand versucht hat, den Colonel zu ermorden.«

Mary ffolkes richtete sich ruckartig auf. Sie musste von Cynthia Wattis gestützt werden, die die heiße Stirn ihrer Freundin mit einem Taschentuch abgetupft hatte.

»Was? Jemand Roger ermorden? Nein, nein, nein! Das kann nicht sein. Sie müssen sich irren!«

»Ich fürchte, nein. Ein Unfall war es nicht. Jemand hat auf ihn geschossen.«

»Mein Gott!«

»Zum Glück war der Angreifer nicht so ein guter Schütze, wie er glaubte. Oder die Entfernung war einfach zu groß. Oder vielleicht war es da draußen auch einfach zu trüb und zu dunkel, um das Ziel richtig ins Visier nehmen zu können. Auf jeden Fall hat die Kugel die Schulter Ihres Gatten durchschlagen, und Gott sei Dank gibt es kein offensichtliches Anzeichen dafür, dass irgendetwas zurückbleiben wird.«

»Aber wir müssen ihn zu einem Arzt bringen! Sofort!«

»Sie vergessen etwas, Mrs ffolkes. Wir haben einen Arzt bei uns, Dr. Rolfe. Er ist schon bei Ihrem Mann, während wir uns hier unterhalten, und ich bin sicher, er weiß, was zu tun ist.«

In der Tat hatte der Doktor während dieses Gesprächs den noch immer bewusstlosen Roger ffolkes untersucht, indem er das Ohr an sein Herz hielt, wie es schon Trubshawe getan hatte, und zur gleichen Zeit seinen Puls fühlte. Nachdem er seine Diagnose beendet hatte, kam er quer durch den Raum und stand nun an der Seite des Chefinspektors.

»Und?«, fragte Trubshawe.

»Nun«, sagte Rolfe, »selbst wenn kein lebenswichtiges Organ getroffen ist, hat er doch einen fürchterlichen Schock. Ein Mann in seinem Alter, wissen Sie … Aber, Mary, ich kann dich beruhigen. Roger hatte – ich meine, hat –, Roger *hat* die Konstitution eines Ochsen – also, du weißt, ich habe mein Leben wegen eines dummen Fehlers ruiniert, aber ich kann dir versprechen, ich kann dir hundertprozentig versprechen, dass er durchkommt.«

»Dem Himmel sei Dank! Und Ihnen, Chefinspektor, und euch anderen Männern auch, Don, Farrar, Evie, dass ihr ihn mir heil und gesund zurückgebracht habt. Na ja, vielleicht« – und wenigstens für einen sehr kurzen Augenblick wurde ihr Leid durch eine jener halbentschuldigenden Andeutungen eines halben Lächelns abgemildert, die sie sich selber immer nur halb zugestand – »nicht ganz so gesund, wie er sein sollte, aber immerhin halb. Ich werde euch ewig dankbar sein.«

»Oh, Mary«, rief Cynthia Wattis, »du bist so tapfer!

Dass du nicht einfach zusammenbrichst! Aber so bist du immer gewesen.«

»Täusch dich nicht, Cyn«, antwortete die Frau des Colonels. »Ich bin alles andere als tapfer. Um die Wahrheit zu sagen, vergieße ich gerade kübelweise Tränen. Wenn sie keiner sehen kann, dann deshalb, weil ich vor sehr langer Zeit gelernt habe, wie man die Tränen nach innen leitet. Das ist eine Kunst, die wir Frauen beherrschen müssen.«

»Meine Beste«, rief Evadne Mount, »in meinem Buch ist das innerliche Weinen *die* Definition von Tapferkeit!«

Womit sich die Autorin dem Chefinspektor zuwandte und wie eine Verwandlungskünstlerin ohne Übergang den Auftritt und das Thema wechselte.

»Hören Sie, Trubshawe«, dröhnte sie, »da ich hier nicht gebraucht werde, haben Sie sicher nichts dagegen, wenn ich schnell in mein Zimmer gehe, um mich umzuziehen? Wenn ich nicht ein paar warme Sachen anziehe, hole ich mir den Tod.«

»Sicher, sicher – gehen Sie. Lassen Sie sich Zeit«, antwortete der Chefinspektor unbekümmert, durchaus erleichtert, wenigstens vorübergehend von der einschüchternden Gegenwart seiner brillanten, aber auch anstrengenden Rivalin erlöst zu sein.

»Sagen Sie mir, Doktor«, fragte er dann nach, »was muss mit dem Colonel geschehen? Können wir ihn in sein eigenes Bett bringen? Ich meine, bis das Wetter besser wird und wir ihn in ein Krankenhaus bringen können.«

»Ich würde es auf jeden Fall lieber sehen, wenn er in einem richtigen Bett liegen würde. Mary«, sagte Rolfe zu der Frau des Colonels, »ich nehme an, in eurem Schlafzimmer ist der Ofen an?«

»Aber sicher. Inzwischen müsste es dort wohlig warm sein.«

»Dann schlage ich vor, wir tragen ihn nach oben, ziehen ihn aus und legen ihn ins Bett. Nachdem ich ihn versorgt habe, gebe ich ihm eine Spritze, die ihn ruhigstellt. Was er jetzt braucht, sind Ruhe und viel ungestörter Schlaf.«

Trubshawe warf Rolfe einen bedeutungsvollen Blick zu.

»Eine Spritze, sagen Sie?«

»Ja.«

»Was für eine Spritze genau?«

»Ach, eine kleine Dosis Morphium. Ich habe immer etwas dabei. Völlig harmlos. Gerade genug, um …«

Aber bevor Rolfe noch ein weiteres Wort sagen konnte, hatte der Chefinspektor seinen unvollendeten Satz in eine unvollendete Frage verwandelt. Es war nur ein Wechsel in der Betonung, aber der Satz änderte seinen Sinn radikal.

»Gerade genug, um …?«

Rolfe wurde sichtbar ungehalten.

»Gerade genug, um ihn für einige Stunden schlafen zu lassen, wollte ich sagen. Aber hören Sie, Trubshawe, was sollen diese Fragen? Was wollen Sie mir unterstellen?«

»Unterstelle ich irgendetwas?«

»Ich würde sagen, ja. Ich würde sagen, Sie unterstellen, dass ich nicht kompetent bin, Roger zu behandeln.«

»Keineswegs. Ich habe in Ihre medizinischen Fähigkeiten so viel Vertrauen wie jeder andere hier.«

»Warum stellen Sie dann ganz unberechtigt meine Methoden infrage – und insbesondere meine Medikation?«

Zum ersten Mal seit seiner Ankunft auf ffolkes Manor schien der Mann von Scotland Yard um eine passende

Antwort verlegen zu sein. Er paffte zwei-, dreimal an seiner Pfeife, bevor er seinem Gesprächspartner antwortete.

»Rolfe«, sagte er behutsam, »wie Sie wissen, bin ich inoffiziell hier. Ich bin vor allem deshalb hier, weil Sie alle mich darum gebeten haben. Mehr noch, Sie waren es, der mich geholt hat. So inoffiziell, wie meine Untersuchung notgedrungen ist, habe ich doch von Anfang an darauf bestanden, dass sie, wenn überhaupt, in Übereinstimmung erfolgen muss mit – nun, mit dem, was ich die unsterblichen Methoden nennen würde, nach denen man beim Yard vorgeht.

Nun ist es eine Tatsache – eine Tatsache, mit der Sie sich alle irgendwie arrangieren mussten –, dass beinahe jeder von Ihnen ein möglicher Verdächtiger im Mordfall Raymond Gentry ist. Im Licht dessen, was gerade vorgefallen ist, hat der Fall jedoch eine völlig neue Dimension angenommen, deren sich noch niemand von Ihnen so recht in seiner Bedeutung bewusst zu sein scheint.«

»Eine neue Dimension?«, fragte Cora Rutherford.

»Nun, Miss, denken Sie mal nach. Da, soweit ich das überblicken kann, der Anschlag auf das Leben des Colonels stattfand, als Sie alle in Ihren Zimmern waren – und Sie müssen mich natürlich nicht daran erinnern, ich weiß sehr wohl, dass die verheirateten Paare alle zweifellos für die Anwesenheit des anderen während dieser Zeit bürgen werden –, aber da nun mal, wie ich schon sagte, der Anschlag stattfand, als Sie alle außer Sichtweite waren, muss beinahe jeder von Ihnen gleichermaßen als verdächtig des versuchten Mordes an Roger ffolkes gelten.«

»Aber das ist absurd, absolut absurd!«, protestierte Rolfe. »Wovon reden Sie da? Dass einer von uns sich nach oben ins Schlafzimmer verzogen hat und gleich danach aus dem Haus in den heulenden Schneesturm geschlüpft ist, um einen Schuss auf den Colonel abzugeben?«

»Jemand, Doktor, *irgendjemand* hat auf den Colonel geschossen. Sie werden sicher zustimmen, dass es kaum ein anderer gewesen sein kann als derjenige, der auch Raymond Gentry in einer verschlossenen Dachkammer aus nächster Nähe erschossen hat?«

Da niemand ein plausibles Gegenargument zu haben schien, fasste er ihr Schweigen als allgemeine Zustimmung auf und fuhr fort:

»Gut – ich möchte darauf zurückkommen, was jetzt mit dem Colonel passieren soll. Da sind also Sie, Rolfe, als einer der potenziellen Verdächtigen – nicht mehr, das gestehe ich zu, aber auch nicht weniger verdächtig als irgendeiner sonst hier im Raum –, und Sie erzählen mir, ganz gelassen, dass Sie ihn gern nach oben ins Schlafzimmer tragen lassen und ihm dort eine Spritze geben möchten. Das hört sich natürlich alles ganz richtig und vernünftig an, außer dass, wie Sie zugeben müssen, es kaum ratsam für mich ist, selbst unter so außergewöhnlichen Umständen wie diesen nicht, einen der Verdächtigen in einem Mordfall eine unbekannte Flüssigkeit in den Körper eines der Opfer des Mörders injizieren zu lassen. Besonders dann nicht, wenn die erste Frage, die ich selbstverständlich dem Colonel nach dem Erwachen stellen will, die ist, ob er den Angreifer *gesehen* und, was noch wichtiger ist, *erkannt* hat.

Sagen Sie mir, Doktor«, fragte er nachdrücklich, »als ein Fachmann auf Ihrem Gebiet, so wie ich auf meinem, bin ich Ihrer Meinung nach verbohrt?«

»Nein, Trubshawe, verbohrt sind Sie nicht, außer in einer Beziehung.«

»Und die wäre?«

»Sie haben eben die Person, die Gentry ermordet hat – und, wie wir annehmen müssen, es auch auf den Colonel abgesehen hatte –, als teuflisch klugen Kerl beschrieben. Stimmt's?«

»Stimmt.«

»Jetzt frage ich Sie: Wie klug wäre es von mir, allen hier anzukündigen – darunter einem pensionierten Beamten von Scotland Yard –, dass ich Roger eine harmlose Spritze geben werde, um ihm danach in Wahrheit eine tödliche zu geben? Wie Sie sicher einsehen, bleibt dann, wenn dem Colonel tatsächlich etwas passiert, an Stelle einer netten, reizvollen Gruppe von Verdächtigen nur noch einer übrig – mit freundlichen Grüßen.«

»Ganz richtig«, sagte Trubshawe, »ganz richtig. Ich habe damit gerechnet, dass Sie genau das sagen würden. Und es ist ein Argument, mit dem ich nur ein Problem habe.

Da ich selbst kein medizinischer Fachmann bin, wäre ich nie in der Lage zu beweisen – *zu beweisen*, Dr. Rolfe, denn vor dem Gesetz ist ein Verdacht ohne Beweis nicht das Geringste wert –, dass eine solche Injektion tatsächlich verantwortlich war für die – nun, sagen wir mal, für die angebliche Herzattacke, der der Colonel später vielleicht erliegt.

Wenn eine tödliche Herzattacke erfolgen *würde*, würde es natürlich sehr schlecht für Sie aussehen. Aber ich wiederhole noch einmal, ich kenne mich in diesem Bereich zu wenig aus, um zu wissen, ob eine solche Wirkung positiv und definitiv auf eine solche Ursache zurückgeführt und nachgewiesen werden kann. Und offen gesagt, ich möchte mich auch nicht in einer solchen Situation befinden, auch wenn ich hier nur inoffiziell bin. Meine Berufspflicht existiert immer noch, und ich wäre nachlässig darin, wenn ich einfach sagte, gut, machen Sie, geben Sie ihm die Spritze, tun Sie, was Sie für richtig halten. Tut mir leid, aber Sie müssen die Situation sehen, in der ich mich hier befinde.«

Rolfe dachte ein paar Minuten darüber nach, sah zum Colonel hinüber, der ausgestreckt auf der Couch lag und von der Auseinandersetzung um seine Person nichts mitbekam, und wandte sich dann wieder an den Chefinspektor.

»Gut, das klingt alles vernünftig. Aber ich selbst bin hier auch in einer schwierigen Situation. Wie auch immer Ihre Zweifel und Befürchtungen aussehen mögen, Trubshawe – ich weiß, was für meinen Patienten gut ist, und Roger ist nun einmal – und das schon seit vielen Jahren – mein Patient und nicht Ihrer. Er muss – ich wiederhole, er *muss* – sofort Morphium bekommen. Wenn das nicht geschieht, kann ich für die Folgen nicht garantieren. Zumindest könnte der physiologische *und* psychologische Schock, den er schon erlitten hat, gefährlich verlängert werden.«

Er drehte sich zu Mary ffolkes um, die die Diskussion aufmerksam verfolgt hatte.

»Mary, meine Liebe«, sagte er, »ich überlasse dir die Entscheidung.«

»Mir?«

»Die Frage ist – vertraust du mir?«

»Ob ich dir vertraue? Nun, ich ... aber ja, natürlich ...
Natürlich traue ich dir, Henry. Das weißt du.«

»Nein«, sagte Rolfe überraschenderweise.

»Nein? Aber ich sagte gerade Ja.«

»Nein, Mary, ich fürchte, in diesem Fall ist es nicht genug, wenn du mir so zögerlich beipflichtest.«

»Mein Gott, warum muss alles so kompliziert sein?«

»Antworte bitte mit Ja oder Nein, Mary«, sagte Rolfe.
»Hast du Vertrauen in mich und willst du, dass ich Roger die Spritze gebe, die er meiner Meinung nach braucht,
wenn wir eine ungünstige Stoffwechselreaktion vermei-
den wollen?«

Auch wenn der Blick, den Mary ffolkes ihm schenkte,
ein aus langer Freundschaft geborener Blick, seine Frage
schon ohne Worte beantwortet hatte, sagte sie mit einer
Stimme, die jeden weiteren Zweifel ausräumte:

»Ja, natürlich habe ich Vertrauen, Henry. Bitte tu alles
für Roger, was du tun kannst.«

Während Madge Rolfe ihr dankbar das Handgelenk
drückte, wandte sich die Frau des Colonels jetzt an
Trubshawe.

»Chefinspektor, ich verstehe Ihre Vorsicht – ich bin
sogar dankbar dafür –, aber ich kenne Henry Rolfe seit
vielen Jahren als Arzt und als Freund, und ich zögere keinen Augenblick, meinen Gatten seiner Fürsorge anzu-
vertrauen. Bitte gestatten Sie ihm weiterzumachen.«

Der Polizist wusste, wann er verloren hatte.

»Sehr wohl, Mrs ffolkes, in diesem Fall will ich Ihnen
nachgeben. Es geht gegen alle meine professionellen Instinkte, aber es soll sein. Die Gesundheit Ihres Gatten
geht vor.«

»Also«, sagte er dann zu Rolfe, »jetzt, wo wir das geklärt haben, was muss getan werden?«

»Das Wichtigste ist«, sagte Rolfe, »dass eine von euch Frauen Wasser heiß macht – und zwar viel!«

»Wasser kochen?«, rief Cora Rutherford aus. »Weißt du, Henry, ich habe mich schon oft gewundert, warum ihr Ärzte immer heißes Wasser haben wollt, egal, um welches Leiden es sich handelt. Was zum Teufel macht ihr mit dem Zeugs?«

»Oh, Herrgott noch mal!«, schrie ein entnervter Rolfe. »Kannst du nicht einfach tun, was man dir sagt, und aufhören, alberne Fragen zu stellen!«

Er wandte sich an seine Frau.

»Madge? Ich kann mich doch auf dich verlassen, nicht wahr? Heißes Wasser – sofort.«

Dann zu Trubshawe:

»Inzwischen müssen wir Männer Roger in sein Bett bekommen. Vielleicht können Sie und Don mir helfen, ihn ins Schlafzimmer zu tragen?«

»Sicher. Also los, Don.«

Mary ffolkes bemühte sich, auf die Beine zu kommen.

»Nein, nein«, sagte Trubshawe und drohte ihr mit dem Finger, »diesmal folgen Sie meinen Anweisungen, Mrs ffolkes. Sie hatten einen Schock, verstehen Sie, und brauchen ebenso viel Ruhe wie der Colonel. Und – und, ich kann das ebenso gut gleich sagen –, da gibt's noch etwas, worauf ich bestehen muss.«

»Sie machen mir Angst, Mr Trubshawe«, sagte Mary ffolkes mit schwacher Stimme.

»Dafür gibt es keinen Grund. Alles, was ich sagen wollte, ist: Sobald Ihr Gatte bequem zur Ruhe gebettet ist

235

und sobald er den, äh, den K.-o.-Trunk bekommen hat, der ihn außer Gefecht setzt für – für wie lange, Rolfe?«

»Na ja, gut fünf, sechs Stunden.«

»Sobald er seine Spritze hat, muss ich darauf bestehen, dass die Schlafzimmertür abgeschlossen wird.«

»Ich muss schon sagen, Inspektor«, sagte der Vikar, »mir erscheint das als eine ziemlich drastische Maßnahme. Muss das wirklich sein?«

»Ich denke schon«, antwortete Trubshawe. »Schließlich ist hier jeder weiterhin verdächtig, und irgendwer hat schon einmal versucht, den Colonel zu töten, und ich glaube einfach, sein Zimmer sollte nicht für jeden zugänglich sein.«

»Aber den armen Roger einsperren!«, rief Mary ffolkes. »Was ist, wenn er aufwacht und merkt, dass er die Tür nicht öffnen kann?«

»Besteht irgendwie die Möglichkeit, dass er vorzeitig zu sich kommt, Rolfe?«

»Nicht die geringste.«

Der Doktor nahm Marys Hand in seine.

»Du musst mir auch darin vertrauen, Mary, meine Liebe. Ich garantiere dir, dass Roger mehrere Stunden lang fest schlafen wird. Aber wenn du dir wirklich Sorgen machst, werden Trubshawe und ich alle halbe Stunde nach ihm sehen, um sicherzugehen, dass ihm nichts fehlt. Um ehrlich zu sein, ist das eine völlig überflüssige Vorsichtsmaßnahme, aber wenn es dich beruhigt, werden wir sie ergreifen. Also, Trubshawe, Don, wir tragen ihn in sein Schlafzimmer.«

»Doktor?«

»Ja?«

»Muss noch etwas getan werden?«

»Wenn Sie sich wirklich nützlich machen wollen, Farrar, könnten Sie nach unten in die Küche gehen und Mrs Varley sagen, sie solle eine Consommé für Mary zubereiten.«

»Eine Consommé?«

»Ja. Sehr dünn und sehr heiß.«

»Gut.«

»Farrar?«

»Ja, Chefinspektor?«

»Ich glaube nicht, dass es gut für die Dienerschaft ist, wenn sie erfährt, was eben passiert ist. Ein zweites Verbrechen so kurz nach dem ersten, da kann es sein, dass sie da unten wirklich Angst bekommen. Das Letzte, was wir brauchen können, ist das Geschnatter von schniefenden, heulenden, dummen Dienstmädchen, die mit der Kündigung drohen.«

»Verstanden, Sir. Nichts erzählen, was sie nicht unbedingt wissen müssen.«

»Richtig. Also, Jungens, los geht's. Und noch einmal – stimmt doch, Rolfe? –, das entscheidende Wort heißt *sachte.*«

Eine halbe Stunde später, nachdem die Wunde des Colonels versorgt worden war und er seine Spritze bekommen hatte, die ihn in einen friedlichen Schlummer versetzte, nutzte Evadne Mount, die aus ihrem Zimmer wieder nach unten gekommen war, einen Augenblick tiefer Stille, um mit gerade einmal drei Wörtern die Aufmerksamkeit aller auf sich zu ziehen. Mit drei lateinischen Wörtern.

»*Lux facta est.*«

»Und was zum Teufel soll das heißen?«, wollte Cora Rutherford wissen.

»*Lux facta est?* Hast du dein Latein nicht mehr so ganz parat?«

»Kümmer dich nicht um mein Latein. Antworte einfach auf meine Frage.«

»Es heißt ›Es ist Licht geworden‹. Aus dem *Oedipus Rex.* Sophokles, weißt du.«

»Danke, Schätzchen. Aber du wirst es nicht glauben, ich weiß, wer *Oedipus Rex* geschrieben hat.«

»Ach ja. Aber du scheinst vergessen zu haben, dass ich es neu geschrieben habe? Mit katastrophalem Ergebnis! *In der Sache Oedipus gegen Rex* war mein erstes Theaterstück, und ich habe versucht, den Mythos als herkömmliches Gerichtsdrama zu erzählen. Der Anwalt der Verteidigung war Teiresias, der blinde Seher – ich dachte an Max Carrados, versteht ihr, den blinden Detektiv bei Ernest Bramah? Nein, kennt niemand? Egal, jedenfalls hat Teiresias bewiesen, allein durch seine Fähigkeit zur logischen Schlussfolgerung, dass ›der Fall Oedipus‹, wie er im Stück genannt wurde, in Wahrheit eine Travestie der Gerechtigkeit war.

Der entscheidende Dreh bei der Geschichte war, dass Oedipus durch seine politischen Gegner reingelegt worden war, die nicht nur das Gerücht verbreitet hatten, dass Iokaste seine Mutter war, sondern die Laios, den angeblichen Vater, selbst getötet hatten. Dann wählten sie ein unglückseliges Double aus, das von Oedipus ermordet wurde, als sie an der Wegkreuzung nach Daulis und Delphi aufeinanderstießen.

Mein Gott, war das ein Blindgänger, absoluter Schrott, ein Haufen Mist! Das Ganze wurde in Masken aufgeführt, und wenn ich bei Trost gewesen wäre, hätte ich selbst eine Maske getragen! Die arme ›Boo‹ Laye – Evelyn Laye, wisst ihr, in kleinen Revuenummern einfach himmlisch, aber sie hielt sich natürlich für eine große Tragödin, typisch – warum können sie nicht die *eine* Begabung nutzen, die sie wirklich haben? –, also, ›Boo‹ Laye spielte Iokaste – reimt sich fast auf ›Desaster‹, habe ich damals gestichelt –, und als das Publikum uns alle beim ersten Vorhang ausgebuht hat, hat das arme dumme Herzchen auch noch geglaubt, die wollten von ihr 'ne Soloverbeugung. Ich dachte, ich sterbe!«

»Aber warum ist Licht geworden, um deine Sentenz von eben zu zitieren?«, beharrte die Schauspielerin.

Die Schriftstellerin wurde plötzlich sehr ernst.

»Warum?«, fragte sie. »Ich sage es euch. Eine beiläufige Bemerkung genau hier im Raum, es ist noch keine zwei Stunden her, hat in meinem rapide schrumpfenden alten Hirn plötzlich eine Glühlampe angezündet – beinahe war es, als ob der Blitz eingeschlagen hätte –, die mir genau zeigte, was hier in den letzten sechsunddreißig Stunden eigentlich passiert ist.«

Stille. Jeder musste diese erstaunliche Behauptung erst einmal verarbeiten.

Dann sagte der Chefinspektor, der wieder dazu übergegangen war, am Stiel seiner kalten Pfeife zu nuckeln:

»Da muss ich noch mal nachfragen. Nur damit wir uns

nicht missverstehen, ist es richtig, dass Sie vom Mord an Gentry sprechen?«

»So ist es.«

»Und auch vom versuchten Mord am Colonel?«

»Auch davon. Tatsächlich war es der Anschlag auf Rogers Leben, der mir das letzte Stück vom Puzzle geliefert hat. Ein ziemlich großes Stück. Jetzt weiß ich, wie das Ganze abgelaufen ist.«

»Wie das Ganze abgelaufen ist?«

»Und auch die Wendung. Denn wenn ich mich nicht ganz irre, gab es auch hier eine entscheidende Wendung, wie bei meiner Fassung vom Oedipus. Ich habe überall ein bisschen rumgeschnüffelt, mehr, als hier irgendjemand mitbekommen hat, und wie ich schon sagte, jetzt bin ich in der Lage, den ganzen Fall vor euch allen aufzuklären.«

»Hören Sie, Miss Mount«, grantelte Trubshawe, »wenn Sie tatsächlich über gewisse Fakten verfügen – oder über Theorien –, die diesen Fall betreffen, Fakten oder Theorien, die jeder von uns kennen sollte, und im Besonderen ich, dann erzählen Sie es uns. Bitte keine Spielchen mehr. Ich frage Sie nach Ihrer Meinung – und ich wiederhole, nach Ihrer *Meinung*, denn mehr als eine Meinung ist es nicht –, und ich frage, ich wiederhole noch einmal, mit einer anderen und nicht weniger wichtigen Betonung, nach *Ihrer* Meinung, denn es ist nur Ihre – wer hat Raymond Gentry ermordet, und wer hat versucht, den Colonel umzubringen?«

»Sie müssen mir verzeihen, Trubshawe, aber noch bin ich nicht so weit, Ihnen das zu erzählen.«

»Wie bitte!?«

»Bitte lassen Sie mich das erklären. Ich will Sie wirklich nicht ärgern, glauben Sie mir. Es hat damit zu tun, was man den Unterschied zwischen präsentieren und explizieren nennen könnte. Verstehen Sie, wenn ich Ihnen ohne Umschweife sagen würde, wer es meiner Ansicht nach getan hat, wäre das, als würde ein Mathematiklehrer seinen Schülern eine Aufgabe stellen und ihnen gleich danach die Lösung liefern, ohne ihnen den Weg und die Verbindungsglieder zu erklären, die ihn zu dieser Lösung geführt haben, Verbindungsglieder, die auch den Schülern zeigen würden, warum es die einzig richtige Lösung ist.

Ich möchte, dass alle hier verstehen, warum die Person, die Gentry getötet hat und Roger töten wollte, nur diese *und keine andere* sein kann – und um das zu tun, muss ich die ganze Geschichte enthüllen, so wie sie sich mir nach und nach enthüllt hat.«

»Also gut, in Ordnung«, antwortete Trubshawe mit überraschender Großzügigkeit, »ich denke, das ist nur fair. Aber wann *wollen* Sie es uns denn erzählen?«

»Jetzt. Sofort. Auf der Stelle. Aber ich hätte gern, dass wir dazu alle in der Bibliothek zusammenkommen. Ein Verbrecher, sagt man, kehrt immer an den Schauplatz des Verbrechens zurück. Warum sollte also ein Detektiv – wenn ich es wagen darf, mir selber dieses Markenzeichen aufzukleben – nicht an den Ort der Untersuchung zurückkehren?«

Einen Augenblick lang sagte niemand etwas. Einige der Anwesenden dachten einfach, dass die Schriftstellerin sich nun auch von dem kümmerlichen Rest ihres Verstandes verabschiedet hatte. Was die anderen betrifft, auch wenn sie es nie offen zugegeben hätten, nicht einmal vor sich selber, so waren sie vielleicht auf eine eigenartige Weise fasziniert von der Aussicht, an der Aufführung des letzten – genauer gesagt, des vorletzten – Kapitels eines klassischen Kriminalromans im richtigen Leben teilzunehmen.

Dann nahm der Chefinspektor schließlich zu diesem Vorschlag Stellung.

»Es gibt eine Sache, die Sie anscheinend vergessen haben«, sagte er. »Ich habe meine eigene Untersuchung noch nicht abgeschlossen.«

»Doch, haben Sie«, antwortete Evadne Mount. »Sie haben uns alle befragt. Uns alle außer Mary, aber ich kann mir nicht vorstellen, dass Sie sie des Mordversuchs am eigenen Ehemann verdächtigen.«

»Stimmt nicht.«

»Wie bitte!?!?«, schrie Mary ffolkes entsetzt auf.

»Bitte, bitte, Mrs ffolkes, Sie missverstehen mich. Was ich meine, ist, dass ich noch niemanden aus der Dienerschaft befragt habe.«

Die Autorin schnaufte.

»Als jemand, der den Fall gerade gelöst hat«, sagte sie leichthin, »kann ich Ihnen ohne Einschränkung versichern, dass es nicht den geringsten Nutzen hätte, die Dienerschaft jetzt zu befragen.«

»Nun«, sagte Trubshawe, immer noch zweifelnd, »wenn Sie wirklich glauben, im Besitz aller Fakten zu sein …?«

»Um genau zu sein, ich glaube es nicht«, kam die selbstbewusste Antwort, »sondern ich weiß es.«

Vierzehntes Kapitel

In der Bibliothek saß Evadne Mount der versammelten Gesellschaft gegenüber, und jeder, sogar Trubshawe, der noch immer an der längst erloschenen Pfeife nuckelte, wartete darauf, dass sie mit der Beweisführung begann. Als sie schließlich etwas sagte, war es überhaupt nicht das, was jeder zu hören erwartet hatte.

Sie wandte sich an die Frau des Arztes, die gerade eine neue Packung Player's aufmachte, und fragte: »Kann ich mal schnorren, Madge?«

Madge Rolfe starrte sie an.

»Bitte?«

»Kann ich einen von deinen Nikotin-Lollis schnorren?«

»Einen von meinen ...?«

»Deine Glimmstängel, Schatz. Deine Glimmstängel.«

»Ich wusste nicht, dass du rauchst.«

»Tu ich auch nicht«, antwortete die Schriftstellerin.

Sie machte die Packung auf, die Madge ihr in den Schoß geworfen hatte, und nahm eine Zigarette heraus. Dann, nachdem sie sie angesteckt und einen Zug genommen hatte, der sehr nach Anfängerin aussah, fing sie an.

»Ihr müsst mir verzeihen, wenn ich mit einer persönlichen Bemerkung beginne«, sagte sie in dem selbstzufriedenen Ton desjenigen, den es nicht im Geringsten kümmert, ob man ihm verzeiht oder nicht. »Aber wenn es eines auf der Welt gibt, dessen ich mich rühme, es wirklich zu können, dann ist es, eine Geschichte zu erzählen, und ich gehe davon aus, dass es keinem von euch etwas ausmacht, wenn ich diese Geschichte mit meinen eigenen Worten und in meinem eigenen Rhythmus erzähle und auch, ohne eines meiner – wenigen – Fehlurteile auszulassen.

Das hier war wirklich eine der eigenartigsten Erfahrungen meines Lebens, eine Erfahrung, die ich vielleicht sogar genossen hätte, wäre sie nicht mit zwei abscheulichen Verbrechen verbunden, von denen eines gegen einen engen Freund begangen wurde. Stellt euch das mal vor! Hier sitzen wir nun alle zusammen, eine Gruppe von Verdächtigen, die sich in der Bibliothek versammelt haben, um zu erfahren, wie und warum ein Mord begangen wurde! Das ist eine Szene, die ich in meinen Romanen so oft beschrieben habe. Aber wenn mir einer von euch erzählt hätte, dass ich eines Tages nicht nur selbst an einer solchen Szene beteiligt wäre, sondern darin auch noch die Rolle des ermittelnden Detektivs spielen würde, hätte ich gesagt, er solle sich auf seinen Geisteszustand untersuchen lassen!

Natürlich bin ich«, fuhr sie fort und ließ ihren Blick über jeden einzelnen ihrer Zuhörer schweifen, um sicherzugehen, dass keiner ihr weniger Aufmerksamkeit schenkte, als sie verdient zu haben glaubte, »natürlich bin ich, wie meine eigene fiktionale Detektivin Alexis Baddeley, nicht mehr als eine Amateurin. Und wie ich euch nicht noch einmal sagen muss, habe ich Alexis niemals ein Verbrechen aufklären lassen, das in einem verschlossenen Raum begangen wurde. Ich mag es, wenn meine Krimis wenigstens mit einem Bein auf *terra firma* stehen.

Ich hatte noch nie was mit Mordmethoden am Hut, bei denen Seile, Leitern und Flaschenzüge eine Rolle spielen oder Türschlüssel, die durchs Schlüsselloch an Fäden gezogen werden, die anschließend von allein verbrennen, oder mit Mordopfern, die mitten in der Wüste erstochen aufgefunden werden, wobei es im Sand drum herum natürlich keinen einzigen Fußabdruck gibt, egal, in welche Richtung, oder mit anderen, die erhängt an einem Balken in einer Dachkammer hängen, die durch ein Vorhängeschloss verriegelt ist, in der es aber keinen Stuhl und keinen Tisch noch sonst irgendein Möbelstück gibt, auf die man hätte klettern können, nicht einmal einen feuchten Fleck auf den Bodendielen, der darauf hindeuten könnte, dass der Mörder einen Eisblock benutzt hätte, der danach geschmolzen ist. Ich kann mit solchen Vorrichtungen nichts anfangen. Für mich ist das alles nur verflixter *Firlefanz,* um den schönen Ausdruck des Colonels zu benutzen.

Aber John Dickson Carr hat diesen speziellen Markt bedient, und ich sage immer, wenn einer nicht zu übertreffen ist auf seinem Gebiet, warum es dann versuchen?

Entschuldigung, ich schweife ein bisschen ab, und ich weiß, ihr denkt jetzt alle, ich sei eine grauenhafte alte Kuh, aber ich komme schon auf den Punkt. Und dieser Punkt ist der, dass wir alle so geblendet waren von der *Methode* des Mordes an Raymond – einer Methode, die keiner von uns für möglich gehalten hat, außer in Büchern –, dass wir nicht darüber hinausschauen konnten.

Morde in verschlossenen Räumen sind, das sollte man wissen, etwa wie Endspiele beim Schach. Ich meine damit, dass sie mit wirklichen Morden, Morden, die von wirklichen Menschen in der wirklichen Welt begangen werden, so viel zu tun haben wie diese Schachendspiele in den Zeitschriften – ihr kennt das, Springer und Bauer gegen einen ungeschützten Läufer und Matt in fünf Zügen –, also wie diese Endspiele mit den wirklichen Strategien und Aufstellungen in einer wirklichen Schachpartie zu tun haben. Das ist etwas, worüber mein lieber Freund Gilbert immer Bescheid gewusst hat, und deswegen ist er das unvergleichliche Genie, das er nun einmal ist.«

Der verständnislose Ausdruck, der von Gesicht zu Gesicht wanderte wie ein ansteckendes Gähnen, zeigte allzu deutlich, dass keiner wusste, von welchem Gilbert die Rede war. Und weil ebenso deutlich war, dass keiner sich das zu sagen getraute, erklärte sie es gleich selbst:

»Ich meine Gilbert Chesterton. Was seine Father-Brown-Geschichten so einzigartig macht, ist genau die Tatsache, dass sie Endspiele sind und nicht vorgeben, etwas anderes zu sein. Indem er seine klugen kleinen Geschichten auf ein Dutzend Seiten begrenzt, vermeidet er es, den ganzen mühsamen Handlungsaufbau und das ganze Beiwerk niederschreiben zu müssen, das ein Romanautor braucht, um die Auflösung zu begründen. Und seine Leser haben das befriedigende Gefühl, direkt auf den Höhepunkt eines Krimis von voller Länge geführt zu werden – das Einzige daran, um offen zu sein, was sie wirklich interessiert –, ohne sich durch die ermüdende Exposition graben zu müssen.«

»Zum Thema, Miss Mount«, sagte Trubshawe, »zum Thema!«

»Wie ich in ebendiesem Haus schon oft gesagt habe«, fuhr sie fort und ignorierte bewusst seinen Einwurf, »ist der beste Weg, jemanden zu ermorden, wenn man das wirklich will, und ungeschoren davonzukommen, der, es einfach zu tun. Tut es, indem ihr euer Opfer eine Klippe hinunterstoßt oder es in einer pechschwarzen Nacht von hinten erdolcht und das Messer unter einem Baum vergrabt, irgendeinem Baum, einem von tausend Bäumen. Vergesst nicht, Handschuhe zu tragen, und vergewissert euch, dass ihr nicht irgendwelche verräterischen Spuren eurer Anwesenheit zurücklasst. Vor allen Dingen lasst den ganzen ausgefallenen Schnickschnack weg. Euer Mord sei einfach, uninteressant und perfekt. Für uns Krimischriftsteller mag er zu einfach, uninteressant und perfekt sein, aber es ist die Art von Mord, bei der der Täter am wahrscheinlichsten davonkommt.«

»Das ist sicher alles sehr aufschlussreich«, unterbrach Trubshawe sie erneut, in einem Ton, der höflich und schroff zugleich war. »Aber als wir zugestimmt haben, uns hier in der Bibliothek zu versammeln, geschah das nicht, um uns Ihre Ansichten über den Unterschied zwischen tatsächlichen und fiktionalen Morden anzuhören – Ansichten, die Sie, wie Sie selbst zugeben, schon des Öfteren kundgetan haben. Wohin soll das Ganze führen?«

Evadne Mount warf ihm einen missbilligenden Blick zu.

»Sie sollten lernen, Geduld mit mir zu haben, Chefinspektor«, antwortete sie ernst. »Ich werde schon auf den Punkt kommen. Das tue ich grundsätzlich.«

Sie nahm einen kräftigeren Zug aus ihrer Zigarette.

»Also waren wir – war *ich* – mit zwei Morden konfrontiert, die sich in ihrer Methode erheblich voneinander unterschieden. Einer war, wie der Chefinspektor es ausdrücken würde, ein ›fiktionaler‹ Mord, offenkundig von jemandem begangen, der eine Menge Kriminalromane gelesen hat – wenn auch keinen von meinen, um es noch einmal zu wiederholen. Das andere war ein ›richtiger‹ Mord, der Versuch eines richtigen Mordes, die Art Mord, die in der wirklichen Welt jeden Tag begangen wird.

Für den ersten Mord, den an Raymond Gentry, gab es beinahe zu viele Motive. Von Selina einmal abgesehen, war jeder in unserer kleinen Gesellschaft insgeheim und in manchen Fällen überhaupt nicht insgeheim erleichtert, ihn ein für allemal los zu sein.

Der erste Fehler, den ich machte, war der, mir selbst einzureden, dass selbst bei einem so breiten und bunt gemischten Kreis von Verdächtigen Unterschiede zu machen waren. Beinahe jeder von uns war zur Zielscheibe von Gentrys bösartigen kleinen Verleumdungen geworden. (Es gab Ausnahmen, ich komme gleich darauf.) Was bedeutete, dass wenigstens theoretisch jeder von uns gute Gründe hatte, ihm den Tod zu wünschen. Trotzdem war der erste Gedanke, der mir kam – ich wiederhole mich –, dass es zwei Klassen von Verdächtigen gab.

Da gab es die, für die Raymonds Enthüllungen ausgesprochen katastrophal gewesen wären, wenn sie Eingang in The Trombone gefunden hätten. Zum Beispiel Cora. Sie war selbst so offen, uns darauf hinzuweisen, dass ihre Karriere ruiniert gewesen wäre, wenn irgendetwas Gedrucktes, und sei es bloß als Gerücht, in Umlauf gekommen wäre über ihre Abhängigkeit von ... von gewissen Substanzen eben.

Schon gut, Cora, du musst mich nicht mit deinen Blicken durchbohren. Ich weiß, was du gern antworten würdest. Stimmt genau, es gab noch eine andere Verdächtige von dieser Sorte, und das war ich selber. Meine Bücher haben enorm viele Leser, das gebe ich ohne Erröten zu, und auch wenn sich alle um Mord, Gier, Hass und Rache drehen, sind sie in Wahrheit ziemlich fein konstruierte Erfindungen, die überwiegend von ebenso feinen Leuten gelesen werden. Wenn diese feinen Leser meiner Bücher plötzlich herausfinden würden – nun, ich gehe lieber über das hinweg, was ihr alle schon über mich wisst –, aber ich kann mir natürlich vorstellen, welche Auswirkungen das auf meine Verkaufszahlen hätte.«

Nachdem sie mannhaft in den sauren Apfel gebissen und ihre eigenen Sünden der Vergangenheit angesprochen hatte, war sie bereit, sich wieder ins Schlachtgetümmel zu stürzen.

»Da waren aber auch diejenigen, die von The Trombone nichts zu befürchten hatten, wie peinlich auch immer es gewesen sein muss, den privaten Schmutz an die Öffentlichkeit gezerrt zu sehen. Zum Beispiel du, Clem.

Es stimmt zwar unglückseligerweise, dass du mit den Fakten deines Lebens während des Krieges fahrlässig umgegangen bist, und sicher war dies ein Weihnachtsfest, das du gern vergessen möchtest und von dem du auch gern hättest, dass wir es ebenfalls vergäßen. Aber du hast selbst festgestellt, wenn ich mich recht erinnere, dass unabhängig von Raymond Gentrys abartigem Vergnügen, sein Gift zu verspritzen, die Regenbogenpresse sich nicht die Bohne für die Notlügen – oder auch richtigen Lügen – eines Geistlichen interessieren würde, der in äußerst bescheidenen Verhältnissen in Dartmoor lebt.

Nun kommen wir zu unseren Freunden, den Rolfes. Es

kann für keinen von euch beiden sehr angenehm gewesen sein nach all den Jahren, in denen ihr versucht habt, die Tuscheleien über das abzutun, was sich nun wirklich zwischen Madge und einem ziemlich dunkelhäutigen Gigolo in Monte Carlo abgespielt hat, oder darüber, wie Henry eine Operation verpfuscht hat, die doch nur reine Routine sein sollte und bei der er nicht nur das Leben eines Babys zerstört hat, sondern auch die eigene Karriere. Es kann nicht angenehm gewesen sein, wollte ich sagen, dass all eure Bemühungen, euer Gesicht zu wahren, durch Gentrys hasserfüllte Dreckschleuderei auf einen Schlag zunichtegemacht waren. Aber auch ihr, wie die Wattises, wart niemals prominent genug und seid es jetzt noch weniger, den Typ von Leser zu interessieren, der sich so ein Stück Klopapier wie *The Trombone* kauft.«

Wenn alle Anwesenden bisher mehr oder weniger ohne Murren der Beschreibung des Falles durch Evadne Mount zugehört hatten, dann nicht deshalb, weil sie sich wirklich an den Gedanken gewöhnt hatten, dass die schmachvollsten Tatsachen ihres Lebens nun allgemein bekannt geworden waren. Jedes Mal, wenn sie einen Namen nannte, zuckte der Betreffende zusammen oder sog laut die Luft ein, Mrs Wattis vergoss sogar eine stille Träne. Aber die Beweisführung wurde so elegant und einleuchtend vorgetragen, dass es trotz der wiederholten Demütigungen, die sie mit sich brachte, nicht nur eine Pflicht, sondern beinahe eine Freude war, ihr zu folgen. Mehr noch, die Spannung, die sich in den letzten sechsunddreißig Stunden aufgebaut hatte, musste sich lösen, und diese Erlösung war es in gewisser Weise, die Evadne Mount langsam, aber sicher ihren Leidensgenossen verschaffte.

»Also werdet ihr, wie auch ich zuerst, angenommen haben«, fuhr sie fort, »dass die einzigen infrage kommenden Gäste Cora und ich waren. Wer würde schließlich einen Mord begehen, weil in einem Dorf von rund hundert Einwohnern irgendein alter Mist von anno Tobak wieder aufgewärmt wird?

Nun, meine Antwort darauf heißt – beinahe jeder! O ja, ich habe das Entsetzen in euren Gesichtern gesehen, als Gentry anfing, seine tödlichen kleinen Pfeile abzuschießen, nicht bloß Entsetzen, sondern mörderischen Hass! Und ich habe bald erkannt, wie falsch es war zu glauben, dass das Verlangen nach Rache in seinem Ausmaß irgendetwas mit dem Grad der Verletzung zu tun haben muss.

Offen gestanden, das war ein Fehler, den ich von allen Leuten am allerwenigsten hätte machen dürfen. Wenn ich einige meiner Bücher in einem Dorf in den Home Counties angesiedelt habe, so deshalb, weil das dem Autor von Kriminalromanen eine fruchtbarere Brutstätte des Mordes liefert als die finsterste Gasse im East End. Wollt ihr wissen, wie ein Sündenbabel wirklich aussieht? Ich sag's euch. Da gibt es malerische Häuser mit Strohdach, es gibt Frauenvereine und Wahlvereine für die Konservativen und Wohltätigkeitsbasare und Tanz um den Maibaum auf dem Dorfanger, es gibt Wohltätigkeitsfeste im Pfarrgarten ...«

»Also komm, Evadne«, protestierte der Vikar ungläubig, »jetzt übertreibst du aber ...«

»Tut mir leid, altes Haus, aber das ist Unsinn, was du sagst. Ihr werdet es kaum glauben, aber ich habe tatsächlich ein oder zwei schlechte Kritiken bekommen – eine davon im *Daily Clarion*, die ich so schnell nicht vergessen werde«, fauchte sie und entblößte dabei ihre falschen Reißzähne, »aber nicht ein einziger Kritiker hat einen meiner Romane getadelt, weil er ein zu dunkles und bösartiges Bild des ländlichen Lebens gegeben hätte.

Dann gibt's da ja noch meine Leserpost. Die meiste kommt nicht von den Käufern meiner Bücher, die offenbar glauben, dass sie der Autorin eines Buches nichts weiter schulden, wenn sie einmal ihr Geld dafür auf den Ladentisch gelegt haben, sondern von Lesern auf dem Dorf, die meine Kriminalromane aus der örtlichen fahrenden Bücherei ausleihen. Ich sollte euch diese Leserpost mal zu lesen geben. Ich erinnere mich an einen Brief. Er kam von einer netten alten Dame aus einem idyllischen Flecken in den Cotswolds, die mir schrieb, dass sie die Bezirkskrankenschwester verdächtige, nach und nach ihren verkrüppelten Ehemann zu vergiften, und der einzige Grund für ihre Anschuldigung war die Tatsache, dass sie zufällig gesehen hatte, wie die arme Krankenschwester ein Exemplar von *Der Geschmack des Puddings* auslieh, wo es exakt dieselbe Ausgangssituation gibt. Und dann war da dieser Brief einer Frau, die *Zeit für den Eintopf* gelesen hatte und überzeugt war, dass der Bahnhofsvorsteher das ebenfalls getan hatte, weil seine Frau verschwunden war, vermutlich abgehauen mit dem Heizer, aber sie, mein Fan, sie wusste es besser, sie wusste, dass er beide unter dem dekorativen Steingarten des Bahnhofs vergraben hatte.

Im Detection Club haben wir für diese Art des makabren Dorfes schließlich einen Namen geprägt – Mayhem Parva. Kurz gesagt, ich bezweifle, dass es *in Englands grünem schönem Land* ein einziges Dorf gibt, das nicht ein potenzielles Mayhem Parva wäre!

Ich übertreibe also nicht, Clem, ich betrachte deinen Fall nur als allgemeines Beispiel, verstehst du, aber ich bin überzeugt, dass ein sanftmütiger Geistlicher, wie du es bist, ebenso gut einen Mord begehen kann, damit sein Name beim örtlichen Tanztee der British Legion nicht in den Schmutz gezogen wird, wie es ein Filmstar tun würde, damit sein oder ihr Name nicht auf der ersten Seite irgendeines landesweit verbreiteten Skandalblatts erscheint.

Und das bedeutete für mich natürlich, dass ich wieder von vorn anfangen musste. Ich musste beinahe jeden hier als verdächtig ansehen.

Nun zu den Ausnahmen. An erster Stelle war das natürlich Selina, die Einzige von uns, die Raymonds Hinscheiden betrauert hat. Ihr mag inzwischen ein Licht aufgegangen sein – wir wollen den heftigen Streit nicht vergessen, den die beiden in der Dachkammer hatten –, aber ich glaube, keiner von uns würde bezweifeln, dass sie vorher starke Gefühle für diesen Mann gehegt hatte. Ich habe sie sofort aussortiert. Für mich war unvorstellbar, dass sie ihn umgebracht haben könnte.

Und auch ihre Mutter konnte es nicht gewesen sein, da wird mir keiner widersprechen. Ich sage das nicht nur, weil sie eine meiner ältesten, engsten und treuesten Freundinnen ist, sondern auch, weil ich weiß, dass sie keiner Fliege etwas zuleide tun kann. Ganz sicher würde sie keine Fliege in einem verschlossenen Raum einfangen, sie totquetschen und danach den besagten verschlossenen Raum wieder verlassen, ohne dabei die Tür oder das Fenster zu öffnen!«

Sie warf einen prüfenden Blick auf ihre Zuhörerschaft.

»Sicher, nimmt man die unheimliche Ähnlichkeit zwischen dem Mord an Raymond und den Morden, wie sie normalerweise in Krimis begangen werden, und die Tatsache, dass Selina und Mary ffolkes auf den ersten Blick am allerwenigsten als Täterinnen infrage kommen, könnte mancher von euch sich insgeheim gefragt haben, ob es nicht gerade deshalb eine von beiden war. Ich nicht. Für mich waren sie die unwahrscheinlichsten Verdächtigen. Es gibt andere.

Jetzt komme ich zu Donald. Donald ist ein anderer Fall. Stimmt, soweit wir wissen, lauern keine Leichen im Keller dieses jungen Mannes. Aber hier taucht ein eher traditionelles Mordmotiv auf. Don war verliebt in Selina – ist verliebt in Selina –, und er war sichtlich eifersüchtig auf seinen Rivalen. Wir erinnern uns alle daran, dass es beinahe zu einer Schlägerei gekommen wäre.

Außerdem haben wir nicht vergessen, dass Donald tatsächlich gedroht hat, Gentry umzubringen. ›Ich bring dich um, du Schwein, ich schwöre, ich bring dich um!‹ Wir haben alle gehört, wie er diese Worte gebrüllt hat. Selbst wenn wir auf seiner Seite waren und uns selbst gesagt haben, dass das eben nur Worte waren, es bleibt die Tatsache, wie der Chefinspektor uns allen klargemacht hat, dass er geschworen hat, dem Leben von jemandem ein Ende zu bereiten, der dann später tatsächlich erschossen wurde.

Dann wurde auf den armen Roger selbst geschossen, und alle meine brillanten Theorien waren wieder Makulatur. Denn es schien nicht das geringste Motiv dafür zu geben, ihn zu ermorden.«

Sie machte es sich in ihrem Sessel bequemer.

»In einem Kriminalroman hätte es natürlich wenigstens ein offensichtliches Motiv gegeben – dass Roger nämlich irgendeinen entscheidenden Hinweis auf die Identität von Raymonds Mörder bekommen hatte und deshalb selbst umgebracht werden musste, bevor er der Polizei seine Erkenntnisse mitteilen konnte. Aber die Umstände in diesem Fall waren so ganz anders. Weil Henry vorgeschlagen hatte, dass wir bei den Befragungen des Chefinspektors alle anwesend sein sollten, wurde alles, was über die Ereignisse, die zu dem Mord an Gentry führten, erzählt wurde, vor den Ohren aller anderen gesagt. Ich kann mich an keine einzige Gelegenheit vor seinem Aufbruch erinnern, bei der der Colonel mit einem von uns allein gewesen wäre und, ohne es zu ahnen, irgendeine nebensächliche Bemerkung gemacht haben könnte, die den Mörder hätte alarmieren können.

Gut, da waren diese knapp zwanzig Minuten, in denen er mit Mary allein war, als alle anderen sich auf ihre Zimmer begeben hatten, um sich frisch zu machen und sich umzuziehen. Aber ich glaube, wir brauchen uns wirklich keine Sekunde mit dem Gedanken abzugeben, dass es seine eigene Frau gewesen sein könnte, die er unabsichtlich alarmiert haben könnte, und dass seine eigene Frau sich später genötigt gefühlt haben könnte, ihn aus dem Weg zu räumen.«

Entsetzt darüber, dass ihrer Freundin auch nur für einen Moment eine so abscheuliche Vorstellung in den Sinn gekommen war, sah Mary ffolkes überrascht und vorwurfsvoll auf.

»Also bitte, Evie«, rief sie, »wie konntest du so etwas denken!«

»Aber, aber, Mary, Liebste«, antwortete die Autorin besänftigend, »ich habe gerade genau das Gegenteil gesagt. Ich habe gesagt, dass ich so etwas *nicht* gedacht habe. Du hast schon gehört, dass ich dich nicht verdächtige. Ich stelle nur Hypothesen auf und klopfe eine Möglichkeit nach der anderen ab, ganz gleich, wie unwahrscheinlich sie ist.«

Mit einem Ausdruck des Ekels quetschte sie ihre halbgerauchte Zigarette im Aschenbecher aus, als würde sie ein Insekt totquetschen, brummelte ein: »Ich weiß nicht, was du daran findest« zu Madge Rolfe und nahm danach die Fäden ihrer Beweisführung wieder auf.

»Also, weil es für den ersten Mord zu viele Motive gab und für den zweiten eigentlich überhaupt keines, war ich konsterniert. Das war der Moment, in dem ich mich dafür entschied, meine ›kleinen grauen Zellen‹ – falls ich hier mal eine Metapher von einem meiner sogenannten Rivalen klauen darf –, meine ›kleinen grauen Zellen‹ auf die jeweilige *Methode* anzusetzen, in der Hoffnung, dass mir das etwas über die Psychologie des Mörders verraten könnte.

Was die Methode im ersten Fall angeht, den verschlossenen Raum, neigten wir wohl alle zu derselben Hypothese, und wer konnte uns das verdenken? Wir waren uns alle sicher, dass der Mord an Raymond bis ins letzte Detail ausgeklügelt worden war. Wenn man bedenkt, wie bizarr der ganze Mord erschien, dann war diese Hypothese unsererseits nur zu verständlich.

Es gab jedoch ein Detail bei diesem Mord, das jederzeit hätte verändert werden können, wie mir plötzlich aufging, selbst noch in letzter Minute, ohne dass der teuflische Plan als Ganzer davon irgendwie berührt worden wäre. Und das war *die Identität des Opfers*.«

Da sie ohne Punkt und Komma geredet hatte, musste sie erst einmal tief Luft holen, und während sie das tat, hörte man, wie Trubshawe nachdenklich sagte: »Hm, ja, ich glaube, so langsam sehe ich, worauf Sie hinauswollen.«

In diesem fortgeschrittenen Stadium des Prozesses war Evadne Mount jedoch nicht in der Stimmung, auch nur ein Fünkchen Rampenlicht mit jemand anderem zu teilen. Sie fuhr deshalb noch energischer fort als zuvor:

»Die andere Hypothese, von der wir alle ausgegangen sind, besagte, dass das zweite Verbrechen, das in seiner Ausführung so einfach und unbeholfen war, den Charakter eines nachträglichen Einfalls hatte, zumindest einer Tat, die der Mörder ursprünglich nicht geplant hatte. Mit anderen Worten, wir haben alle geglaubt, dass der Schuss auf den Colonel draußen im Moor die unvorhergesehene Konsequenz der Ermordung Gentrys in der Dachkammer war.

Dann hatte ich einen Geistesblitz. Was wäre, dachte ich plötzlich, *was wäre, wenn der Mord an Gentry und nicht der am Colonel der nachträgliche Einfall gewesen wäre?*«

Die ganze Bibliothek brauste auf.

»Oh, das ist doch Unsinn!«

»Also wirklich! Wo das Verbrechen so sorgfältig vorbereitet war!«

»Diesmal gehst du aber wirklich zu weit, Evie!«

»Ich habe die ganze Zeit gesagt, es war absurd ...«

»Mein Gott, hört mich zu Ende an, bitte!«, schrie sie und brachte sie mit diesem kurzen Gebrüll wieder zum

Schweigen, wie ein Kind, das alle Kerzen eines Geburtstagskuchens auf einmal ausbläst.

»Hört zu, alle bitte. Nehmt einfach mal an, nur um es einmal gründlich zu Ende zu denken, dass einer in diesem Haus die Absicht hatte, Raymond Gentry zu ermorden. Also, das hat er wirklich hingekriegt, oder? Und er ist auch noch davongekommen. Raymond *wurde* ermordet, und keiner von uns hier, auch der Chefinspektor nicht, hatte die geringste Ahnung, von wem. Der Verbrecher – ich denke mal, ich nenne ihn oder selbstverständlich auch sie von jetzt an einfach X –, der Verbrecher, X, hatte erreicht, was er angeblich erreichen wollte.

Warum hat er oder sie als Nächstes versucht, den Colonel umzubringen? Das passt nicht zusammen. Vor allem nicht, weil ihr mir sicher alle zustimmen werdet, nicht wahr, dass Roger zu keiner Zeit eine Bemerkung hat fallenlassen, die X zu dem Entschluss hätte bringen können, dass auch er sterben musste. Sicher, es war der Colonel, der Raymonds Leiche entdeckt hat. Aber Don war auch dabei, und keiner hat versucht, ihn zu ermorden.

Und sicher hat auch keiner von uns zu irgendeinem Zeitpunkt ernsthaft angenommen, dass die beiden Verbrechen nichts miteinander zu tun haben könnten. Ich weiß, dass es den Zufall gibt – gäbe es ihn nicht, bräuchten wir kein Wort für ihn –, aber es heißt doch wohl die Gesetze der Wahrscheinlichkeit allzu sehr zu strapazieren, wenn man annimmt, dass auf die beiden Männer in unmittelbarer Nähe und im Abstand von gerade mal ein paar Stunden von zwei verschiedenen Mördern geschossen wurde, die beide auch noch ganz unterschiedliche Motive hatten!

Also, warum wurde auf den Colonel geschossen? Je länger ich über dieses Geheimnis nachgegrübelt habe, desto schwieriger wurde es für mich, irgendeinen logischen Grund dafür zu finden, warum Raymonds Mörder *anschließend* den Wunsch haben sollte, Roger zu töten. Gleichzeitig dämmerte mir nach und nach wenigstens ein Grund, warum Rogers Mörder versucht gewesen sein sollte, *vorher* Raymond zu töten. Kurz gesagt, ich begann mir die Frage zu stellen, ob es Roger war und nicht Raymond, der von Anfang an das von X ausgewählte Opfer war.«

Sie ließ dieser überraschenden neuen Wendung des Ganzen ein paar Augenblicke Zeit, damit sie bei allen ankommen konnte.

»Und mein Verdacht wurde in der Tat durch den Zettel mit den Notizen erhärtet, den der Chefinspektor in der Tasche von Gentrys Bademantel gefunden hatte, Notizen, wie ihr euch erinnert, die auf der Schreibmaschine des Colonels getippt worden waren.

Jeder hat natürlich geglaubt, diese Notizen seien ein unzweifelhafter Beweis dafür, dass wir das Opfer eines Erpressers werden sollten. Als Autorin von Kriminalromanen war ich jedoch nicht sehr beeindruckt von einem Hinweis, der der Polizei so großzügig hinterlassen worden war. Wenn Raymond wirklich die Absicht gehabt hätte, uns alle zu erpressen, wäre er dann wohl mit dem Beweisstück für seine Schurkerei, das so passend aus der Tasche seines Bademantels lugte, durchs Haus stolziert? Und wäre es wirklich nötig gewesen, so knappe Notizen auf einer Schreibmaschine zu tippen? Dazu noch auf Rogers Schreibmaschine? Bestimmt wäre es doch einfacher und auch sicherer gewesen, alles mit der Hand zu notieren? Es sei denn, natürlich, und das war der wichtige Punkt, es sei denn, jemand hatte Angst davor, *dass seine Handschrift identifiziert werden könnte.* Ich habe mich, schon als diese Notizen auftauchten, darüber gewundert.

Dann hat Trubshawe sie uns gezeigt, damit jeder einen Blick darauf werfen konnte.

Vielleicht wisst ihr noch, dass ich noch eine ganze Weile, nachdem ich sie ein paarmal überflogen hatte, darüber nachgegrübelt habe, was an ihnen irgendwie nicht stimmte.

Dann, plötzlich – und das verdanke ich Don –, plötzlich hatte ich es. Ich begriff, dass ich in den Notizen etwas entdeckt hatte, das bestätigte, was ich schon seit einer Weile vermutet hatte – dass es gar nicht Gentry war, der sie getippt hatte.«

»Was haben Sie entdeckt?«, fragte Trubshawe.

»Was ich entdeckt habe? Um ganz genau zu sein, war es das, was gefehlt hat, was gleichsam gar nicht zu entdecken war, was mich auf den *quivive* brachte.«

»Ja, schon gut, Miss Mount«, sagte der Polizist mit dem müden Seufzer eines Elternteils, der bereit ist, zum letzten Mal auf den Scherz eines Kindes einzugehen. »Ich spiele das Spiel mit. Was hat denn *gefehlt?*«

»*X konnte mir kein U vormachen*«, sagte Evadne Mount.

Der Chefinspektor glotzte sie an.

»Was zum Teufel soll diese groteske Aussage?«, grummelte er.

»Ich bitte um Verzeihung«, sagte die Romanautorin, »da ist jetzt eben meine neckische Seite mit mir durchgegangen. Ich werde versuchen, sie in Schach zu halten. Was ich meinte«, sagte sie jetzt sachlicher, »ist, dass der Buchstabe *u* gefehlt hat. Sie verstehen?«

Alle starrten sie verwundert an.

»Ihr erinnert euch doch alle an diese Notizen. Es war keine Stenographie, aber eine Art journalistische Kurzschrift. Ich habe diesen Stil erkannt, weil ich sehr, sehr oft in meinem Leben interviewt worden bin und dabei ein paarmal auch einen Blick auf den Notizblock meines entsprechenden Interviewers geworfen habe.

Jetzt bedenkt mal, was da über Madge stand. Ihr erinnert euch, da stand ›MR‹ – ganz offensichtlich Madge Rolfe – dann ein Gedankenstrich – dann die Worte (ich lasse das seltsame Adjektiv aus, weil es für die Sache nicht wichtig ist) – also die Worte ›misbehavior in MC‹ – wobei MC natürlich für Monte Carlo steht. Also, was mir schließlich dämmerte, war, dass da etwas bei ›misbehavior‹ fehlte – nämlich der Buchstabe *u*. Das hatte ich gemeint, als ich sagte, nicht das, was ich bei Raymonds Notizen entdeckt hatte, brachte mich auf die Spur, sondern das, was fehlte. Es fehlte das *u*.«

Jetzt griente sie beinahe über ihre eigene Gewitztheit.

»Es ist eine weitverbreitete falsche Vorstellung, dass der blinde Fleck immer darin bestehen muss, dass man etwas nicht sieht, das offen vor einem liegt. Aber manchmal, wisst ihr, besteht er gerade darin, dass man etwas sieht, das eigentlich fehlt, das gar nicht da ist. Wir haben alle diesen Buchstaben *u* gesehen, weil wir ihn an dieser Stelle erwarten, und erst als Selina so lange brauchte, um wieder aus ihrem Schlafzimmer nach unten zu kommen, und ich hörte, wie Don zu ihr sagte:

›Du hast uns allen gefehlt‹ – *du hast gefehlt* – das fehlende *u* –, begriff ich schließlich, was mir so merkwürdig vorgekommen war.

Aber dann erkannte ich natürlich sofort, was das bedeutete. Auf diese Art schreiben nur Amerikaner ›behaviour‹, ohne das *u*. Auch wenn er ein Schuft war, war Ray Gentry doch Journalist, und Wörter waren das Material seiner Arbeit. Für mich war es undenkbar, dass er das Wort jemals so geschrieben hätte.

Diejenigen von euch, die mein Stück *Die falsche Stimme* gesehen haben, werden wissen, wie bedeutsam Sprache und ihr falscher Gebrauch in einem Krimi sein können. Wie ihr euch vielleicht erinnert, ist das Mordopfer ein Lehrer, dessen letzte Worte, nachdem er einen mit Arsen vergifteten Whisky-Soda getrunken hat, sind: ›Aber es war die falsche Stimme ...‹. Jeder glaubt jetzt natürlich, dass es die *Identität* des Sprechers war, dessen Stimme er gerade gehört hat, die ihn irritiert hat. Nur Alexis Baddely erkennt, dass er als Englischlehrer in Wahrheit auf die *Grammatik* anspielt.

Während er das Opfer in seinen Armen hält, hat dieser andere gerufen: ›Mein Gott, er ist schlecht geworden!‹ Ein echter Engländer hätte natürlich gesagt: ›Ihm ist schlecht geworden‹ – und so stellte sich heraus, dass er gar nicht der echte Engländer war, als der er sich ausgegeben hatte, und dass er tatsächlich der Mörder war.«

Ein Moment des Schweigens folgte. Dann ergriff von allen Anwesenden Don das Wort – Don, der bisher keine Silbe geäußert hatte, selbst dann nicht, als Evadne Mount an seine Drohung erinnert hatte, Raymond Gentry zu töten. Als er sich jetzt schließlich zu Wort meldete, die

Stimme beinahe entstellt und krächzend vor Unmut, zerriss das die Stille nahezu wie ein Schuss.

»Jaa, der Mörder. So wie ich, meinen Sie, nicht?«

Die Schriftstellerin starrte ihn an. Auf seiner Stirn hatte sich ein feines Netz kleiner Schweißperlen gebildet.

»Was sagen Sie da, Don?«

»Ach, hören Sie auf, Ma'am. Sie wissen, was ...«

»Evadne«, sagte die Autorin sanft, »Evadne.«

»Evadne ...«

Da er in diesem Augenblick außer sich war, sprach er ihren Namen so unbeholfen aus wie einen Zungenbrecher.

»Sie brauchen gar nicht abzustreiten, was Sie denken, was alle hier denken. Nur ein Amerikaner kann diese Notizen geschrieben haben, und ich bin der einzige Amerikaner hier.«

»Don, Liebling, kein Mensch denkt, du hast sie geschrieben!«, rief Selina und packte einmal liebevoll seinen Schenkel. »Sag es ihm, Evadne. Sag Don, dass du ihn nicht verdächtigst.«

»Und ob sie das tut«, sagte er trotzig. »Ihr tut es alle. Ich kann es in euern Gesichtern lesen.«

»Don?«, sagte Evadne Mount.

»Jaa?«

»Lesen Sie Kriminalromane?«

»Bitte?«

»Lesen Sie Kriminalromane?«

»Zum Teufel, nein«, antwortete er nach kurzem Zögern. »Um ehrlich zu sein, ich mag sie nicht. Ich meine, wen kümmert's, wer wen ...«

»Schon gut, schon gut«, schnitt ihm die Schriftstellerin gereizt das Wort ab. »Ich hab schon verstanden.«

»Tut mir leid, aber Sie haben mich gefragt«, sagte Don. Dann, vielleicht durch die Erkenntnis ermutigt, dass er eine verletzbare Stelle in ihrem bislang scheinbar so undurchdringlichen Panzer gefunden hatte, fragte er: »Warum *haben* Sie denn gefragt? Was wollten *Sie* denn damit sagen?«

»Was ich damit sagen will, ist dies. Wenn Sie Krimis lesen würden, würden Sie ein bisschen überlegen, bevor Sie mich beschuldigen, dass ich Sie beschuldige. Und wenn Sie ein bisschen länger überlegt hätten, hätten Sie bald erkannt, dass Sie nicht der einzige Verdächtige sind, nur weil Sie der einzige Amerikaner sind.«

»Das verstehe ich nicht. Warum?«

»Nun, nehmen wir zum Beispiel Cora ...«

»Weißt du, Evie, Schätzchen«, sagte die Schauspielerin affektiert, »es wäre wirklich ganz schrecklich nett, wenn ich einmal, *nur einmal,* nicht das erste Beispiel wäre, das dir einfällt.«

»Wo es um Verbrechen solcher Art geht, Cora, müssen wir uns alle damit abfinden, Beispiele zu sein. Wie dem auch sei, was ich gerade sagen wollte: Nachdem sie London in der Bühnenversion von *Das Geheimnis des grünen Pinguins* im Sturm erobert hatte, wurde Cora von Metro-Goldwyn-Mayer gekrallt – ich glaube, so heißt das, gekrallt – und lebte die nächsten beiden Jahre in Hollywood. Leider, daran hat uns Raymond ja mit seiner unvergleichlichen Galanterie erinnert, leider hat sie sich der Situation nicht ganz gewachsen gezeigt« – jetzt hob sie ihre rechte Hand wie ein Verkehrspolizist, um ihre Freundin an einem erneuten Zwischenruf zu hindern, zu dem sie nur allzu deutlich gerade ansetzte.

»Aber auch wenn die Dinge sich nicht ganz nach ihren Wünschen entwickelt haben«, fuhr sie fort, »könnte es in diesen beiden Jahren durchaus zu ihrer zweiten Natur geworden sein, genauso zu schreiben wie die Yankees.

Dann haben wir die Rolfes, die einige Monate in Kanada gelebt haben, bevor Henrys Missgeschick im Operationssaal ihn und Madge nach *dear old England* zurückbrachten, mit dem Umweg über die Riviera. Korrigiert mich, wenn ich mich irre, aber ich war immer der Meinung, dass die Kanadier amerikanisch buchstabieren, nicht britisch.

Wir können nicht einmal«, sagte sie, »Clem ausschließen, wenn wir streng logisch vorgehen.«

»Mich?«, rief der Vikar. »Meine Güte, ich – ich bin nie in Amerika gewesen.«

»Stimmt, Clem, aber du hast zugegeben, dass du nicht für zehn Pfennig richtig schreiben kannst. Nun ist es ja nicht ausgeschlossen, da stimmst du mir sicher zu, dass das Wort ›misbehaviour‹ nur aus dem einzigen Grund falsch geschrieben wurde, weil jemand es getippt hat, der einfach nicht wusste, wie man es schreibt.

Also, Don, mein Lieber, Sie sehen – das fehlende *u* grenzt die Zahl der Verdächtigen überhaupt nicht ein.«

»Einen verd… Moment mal, Evie!«, schrie Cora Rutherford sie plötzlich an. »Ich möchte, dass du uns nicht länger behandelst, als ob wir in einem deiner billigen Romane vorkämen. Ich habe in Hollywood viel Erfolg gehabt, sehr respektabel war das – was sage ich, respektabel, mehr als das, viel mehr als das! Ich habe in *Our Dancing Daughters* mit Joan Crawford gespielt und in *The Last of Mrs Cheney* mit der reizenden Norma Shearer.«

»Sicher, Cora, das weiß ich doch. Alles, was ich meinte, ist ...«

»Egal, wer sagt denn, dass du diese Notizen nicht selbst geschrieben hast? Wer sagt denn, dass du ›misbehaviour‹ nicht absichtlich falsch buchstabiert hast, ohne das *u*, um uns von der richtigen Spur abzulenken? Deine Personen aus der Retorte treiben doch die ganze Zeit solche irreführenden Spielchen!«

»Bravo, Cora!«, rief die Autorin und klatschte in die Hände. »Ich muss dir gratulieren!«

»Gratulieren?«, wiederholte die Schauspielerin argwöhnisch. »Warum bin ich immer so ein bisschen auf der Hut, wenn jemand wie du jemandem wie mir gratuliert?«

»Musst du nicht. Ich meinte es ernst. Denn du hast es getroffen. Ich hätte natürlich genau das tun können. Ich hab's nicht getan, versteht sich, ich hab nichts dergleichen getan. Aber sicher, die Möglichkeit, dass ich es getan haben könnte, reiht auch mich unter die Verdächtigen ein.«

»Sehr schön, meine Damen«, sagte Trubshawe. »Da jetzt jede von Ihnen das Ihre sagen konnte, könnten wir jetzt bitte zur Sache zurückkommen?«

»Gewiss, Chefinspektor, gewiss«, willigte Evadne Mount mit einer Grandezza ein, die ebenso gut Spott wie Ernst sein konnte.

»Wo war ich stehen geblieben? Richtig. Dass man Raymond diese gefälschten Notizen in die Tasche geschoben hatte, bestätigte mir nicht nur, dass an der ganzen Sache etwas oberfaul war, sondern bestärkte mich auch in meinem wachsenden Verdacht, dass das wahre Ziel von X der Tod des Colonels war.

Dann hatte ich es schließlich.

Ich kam zu der Überzeugung, dass der Plan von X die ganze Zeit gewesen war, den Colonel in die Dachkammer zu locken und ihn dort zu erschießen. Und diesen Plan hätte er auch ausgeführt, wenn nicht Selina um elf Uhr nachts ein menschliches Stück Dreck dort hingebeten hätte – bitte sei mir nicht böse, meine Liebe«, sagte sie sanft zu Selina ffolkes, »aber ich denke, du weißt, dass er das war – ein menschliches Stück Dreck, das es an diesem unvergesslichen, grauenhaften Weihnachtsabend geschafft hatte, in ein paar Stunden jeden im Haus gegen sich aufzubringen.

Wir alle hätten Raymond umbringen können – ich weiß jedenfalls, dass ich's hätte tun können –, aber irgendwann am Abend muss X begriffen haben, dass er nicht nur einen, sondern zwei Gründe hatte, ihn zu ermorden. Vergessen wir nicht – wenn ich recht habe, hatte er den Mord am Colonel schon bis ins letzte Detail geplant. Aber was wäre, überlegte er plötzlich, *was wäre, wenn ich die Opfer austauschen würde?* Was, wenn ich Raymond ermorden würde statt des Colonels? Oder besser, wenn ich zuerst Raymond *und danach* den Colonel umbringen würde?

Die Polizei würde in diesem Fall nicht nur glauben, dass der erste der beiden Morde, der an Raymond, auch im tieferen Sinn der erste war, der bedeutsamere Mord, der, um den es wirklich geht, derjenige, auf den sich alle Untersuchungen zu konzentrieren hätten. Sondern – und das wäre für unseren Mörder das ›Trumpfass‹, wie man so schön sagt – der Mord an Raymond würde auch *einen ganz neuen Kreis potenzieller Verdächtiger* schaffen – Verdächtiger *und* Motive –, anders als beim Mord am

Colonel, für den es wahrscheinlich nur einen Verdächtigen und ein Motiv gegeben hätte.«

Es gab gar keinen Zweifel mehr, dass Evadne Mount ihre Zuhörer jetzt dort hatte, wo sie sie hatte haben wollen, und das wusste sie auch. Sie lechzten buchstäblich nach jedem ihrer Worte, standen völlig im Bann ihrer Persönlichkeit, und es hätte etwas Übermenschliches gehabt, wenn sie sich daran nicht ein bisschen ergötzt hätte.

»Überlegt mal«, sagte sie mit schamlos unverhohlener Selbstverliebtheit. »X, dessen eigentliches Ziel es ist, den Colonel umzubringen, beschließt, zuerst einen anderen Mord zu begehen, einen Mord, der den Schatten des Verdachts von ihm ablenken und auf ein halbes Dutzend ganz anderer Verdächtiger werfen soll, von denen praktisch alle ein Motiv hatten, Raymond Gentry zu beseitigen. Verdächtige, das darf ich hinzufügen, die so klassisch, so ganz nach dem herkömmlichen Muster gestrickt sind, dass sie allesamt einem typischen Mayhem-Parva-Krimi entsprungen sein oder umgekehrt in ihn hätten Eingang finden können.

Versucht euch einfach mal die Genugtuung von X vorzustellen, dass er plötzlich so viele Köder auswerfen kann. Die Autorin. Die Schauspielerin. Der Arzt. Die Frau des Arztes, die selbstverständlich eine Vergangenheit hat. Der Vikar, der ebenfalls eine Vergangenheit hat. Oder genauer gesagt, der unglücklicherweise gerade keine Vergangenheit hat. Der Colonel. Die Frau des Colonels. Und schließlich als Nachhut noch der romantische junge Beau, der, wie alle romantischen jungen Beaus, bis über beide Ohren in die Tochter des Colonels verliebt ist.

Ich habe Köder gesagt, und ich habe Köder gemeint.

Denn das ist genau das, was wir alle waren, schätze ich – reine Lockvögel und falsche Kulisse für das, was wirklich im Gange war, so unerheblich wie einer dieser vollkommen zwecklosen Grundrisse, die einige meiner Rivalen ihren Krimis voranstellen und die sich nur die naivsten ihrer Leser jemals ansehen.«

Evadne Mount machte eine winzige Pause, um Luft zu holen.

»Obwohl ich aber«, fuhr sie fort, »völlig überzeugt war, der Wahrheit auf die Spur gekommen zu sein, wusste ich zugleich, dass meine Ahnung immer nur eine Ahnung bleiben würde, wenn ich nicht in der Lage wäre, sie mit faktischen Beweisen zu untermauern. Also beschloss ich schließlich, meine vielleicht nicht ganz so kleinen grauen Zellen auf das Problem zu konzentrieren, das uns von Anfang an verblüfft hatte – die Frage, wie der Mord an Gentry so begangen werden konnte, wie er begangen wurde.

In *Der verschlossene Raum* unterbricht John Dickson Carr tatsächlich den Erzählfluss seines Romans, um seine Leser über sämtliche Kategorien von Morden in verschlossenen Räumen zu belehren. Weil ich mich nicht mehr auf Anhieb an alle davon erinnern konnte, ging ich in die Bibliothek dieses Hauses, um nach dem Buch zu suchen. Leider war Roger nie ein Anhänger von Kriminalromanen, und abgesehen von der kompletten Sammlung meiner eigenen Werke, natürlich alles Geschenke von mir und alle ungelesen, da bin ich ganz sicher, gab es hier nichts. Kein Dickson Carr, kein Chesterton, keine Dorothy Sayers, kein Tony Berkeley, kein Ronnie Knox, keine Margery Allingham, keine Ngaio Marsh, nicht einmal Conan Doyle! Ein absoluter Skandal!

Ich strapazierte mein Hirn bis zum Äußersten, aber in den beiden einzigen Geschichten mit Morden in verschlossenen Räumen, an deren Auflösung ich mich erinnerte, Israel Zangwills *The Big Bow Mystery* und Gaston Leroux' *The Mystery of the Yellow Room*, ging es um haargenau denselben Trick, der darin bestand, dass der Mörder in den geschlossenen Raum eindrang und dann – *wirklich erst dann* –, bevor irgendein anderer dazukam, das Opfer erdolchte, das bis zu diesem Moment noch gelebt hatte.

Das war natürlich überhaupt keine Hilfe. Roger drang zwar wirklich in die Dachkammer ein, aber Don war bei ihm. Jeder hat gesehen, was der andere auch sah, und wenn sie nicht unter einer Decke gesteckt haben, ein total unwahrscheinlicher Fall, konnte keiner Gentry an Ort und Stelle getötet haben.

Ich war aber fest entschlossen, mich durch die seltsamen Umstände des Verbrechens nicht irreführen zu lassen. Ein Mann lag tot in einem verschlossenen Raum. Magie oder Voodoo oder Hokuspokus war nicht im Spiel. Das Verbrechen war begangen worden und konnte demzufolge auch aufgeklärt werden. Und ich erkannte, dass der einzige Weg, es aufzuklären, für mich darin bestand, am Ort des Verbrechens ein bisschen Schnüffelei auf eigene Faust zu betreiben.

Als ich vorhin den Chefinspektor fragte, ob ich in mein Zimmer gehen könne, um meine nassen Sachen loszuwerden – ihr erinnert euch sicher –, war das Erste, was ich wirklich tat, mich in die Dachkammer zu schleichen.«

Als sie dieses dreiste Geständnis ablegte, warf jeder einen verstohlenen Blick auf Trubshawe, der ganz offensichtlich hin und her gerissen war zwischen der Bewunderung für die logischen Fähigkeiten seiner Rivalin und der Verärgerung über ihre von ihr selbst eingestandene Missachtung einer der bekanntesten Grundregeln jeder kriminalpolizeilichen Ermittlung.

»Miss Mount«, sagte er und schüttelte ungläubig den Kopf, »ich bin wirklich ziemlich erschüttert, so etwas von Ihnen zu hören. Sie haben sehr wohl gewusst, dass bis zur Ankunft der örtlichen Polizei und bis zur Durchführung einer sachgerechten forensischen Untersuchung niemand, nicht einmal die Bestsellerautorin von ich weiß nicht wie vielen Kriminalromanen (und es interessiert mich auch nicht), die Erlaubnis hatte, die Dachkammer zu betreten.«

»Das wusste ich«, antwortete sie ruhig, »und ich entschuldige mich dafür. Ungeachtet meines öffentlichen Rufs als Grand Old Lady der Kriminalliteratur bin ich eine äußerst furchtsame Seele, wenn es darum geht, das Gesetz zu brechen.

Meine Befürchtung war jedoch, dass sich jemand schon vor dem Eintreffen der Polizei – und bei dem Schneesturm und allem wusste sowieso keiner, wie lange das noch dauern würde – in der Dachkammer zu schaffen machen und darin herumpfuschen könnte. Denken Sie daran, ich war überzeugt, dass der Mörder unter uns war. Was sollte ihn daran hindern, irgendeine Pause im Verfahren hier zu nutzen und so wie ich nach oben zu schlüpfen und dort ein bis dahin noch nicht entdecktes Beweisstück zu beseitigen?«

»Was!? Also, ich ...«, wetterte Trubshawe. »Sie geben also zu, dass Sie genau das getan haben?«

»Ich gebe nichts dergleichen zu. Ich habe nicht einen einzigen Gegenstand aus dem Raum entfernt. Alles, was ich gemeint habe, war, dass die Leichtigkeit, mit der ich – eine völlig Unschuldige, das versichere ich Ihnen –, die Leichtigkeit, mit der ich dort rein- und rauskommen konnte, auch für den Mörder selbst gegolten haben könnte.«

»Ich kapituliere«, sagte der Chefinspektor hilflos. »Kann ich wenigstens davon ausgehen, dass Sie nichts angerührt haben?«

»N-n-n-ein«, sagte die Autorin. Dann fügte sie schüchtern hinzu: »Nicht viel.«

»Nicht viel!«

»Nun machen Sie sich mal nicht ins Hemd, Trubshawe. Wenn Sie erfahren, was ich herausgefunden habe, werden Sie zugeben, dass es sich gelohnt hat.«

Sie wandte sich wieder allen zu.

»Nun, alle haben über diese Dachkammer gesagt, sie sei leer gewesen. Ein leerer Raum, hat der Colonel gesagt, Don hat es gesagt, jeder hat es gesagt. Aber sie war überhaupt nicht leer, sie war keineswegs unmöbliert. Es gab einen Holztisch mit zwei Schubladen, einen klapprigen Stuhl mit gerader Lehne – die schlichte Ausführung mit Binsensitzfläche, bei der ich immer an van Gogh denken muss – und einen ramponierten alten Armsessel. Der Raum besaß außerdem ein Fenster und eine Tür und Gitterstäbe vor dem Fenster und einen Schlüssel im Schlüsselloch der Tür. Obwohl er also sehr streng wirkte – und natürlich durch Gentrys toten Körper noch unheimlicher, das kann ich euch sagen –, gab es da immer noch etwas, an dem ich herumzukauen hatte.

Und ich habe mich mit diesem Raum wirklich *abge-müht*! Ich habe absolut alles darin untersucht, auch Sachen, bei denen ich von vornherein annahm, dass es sich gar nicht lohnte.

Zuerst habe ich mir den Boden gründlicher angesehen, als ich es heute Morgen tun konnte, und ich stellte erneut fest, wie staubfrei er eigentlich war, wenn man bedenkt, dass die Kammer vermutlich seit mehreren Monaten nicht mehr genutzt worden war. Erinnern Sie sich, Trubshawe, das war das belanglose Phänomen, auf das ich Ihre Aufmerksamkeit zu lenken versucht habe.

Dann habe ich mir die Tür selbst genauer angesehen, um festzustellen, ob man sie aus ihren Angeln hätte heben und nach dem Mord wieder einhängen können. Aber ich bemerkte schnell, dass das eine absolut lächerliche Vorstellung war. Auch wenn die Tür dank der vereinten Kräfte des Colonels und Dons nicht mehr ganz in den Angeln hing, war es offensichtlich, dass sie niemals ausgehängt worden war.

Dann habe ich die Fenstergitter untersucht, um zu prüfen, ob *sie* vielleicht entfernt worden wären. Völlig ausgeschlossen. Sie waren von Rost überzogen, alle beide. Ich bezweifle ernsthaft, dass sich irgendwer darum gekümmert hat, seitdem sie eingesetzt worden sind.

Danach habe ich mir den Tisch vorgenommen. Rein gar nichts. In keiner Schublade irgendetwas. Keine Geheimfächer. Es war einfach nur ein ganz normaler Holztisch, zerkratzt und angeschlagen, wie tausend andere Tische in tausend anderen Rumpelkammern auch.

Schließlich, gerade als ich aufgeben wollte, setzte ich mich in den Armsessel, um mich einen Augenblick auszuruhen – und da hatte ich's! Ich wurde buchstäblich drauf gestoßen!«, sagte sie dröhnend und erschreckte alle mit ihrem typischen ohrenbetäubenden Lachen.

»Wollen Sie uns sagen«, fragte der Chefinspektor, »dass Sie wissen, wie das Verbrechen begangen wurde?«

»Nicht nur, wie es begangen wurde, sondern auch, wer es begangen hat. In diesem Fall heißt zu wissen *wie* auch zu wissen wer.«

»Himmelherrgottnochmal, wirst du's uns jetzt vielleicht mal sagen!«, schrie Madge Rolfe sie beinahe an. »Warum musst du uns so zappeln lassen? Das ist wirklich nicht auszuhalten!«

»Entschuldigung, Madge«, erwiderte die Autorin. »Als Krimischreiberin bin ich so daran gewöhnt, die Spannung aufrechtzuerhalten, dass ich's jetzt auch in der Wirklichkeit tue. Verstehst du, wir sind jetzt an der Stelle im Kriminalroman angelangt, wo der Leser, der hoffentlich schon ganz aufgeregt ist, anfängt, richtig kribbelig zu werden. Schließlich hat er einiges an Zeit und Energie in die Geschichte investiert, und er kann den Gedanken nicht ertragen, dass das Ende eine Enttäuschung wird, entweder, weil es nicht raffiniert genug ist, oder weil es bei Weitem zu ausgeklügelt und zu raffiniert ist. Gleichzeitig muss er sich selbst ermahnen, seinen Blick nicht allzu sehr vorauseilen zu lassen, damit er nicht zufällig schon auf den Namen des Mörders stößt, bevor er dann tatsächlich bei dem Satz angelangt ist, in dem der Detektiv diesen Namen enthüllt.

In der Tat«, sie vertiefte sich in ihr Lieblingsthema, ohne die quälende Ungeduld ihrer Zuhörer auch nur zu bemerken, »habe ich die Paginierung sogar mit den Druckern abgesprochen, um die Schraube noch fester anzuziehen. Meine Verleger hat das in den Wahnsinn getrieben, aber ich habe einfach ein paar Absätze an einer Stelle hinzugefügt oder ein paar Zeilen anderswo gestrichen, damit die Erklärung des Detektivs ›Und der Mörder ist ...‹ ganz unten auf der einen Seite steht und der Leser umblättern muss, damit er endlich ganz oben auf der nächsten Seite erfährt, wer der Mörder denn nun tatsächlich ist.

Aber dann gibt es neue Auflagen, versteht ihr – meine Bücher erscheinen normalerweise in vielen Auflagen –, das ursprüngliche Layout geht den Bach hinunter – und meine ganze Mühe und mein Zeitaufwand ...«

»Ich schwöre«, zischte Cora Rutherford sie an, »ich schwöre beim Andenken meiner geliebten Mutter, Evadne Mount, wenn du nicht zur Sache zurückkommst, gibt es in diesem Haus einen zweiten Mord! Und ich bin sicher, dass Trubshawe mir beipflichten wird, kein Gericht der Welt würde mich je dafür verurteilen!«

»Schon gut, aber ich bestehe darauf, dass ich weiter in meiner unnachahmlichen Art fortfahren darf.

Denkt noch einmal an den frühen Morgen zurück. Unter irgendeinem Vorwand, vermutlich indem er ihm einen leckeren Happen Klatsch verspricht, lockt X Raymond Gentry in die Dachkammer und schießt ihm aus nächster Nähe ins Herz. Der Colonel, der sich gerade ein Bad einlaufen lässt, hört wie wir alle den Schuss und danach einen markerschütternden Schrei. Auf seinem Weg nach oben läuft er Don in die Arme, dessen Schlafzimmer der Treppe am nächsten liegt. Weil das Zimmer abgeschlossen ist – bizarrerweise von innen –, stehen sie für einen Augenblick davor und wissen nicht, was sie tun

sollen. Das ist der Moment, wo der Colonel ein Rinnsal von Blut entdeckt, das aus der Dachkammer auf den
Treppenabsatz sickert. Sie begreifen, dass sie unbedingt
irgendwie hineinkommen müssen.

Sie werfen sich mit den Schultern gegen die Tür und
schaffen es schließlich, sie zu öffnen – und das Erste, was
sie sehen, ist der tote Körper von Raymond Gentry. Und
obwohl der Anblick des Leichnams sie entsetzt, sind sie
geistesgegenwärtig genug, den ganzen Raum gründlich
zu untersuchen. Nichts. Oder sagen wir eher, niemand.
Es ist ein sehr kleiner Raum, der kaum Möbelstücke enthält, und beide schwören, dass niemand darin war. Habe
ich recht, Don?«

»Jaa, genau so war das.«

»Also, was tun sie als Nächstes? Weil sie schon hören
können, dass es unruhig wird im Haus, und weil sie beide
vor allem Selina davor schützen wollen, auch nur einen
flüchtigen Blick auf Raymonds Leichnam zu erhaschen,
eilen sie in die Diele zurück, wo wir inzwischen alle in
unseren Morgenmänteln herumwatscheln und uns fragen, was um Himmels willen hier los ist. Das war der
Augenblick, in dem der Colonel, wie ihr euch sicher alle
erinnert, Selina die furchtbare Nachricht so schonend
wie möglich beibrachte.

Ihr werdet zustimmen, das war's, was in der Diele passierte. Aber was passierte inzwischen oben in der Dachkammer?

Ich bitte euch zum letzten Mal, euch das Bild ins Ge-
dächtnis zu rufen. Der Colonel und Don sind beide nach
unten gekommen. Die Tür zur Dachkammer hängt nur
noch halb in ihren Angeln. Raymonds Leichnam liegt

noch immer an die Tür gepresst da, und noch immer sickert das Blut heraus. Die einzigen anderen Gegenstände im Raum sind der Tisch, der einfache Stuhl und der Armsessel.«

Ihre Stimme senkte sich zu einem heiseren Flüstern.

»Ich wage zu behaupten, dass als Nächstes – wenn ich es mal so sagen darf – *der Armsessel auf seinen Hinterbeinen stand.*«

Jeder in der Bibliothek schnappte gleichzeitig nach Luft. Es war beinahe, als hätte sie in Kursivschrift *gesprochen,* als könnten sie alle fühlen, wie sich ihnen die Nackenhaare aufrichteten, als wären gewissermaßen auch ihre Nackenhaare kursiv.

Was Chefinspektor Trubshawe anbelangte, so musterte er die Schriftstellerin mit einem merkwürdigen Gesichtsausdruck, einem Ausdruck, der zu verstehen gab, dass seine Irritation über ihre unorthodoxen Methoden ebenso wie über die überwältigende Sprachgewalt, mit der sie sie geschildert hatte, jetzt der uneingeschränkten Bewunderung für die Resultate gewichen war, zu denen sie geführt hatten.

»Sie wollen doch nicht sagen …?«

»Ebendas will ich sagen«, antwortete sie ruhig. »Der Mörder oder die Mörderin hatte sich *im* Armsessel verborgen. Das war zweifellos der Grund, warum Gentrys Leichnam gegen die Tür geschoben war – um es noch schwieriger für jeden zu machen, einfach einzudringen, und so für X ein paar wertvolle Sekunden herauszuholen, in denen er sich verstecken konnte.

Es war X, versteht ihr, nicht Raymond, der, nachdem er den Mord schon begangen hatte, in den Armsessel gekauert, den markerschütternden Schrei ausgestoßen hat, den wir alle gehört haben. Damit sein Plan funktionierte, war es wichtig, dass wir sofort auf das Verbrechen aufmerksam wurden.

Als Roger und Don dann die Dachkammer verlassen hatten, um mitzuteilen, was sie entdeckt hatten, und die Luft rein war, kletterte er – oder, ich wiederhole mich, oder auch sie – still und heimlich aus dem Sessel, richtete alles wieder her, stieg über Gentrys Leichnam und huschte in die Diele.

Wenn man das Chaos bedenkt, das in der Diele herrschte, war es ein Kinderspiel für ihn, sich unbemerkt unter uns zu mischen. *Et voilà!*«

Es gab nur eine winzige Pause. Dann ergriff Trubshawe wieder das Wort.

»Dürfen wir erfahren«, fragte er, »wie Sie zu dieser – das muss ich zugeben – überaus überzeugenden Schlussfolgerung gelangt sind?«

»Das war nicht schwer«, sagte Evadne Mount. »Ich habe schon erzählt, dass ich mich in den Sessel gesetzt hatte. Ich habe Ihnen auch erzählt, dass ich in dem Moment drauf gestoßen wurde. Ich habe auch das Wort ›buchstäblich‹ hinzugefügt, um es besonders klarzumachen.

Es war so. Als ich mich hinsetzte, gab die Sitzfläche des Sessels sofort unter mir nach – so stark, dass mein eigenes Hinterteil mit einem peinlich dumpfen Aufprall auf den Boden aufschlug. Aber obwohl ich mir wirklich wie ein dummes altes Huhn vorkam, mit meinen bestrumpften Beinen in der Luft wie die Glieder einer Schere, wusste ich sofort, dass ich die Lösung gefunden hatte. Nachdem es mir wieder gelungen war, mich aus meiner Lage zu befreien, ging ich daran, das Innenleben des Sessels zu erforschen. Wie ich schon erwartet hatte, war er innen völlig ausgehöhlt, sodass er tatsächlich einem zusammen-gekauerten menschlichen Körper Platz bieten konnte, gleichsam wie eine riesige Handpuppe. Mir wurde klar, dass der Mörder sich auf diese Weise und an diesem Ort versteckt hatte.«

»Sehr ordentlich«, murmelte der Chefinspektor. »Wirk-lich sehr ordentlich.«

»Meinen Sie jetzt X, weil der diese Methode erdacht hat«, fragte Evadne Mount, »oder meinen Sie mich, weil ich das herausgefunden habe?«

Trubshawe lächelte.

»Beide, würde ich sagen. Aber warten Sie«, setzte er hinzu, weil ihm gerade noch etwas eingefallen war. »Sie haben gesagt, im selben Moment, in dem sie wussten, wie der Mord begangen wurde, wussten Sie auch, wer es ge-tan hat. Was meinten Sie damit?«

»Oh, Inspektor, jetzt enttäuschen Sie mich aber. Ich habe wirklich geglaubt, wenigstens Sie würden die ent-scheidende Schlussfolgerung aus meiner Entdeckung zie-hen können.«

»Nun«, antwortete er, »ich muss wohl völlig vernagelt sein – schließlich *bin* ich pensioniert, verstehen Sie –, aber ich begreife nichts.«

In der darauffolgenden Stille erklang plötzlich eine helle, junge Stimme.

»Ich glaube, ich weiß es«, sagte Selina.

»Dann lass uns doch bitte an deinem Wissen teilhaben, meine Liebe«, sagte die Schriftstellerin wohlwollend.

»Also … ich sehe das so. Wir – ich meine Mamas und Papas Gäste –, wir sind alle erst vor zwei Tagen hierhergekommen – zuletzt Ray, Don und ich. Wenn es stimmt, was du sagst, kann keiner von uns der Mörder sein, weil keiner von uns die Zeit und die Gelegenheit hatte, diesen Armsessel auszuhöhlen oder wie immer man das nennen soll, was der Mörder damit gemacht hat.«

Evadne Mount strahlte sie mit der hocherfreuten Miene einer Schulleiterin an, die einer besonders klugen und tüchtigen Schülerin gratuliert.

»Richtig getroffen, Selina!«, rief sie. »Ja, stimmt genau. Nachdem ich erst einmal gesehen hatte, wie unglaublich gut vorbereitet der Mord an Gentry gewesen sein musste, wie weit im Voraus das alles schon arrangiert gewesen sein musste, wusste ich, dass keiner von euch – ich müsste sagen, keiner von *uns* – das Verbrechen begangen haben konnte.

Nein, die einzige Person, die das getan haben konnte, war jemand, der schon hier war. Jemand, der jetzt unter uns ist und doch nicht unter uns. Jemand, der alles sah und hörte, aber nichts oder so gut wie nichts sagte. Jemand, der anwesend ist, aber dabei fast unsichtbar.«

Ihre Augen verengten sich hinter dem blitzenden Kneifer. Dann sagte sie mit einer Stimme, die man nur als unheimlich ruhig beschreiben konnte:

»Sie wissen, dass Sie gemeint sind. Warum erzählen Sie Ihre Geschichte nicht selbst?«

Als ich diese Frage gehört hatte, entschloss ich mich, ohne Zögern zu tun, worum sie gebeten hatte. Denn ich begriff – eigentlich denke ich, ich hatte das schon begriffen, nachdem es mir nicht gelungen war, den Colonel zu töten –, dass es für mich vorbei war.

Fünfzehntes Kapitel

Farrar!?« Halb flüsterte, halb kreischte Mary ffolkes.
Es ist erstaunlich, wie albern man sich fühlt, wenn
man vor einer Gruppe von Menschen steht, Menschen,
die man persönlich kennt, und einen Revolver in der
Faust hält und sich selber zwingt zu schreien: »Hände
hoch!« oder irgendetwas ähnlich Abgedroschenes, als
wäre man in einem drittklassigen Theaterstück oder Film.
Von dem Augenblick, als ich von meinem Stuhl in der
Bibliothek aufgestanden war, war das alles, was ich tun
konnte, um nicht ins Kichern zu verfallen.

Mary ffolkes sah mich weiter ungläubig an, ihre Hände
zuckten, und ihre Augenlider flackerten unruhig.

»Farrar, Sie? Sie haben versucht, Roger zu töten?«

Ich hatte keinen Grund mehr, mich zurückzuhalten. Es
war eine ungeheure Erleichterung, dass ich mich endlich
offenbaren konnte. Es war gut, wieder in der ersten Person zu sprechen. Wenn ich in den verstrichenen zwölf
Stunden so wenig gesagt hatte, dann nicht, weil ich von
Natur aus der schweigsame Typ bin, sondern weil ich
extrem umsichtig hatte sein müssen, um mich nicht zu
verraten.

»Ja, Mrs ffolkes«, antwortete ich, »ich habe versucht,
Roger zu töten.«

Ich strengte mich an, meine Stimme so nüchtern wie
möglich zu halten.

»Verstehen Sie«, begann ich zu erklären, »der Vorteil meiner Stellung in Ihrem Haushalt war der: Wenn ich nicht oben war, ging jeder davon aus, dass ich unten war, und umgekehrt. Deshalb hat mich nie jemand wirklich vermisst. Als Ihr Gatte mich nach unten schickte, um nachzuschauen, was in der Küche vor sich ging, blieb ich etwa zehn Minuten da unten, stand am großen Erkerfenster und tat so, als hörte ich dem Geschwätz der Dienerschaft zu. Dann sah ich, wie der Colonel an der Andentanne vorbeiging. Ich schlüpfte aus dem Haus, holte ihn ein, schoss auf ihn und kam zurück, bevor auch nur einer, egal, ob oben oder unten, Zeit gehabt hatte, überhaupt zu bemerken, dass ich weg gewesen war.«

Ich wandte mich jetzt an Trubshawe.

»Es tut mir wirklich leid um Tobermory, alter Knabe, aber Sie haben selbst festgestellt, dass ich ihn nicht am Leben lassen konnte. Als der Colonel zu Boden ging, fing er dermaßen an zu jaulen ...«

»Aber ich verstehe es nicht«, sagte Mary ffolkes. »Ich verstehe es einfach nicht.«

Die arme perplexe Frau sah Selina an, dann Evadne Mount, dann die Rolfes, eigentlich jeden außer mir, als müsste die Lösung des Rätsels auf ihren Gesichtern zu lesen sein statt auf meinem. Sie erinnerte mich an den einzigen Gast bei einer Abendgesellschaft, der einen zweideutigen Witz, über den alle anderen sich vor Lachen schütteln, nicht verstanden hat und der nun hofft, dass es ihm irgendwann dämmert, wenn er den anderen lange genug in die Augen schaut.

»Roger und ich sind immer so gut zu Ihnen gewesen.

Wir haben Sie nie wie einen Diener behandelt. Sie waren beinahe so etwas wie der Sohn, den wir nicht hatten.«

Das war die Szene, die ich gefürchtet hatte. Der Colonel hatte es verdient zu sterben, in dieser Überzeugung hatte ich nie gewankt, aber seine Frau hatte es wirklich nicht verdient zu wissen, warum.

»Es ist seltsam«, antwortete ich beinahe wehmütig, obwohl ich noch immer meinen Revolver umklammerte. »Man sagt, Rache sei eine Mahlzeit, die man am besten kalt genießen sollte. Ich bin da nicht so sicher. Ich habe mein ganzes erwachsenes Leben so sehr nach Rache gedürstet, Jahr um Jahr, dass es Zeiten gab, wo mir bei der Aussicht darauf buchstäblich das Wasser im Munde zusammenlief. Aber jetzt, all die Jahre später, da ich die Rache nun vollzogen habe, mehr oder weniger jedenfalls, kann ich nicht behaupten, dass ich – dass ich mich daran so *berauscht* habe, wie ich mir das eigentlich vorgestellt hatte. Und das nicht nur, weil es mir nicht gelungen ist, den Colonel zu töten.

Mrs ffolkes, je länger ich im Dienst Ihres Mannes stand, desto mehr mochte ich den alten Kerl, und desto mehr musste ich mich daran erinnern, dass er der Mann war, der mich vor vielen Jahren so schlecht behandelt hatte. Es fällt mir sogar schwer, wirklich zu bedauern, dass ich ihn nicht getötet habe. Und wenn Sie das nicht glauben mögen, bedenken Sie, dass ich für jede Tür in diesem Haus einen Satz mit Ersatzschlüsseln besitze. Ich hätte leicht in sein Schlafzimmer schleichen und ihn erledigen können, bevor er Gelegenheit gehabt hätte, Trubshawe ein paar interessante Einzelheiten über sein Leben in Amerika zu erzählen, Einzelheiten, die die Polizei direkt auf meine Spur geführt hätte. Aber ich habe es vorgezogen, das nicht zu tun.

Was Raymond Gentry angeht«, fügte ich hinzu, »das ist natürlich eine andere Geschichte. Keiner kann mir einreden, ich hätte der Welt keinen Gefallen getan, indem ich sie von ihm erlöst habe.«

Ich konnte sehen, dass der Chefinspektor im Begriff war, mir den üblichen Spruch aufzusagen, dass ich nicht verpflichtet sei, etwas auszusagen, dass aber alles, was ich sagte – nun, den Rest kennt man. Aber ich wollte das Meine zuerst sagen. Ich wollte gehört werden. Ich hatte zu lange geschwiegen.

Tatsächlich aber nahm Evadne Mount uns die Butter vom Brot.

»Also können Sie sprechen, junger Mann«, sagte sie, »und mit der Sprache können Sie auch gut umgehen. Wissen Sie, ich habe ein paarmal an Sie gedacht. Nicht, dass ich gleich von Anfang an wusste, dass Sie es getan hatten oder so etwas. Nur dass ich Sie – dass ich Sie wirklich ziemlich faszinierend fand.«

»Ich? Faszinierend?« Ich will nicht abstreiten, dass ich mich geschmeichelt fühlte. »Warum?«

»Ich hätte nie gedacht, dass ich jemanden wie Sie jemals kennenlernen würde. Das perfekte Faktotum. Sie waren immer da, wenn man Sie brauchte, und waren nicht da, wenn man Sie nicht brauchte. Überall und nirgends, anwesend, doch anonym, unsichtbar und allwissend. Aufmerksam für alles, was passierte, für alles, was gesagt oder getan wurde, als ob Sie es einordnen würden, als ob Sie alles notieren und in sich aufnehmen würden. Sie haben nie jemanden von uns direkt angesehen und haben fast nie etwas gesagt – und selbst wenn, dann *nicht einmal,* wenn ich mich nicht sehr täusche, in der ersten Person. Sie haben nichts weggelassen und nichts beigesteuert. Sie haben sich praktisch niemals eingeschaltet, und vor allem haben Sie sich niemals eingemischt. Was Ihr – bei allem Respekt –, Ihr nichtssagendes Gesicht und Ihre noch nichtssagendere Kleidung anbelangt, so haben Sie sie beinahe durchscheinend gemacht, wie ich schon sagte, fast unsichtbar. Wenn ich nicht den Zorn des Vikars fürchtete, wäre ich versucht, Sie mit Gott zu vergleichen.«

»Wie Gott habe ich niemals gelogen«, sagte ich.

»Ach, kommen Sie«, brummte sie. »Einmal bestimmt?«

»Einmal.«

»Ihr Name. Weil Ihr Motiv Rache war und weil Rache, wenn ich meiner Erfahrung nur ein Stück weit trauen kann, unvermeidlich bestimmte Formen der List und der Täuschung erfordert, wette ich zehn zu eins, dass Ihr Name nicht Farrar ist.«

Sie war unheimlich. Ich musste sie einfach anlächeln.

»Bravo, Miss Mount. Nein, mein Name ist nicht Farrar.«

»Dürfen wir erfahren, wie er wirklich lautet?«

»Ich will sogar, dass Sie es erfahren. Andernfalls wäre das, was ich getan habe, nicht zu verstehen.«

Ich holte einmal tief Luft.

»Mein Name ist Murgatroyd. Roger Murgatroyd.«

Mary ffolkes starrte mich erstaunt an.

»Roger? Roger, das ist ja derselbe Vorname wie ... wie Roger ...«

»Ich wurde nach ihm benannt. Ihr Gatte war – ich meine, er ist – mein Pate.«

»Sie wurden nach ihm benannt. Und dann haben Sie ...«

286

Sie vergrub das Gesicht in den Händen und brach in heftiges Schluchzen aus. Es schien, als sei für sie mein Versuch, jemanden zu töten, der den gleichen Vornamen trug wie ich, das wahrhaft Abscheuliche an diesem Verbrechen. Und weil ich begann, wirklich Mitgefühl mit ihr zu haben, unterließ ich es, sie daran zu erinnern, dass es dem Colonel, selbst wenn er mich wie einen Sohn behandelt haben mochte, nie in den Sinn gekommen war, mich anders als mit meinem – falschen – Nachnamen anzureden. Oder auch nur das geringste Interesse an meiner Familie und meiner Herkunft zu zeigen, was mir als seinem künftigen Mörder – oder Beinahemörder – natürlich bestens passte, mich aber, ich kann es nicht verhehlen, als Mensch irgendwie verletzte.

»Nein«, fuhr ich fort, »mein Name ist nicht Farrar. Aber der Name Ihres Mannes ist schließlich auch nicht ffolkes, und er ist so wenig ein Colonel, wie der Vikar Armeepfarrer war.«

Trubshawe fand, dass es jetzt wirklich seine Pflicht sei, die Autorität zu reklamieren, die bei einem Kriminalfall nun einmal bei ihm lag.

»Hören Sie, Murgatroyd«, sagte er zu mir in einem Tonfall, den er für den irgendwie abgeklärten und verbindlichen Ausdruck eines britischen Amtsorgans zu halten schien, »wir können das alles sicher auch ohne die Pistole in Ihrer Hand besprechen – die die Mordwaffe ist, nehme ich an. Sie werden nirgendwohin damit kommen, nicht wahr, also können Sie sie ebenso gut niederlegen.«

»Das finde ich nicht«, antwortete ich. »Noch nicht. Nicht, bevor ich nicht beschlossen habe, was als Nächstes kommt.«

»Hören Sie«, fuhr er fort, »ich will Ihre Intelligenz nicht beleidigen, indem ich so tue, als stünden Sie nicht vor dem Aus. Ich weiß es, und Sie wissen es auch. Aber wenn ich Sie so reden höre, kommen Sie mir nicht vor wie – nun, wie ein geborener Killer. Warum benehmen Sie sich dann wie einer? Hm? Hab ich nicht recht?«

Ich sah auf die geladene Pistole hinunter.

»Wissen Sie, warum ich diesen Revolver nicht weglegen werde?«, fragte ich nach einer Weile. »Weil er meine Garantie dafür ist, dass mir alle zuhören und ich nicht unterbrochen werde. Er fungiert als Mikrophon. Nur dass er nicht *meine* Stimme verstärkt, sondern *Sie* zwingt, leiser zu sprechen.

Also werde ich bis auf Weiteres dadurch sprechen, und ich rate Ihnen allen, dort sitzen zu bleiben, wo Sie sitzen, und sich nicht unnötig zu bewegen.«

»Ich hatte recht!«, rief Evadne Mount. »Durch einen Revolver sprechen – Sie können wirklich gut mit der Sprache umgehen. Junger Mann, Sie hätten Schriftsteller werden können.«

»Danke. Um die Wahrheit zu sagen, ich bin Schriftsteller. Oder sagen wir, ich war Schriftsteller.«

» Wer sind Sie, Roger Murgatroyd?«

Es war Mary ffolkes, die mir diese Frage entgegenschleuderte, ohne Vorwarnung, aber jetzt auch ohne eine Spur der Erregung in der Stimme.

»Ich will Ihnen einen Hinweis geben, Mrs ffolkes«, antwortete ich. »Mein Vater war Miles Murgatroyd. Sagt Ihnen dieser Name irgendetwas?«

»Aber nein«, sagte sie und war wieder verwirrt. »Ich – ich fürchte, ich habe ihn noch nie gehört. Es ist ein sehr ungewöhnlicher, sehr markanter Name. Ich bin sicher, ich hätte mich erinnert, wenn ich ihn schon einmal gehört hätte.«

Es fiel mir nicht schwer, ihr zu glauben.

»Das überrascht mich nicht. Was ich Ihnen zu erzählen habe, ist vor sehr langer Zeit geschehen. Da kannten Sie den selbst ernannten Colonel noch nicht einmal.«

»Den selbst ernannten ...«, fing sie an. Dann verlor sich ihre Stimme im Nichts, und sie verfiel wieder in bekümmertes Schweigen.

»Es gibt leider keine Möglichkeit, es nett zu sagen, Mrs ffolkes. Sie müssen wissen, dass Ihr Mann in seinen jüngeren Jahren das war, was man einen Betrüger nennt.«

»Das ist eine Lüge!«, schrie Selina.

»Es tut mir leid, Miss Selina«, sagte ich so sanft wie möglich, weil ich immer eine Schwäche für sie gehabt hatte. »Aber es ist die reine Wahrheit, das schwöre ich. Der wirkliche Name Ihres Vaters war nicht Roger ffolkes, sondern Roger Kydd. Er begann seine Karriere, falls das das richtige Wort ist, indem er auf der Bahnlinie London-Brighton Domino für Geld spielte. Dann stieg er auf und betrieb auf Bournemouth Pier die Hütchenspielmasche, und als mein Vater ihn kennenlernte, hatte er gerade zwei Jahre Gefängnis wegen Scheckfälschung hinter sich – ironischerweise übrigens in Dartmoor – und schlug sich ziemlich erbärmlich damit durch, dass er die feinen Pinkel, die vor dem Ritz auf ein Taxi warteten, um den Inhalt ihrer Taschen zu erleichtern versuchte. Mein Vater war in Piccadilly gerade stehen geblieben, um sich seine Woodbine anzuzünden, langte in seine Tasche, um Streichhölzer herauszuholen, und stellte fest, dass sich in dieser Tasche bereits die Hand von Kydd zu schaffen machte. Statt ihn der Polizei zu übergeben, entschied sich mein Vater, der, glaube ich, immer leicht umzustimmen war, ihn unter seine Fittiche zu nehmen.

Wissen Sie noch«, sagte ich zum Chefinspektor, »als Sie und der Colonel ihr kleines Privatgespräch hier in diesem Raum hatten und er erwähnte, dass es im Haus einen Geheimgang gibt. Nun, ich hatte mich in der Tat in ebendiesem Geheimgang versteckt, und als ich hörte, dass er anfing zu erzählen, was er in seiner Jugend so getrieben hatte, und merkte, dass er kurz davorstand, seinen wirklichen Namen zu nennen, bin ich sofort aus dem Geheimgang auf den Flur gerannt und habe ihn durch mein Klopfen an der Tür davon abgehalten. Zum Glück war ich schon angezogen, wie der Rest des Personals, und musste nicht erst in mein Zimmer gehen, um mich umzuziehen.

Ich wollte ihn wenigstens vorübergehend zum Schweigen bringen, bevor ich die Möglichkeit hatte, ihn ein für allemal zum Schweigen zu bringen. Wenn Scotland Yard erfahren hätte, wer er wirklich war, wäre es das Leichteste von der Welt gewesen, seine Verbindung zu Miles Murgatroyd herauszufinden, und das konnte ich natürlich nicht zulassen.

Sie müssen wissen«, fuhr ich fort, »nachdem es den beiden gelungen war, die unangenehme Geschichte von Roger Kydds versuchtem Taschendiebstahl aus der Welt zu schaffen, beschloss mein Vater, sich mit ihm zusammenzutun, und zusammen verließen sie Großbritannien, um ihr Glück in den Staaten zu machen. Fünf Jahre lang haben sie auf den Goldfeldern Alaskas geschürft, fünf lange, harte Jahre, in denen sie von Bohnen und Speck lebten und die dicksten Freunde wurden. Natürlich war Kydd sein Trauzeuge, als mein Vater heiratete. Und natürlich wurde er mein Pate, als ich geboren wurde.

Und gerade da, als alles sich zum Guten zu wenden schien, fing es in Wahrheit an, sich zum Schlechten zu wenden.«

»Was meinen Sie damit?«, fragte Trubshawe.

»Ich meine damit, dass mein Vater und ›der Colonel‹ – ich denke, es ist einfacher, wenn ich ihn auch weiter so nenne –, dass mein Vater und der Colonel schließlich erfolgreich waren. Ein ergiebiger Goldflöz in einem Flussbett im nordwestlichen Alaska. Ich werde dieses Bild nie vergessen, wie meine Mutter ein Telegramm in ihrer Hand zusammenknüllte und mir ins Gesicht schrie, dass wir reich sein würden!

Nur dass wir nicht mit der Hinterlist und der Gier des Colonels gerechnet hatten. Es tut mir so leid, es tut mir wirklich so leid, Mrs ffolkes, Miss Selina – aber ich schwöre beim Grab meiner gesegneten Mutter, dass ich Ihnen nur die volle Wahrheit erzähle. Nur achtundvierzig Stunden nach dem ersten Telegramm bekamen wir ein zweites. Es stellte sich heraus, dass mein Vater kopfüber in eine Schlucht gestürzt war und sich das Kreuz gebrochen hatte.

Vielleicht war es ein Unfall, vielleicht war es keiner. Bis heute weiß ich das nicht und klage niemanden an. Aber ich weiß, dass Roger, während Miles Murgatroyd in ein schmutziges, von Ungeziefer verseuchtes Krankenhauszelt in der Nähe von Nome gebracht wurde, bereits den Rechtstitel auf die Goldmine angemeldet hatte, und zwar nur auf seinen Namen. Dann hat er diesen Rechtstitel an irgendeine große Bergbaugesellschaft verkauft, den Ertrag eingesackt und ist von der Bildfläche verschwunden.«

»Was hat Ihr Vater dann gemacht?«, fragte Selina.

Ich schwieg einen Augenblick, bevor ich weitersprach.

»Was er dann getan hat? Er ist gestorben. Er starb nicht, weil er sich sein Kreuz gebrochen hatte, sondern weil sein Lebensmut gebrochen war. Oh, er war natürlich kein Einfaltspinsel. Er war beinahe ein Vierteljahrhundert lang durch die Welt gezogen, und er wusste, wie die Welt aussah und was für Menschen in ihr lebten. Aber er und der Colonel waren unzertrennlich gewesen. Das war's, was ihn umgebracht hat.«

»Und dann …?«, fragte Evadne Mount.

»Meine Mutter hat alles getan, was sie konnte, um ihre Rechte zurückzubekommen – unsere Rechte. Aber sie musste lernen, dass man in den Vereinigten Staaten von Amerika keine Rechte hat, wenn man kein Geld hat. Da drüben sind Rechte etwas, das man kaufen kann, und sie sind nicht gerade billig.

Und da sie ›unter ihrem Stand‹ geheiratet hatte, um den schrecklichen Ausdruck zu gebrauchen, und von ihrem bigotten Baptistenpfarrer-Vater enterbt worden war, musste sie mich allein großziehen. Sie bestickte Kittel in einem Ausbeuterbetrieb in Frisco, bis ihr die Augen aus den Höhlen traten. Als sie das nicht mehr tun konnte, kümmerte sie sich um die Wäsche anderer Leute. Als sie auch das nicht mehr konnte, landeten wir im Armenhaus. Und Sie müssen wissen, dass im Kalifornien jener Zeit das Armenhaus nicht bloß eine Metapher war. Wir haben dort wirklich drei Jahre lang gelebt. Bis sie starb.

Ich wurde in ein Waisenhaus gesteckt, riss aus, wurde geschnappt, riss noch einmal aus, und dann machte sich keiner mehr die Mühe, mich zu suchen und einzufangen. Also schlug ich mich durch und kam durchs Land. Ich arbeitete als Zimmerer in einer Sägemühle in Omaha, ich heuerte für einen Hungerlohn auf einem Öltanker im Golf von Mexiko an, ich bediente in einem Billigrestaurant in Fort Worth, ich war professioneller Falschspieler auf einem Raddampfer auf dem Mississippi. Es gibt nichts, was ich nicht gemacht hätte.

Schließlich bekam ich einen Job als Schauspieler und ging auf Tournee mit Melos – das ist das, was Sie Melodramen nennen. Wegen der Nationalität meines Vaters konnte ich gut den hochnäsigen britischen Akzent imitieren und wurde so immer als Brite besetzt.

Dann standen wir dumm da, als der Manager der Truppe mit der jugendlichen Schönen durchbrannte, zusammen mit den Einnahmen, und ich hatte wieder keine Arbeit. Und so begann ich, als Landstreicher auf den Frachtzügen mitzufahren. In diesen heißen Nächten unterm Sternenhimmel erzählte ich den anderen Tippelbrüdern die Geschichten vom Goldrausch, die mein Vater mir erzählt hatte, und sie haben sie regelrecht verschlungen und mir gesagt, ich müsste sie aufschreiben.

Ich schrieb dann wirklich eine der Geschichten auf und verkaufte sie an ein Groschenheft – *The Argosy* hieß das. Ich bekam dafür zwanzig Dollar, und diese zwanzig Dollar machten mich zum Schriftsteller. Ich hätte sie gern aufgehoben und eingerahmt, aber leider brauchte ich sie, um mich zu ernähren, während ich die nächste Geschichte schrieb.

Schließlich hatte ich den Vorrat an Geschichten aus der Schatztruhe meines Vaters erschöpft und musste mir selber welche ausdenken. Ich stellte fest, dass ich auch das gut konnte. Ich konnte gut diese Sorte Detektivgeschichten schreiben, die der letzte Schrei waren, Geschichten über kleine Gauner, Spieler, Erpresser, Showgirls und diese zielstrebigen, verlogenen Schlampen, die so hart sind wie ihre Nägel, die sie sich ständig zurechtmachen. Viel zu abgebrüht für Sie«, setzte ich hinzu und sah Evadne Mount an.

»Hm, ja«, antwortete sie, »ich gehöre eher zu den Leuten, die von Ihrer Truppe wohl als die Weichspülerschule bezeichnet werden. Aber wissen, Sie, Mr ... Mr Murgatroyd, wenn ich daran denke, wie Sie Raymond umgebracht haben, kann ich es kaum glauben, dass Sie sich nie an einen Krimi mit verschlossenen Räumen gewagt haben.«

»Das ist komisch, dass Sie das sagen. Ich konnte beinahe jeden Stil nachahmen, und ich hatte tatsächlich mal den Gedanken, eine Geschichte mit einem verschlossenen Raum zu schreiben, mit allen üblichen Zutaten. Aber keine der Zeitschriften wollte so etwas kaufen. Für die war das zu etepetete, zu britisch. Was die wollten, war das schiere harte Zeugs, direkt aus den Schlagzeilen und dem Vermischten. Und ich war inzwischen ein Profi geworden. Was immer sie haben wollten, von mir bekamen sie es.

Dann, als ich langsam anfing, wirklich Kohle zu machen, engagierte ich einen Privatdetektiv, einen Mitarbeiter von Pinkerton, der herausfinden sollte, was aus Roger Kydd geworden war. Ich nahm an, dass er mit der ganzen Knete, die er beiseitegeschafft hatte, nach England zurückgekehrt war, und ich machte mir keine Illusionen, dass ich ihm allein auf die Spur kommen könnte.

Eine Zeit lang dachte ich, das sei rausgeschmissenes Geld, einfach zum Fenster rausgeschmissen. Aber schließlich landete mein Mann einen Volltreffer. Er berichtete mir, dass Kydd dieses – dieses alte Gemäuer, würden Sie es wohl nennen, in Dartmoor gekauft und sich als Colonel ffolkes niedergelassen hatte. Mit zwei kleinen ›f‹ am Anfang, bitte schön.

Wenn er immer noch in den Staaten gelebt hätte, hätte ich wahrscheinlich auf amerikanische Art Rache genommen. Ich hätte ihn in irgendeiner finsteren Gasse erschossen, und das wäre es für mich gewesen. Aber als ich begriff, dass er sich in einen englischen Gentleman verwandelt hatte, nun, da beschloss ich, den Briten zu zeigen, dass auch wir Yankees einen – wie haben Sie es genannt, Miss Mount? – einen Mayhem-Parva-Mord begehen können. Ich beschloss, meinen Plot für den Krimi im verschlossenen Raum im richtigen Leben auszuprobieren. Mir gefiel die Ironie daran, wo er sich doch so verdammt viel Mühe gab, durch und durch englisch zu sein.

Ich setzte mit der *Aquitania* über und nahm ein Zimmer im *The Heavenly Hound* in Postbridge. An den meisten Abenden kam der Colonel auf ein paar Biere in die Bar, und ich hatte keine Mühe, mit ihm ins Gespräch zu kommen, besonders als er herausfand, dass wir beide die Leidenschaft für die Philatelie teilten. Er lud mich ein paarmal zu sich ein, um mir seine Briefmarkensammlung zu zeigen, der Rest war einfach. Er suchte jemanden für die Verwaltung des Anwesens, und ich erzählte ihm, dass ich nach einer Arbeit suchte, also hat er mir den Posten des Verwalters angeboten. Das ist jetzt beinahe vier Jahre her.«

»Warum haben Sie mit Ihrer Rache so lange gewartet?«, fragte Trubshawe.

»Die vier Jahre sollten mein Alibi sein.«

»Ihr Alibi?«

»Ich wusste, dass ich, hätte ich den Colonel in der Dachkammer erst einmal ermordet, kein hieb- und stichfestes Alibi haben würde und einer der Hauptverdächtigen wäre. Und ich dachte, es würde helfen, den Verdacht von mir abzulenken, wenn Mrs ffolkes der Polizei erzählen würde, dass ich schon seit vier Jahren für Ihren Mann arbeitete.

Außerdem war mir klar, dass ich Zeit brauchen würde, um den Armsessel zu reparieren. Ich wartete also mit Engelsgeduld auf einen wirklich strengen Winter, bevor ich handelte – so einen Winter, von dem die ffolkes' mir erzählt hatten, so einen Winter, in dem das Haus so abgeschnitten wäre, dass die Polizei drei oder vier Tage lang keine Möglichkeit hätte, hierherzugelangen und herumzuschnüffeln, was mir genug Zeit gäbe, um den Sessel so sorgfältig zu reparieren, dass niemand auf die Idee kommen könnte, dass jemals daran manipuliert worden war. Aber natürlich hatte ich keinen pensionierten Inspektor von Scotland Yard auf der Rechnung, der nur ein paar Meilen entfernt wohnt.«

Dann fügte ich hinzu – ›bedauernd‹ wäre vielleicht das Adverb, das ich in einer meiner eigenen Geschichten benutzt hätte –: »Ich hatte auch nicht mit der Anwesenheit Ihrer Hoheit, der Großen Alten Dame der Kriminalliteratur, hier im Hause gerechnet.«

Ich machte eine kleine spöttische Verbeugung – ebenfalls bedauernd – in Evadne Mounts Richtung.

»Danke, junger Mann«, sagte sie und verbeugte sich ebenfalls. »Also war meine Darstellung, wie und warum Sie die beiden Verbrechen begangen haben, zutreffend?«

»Ha! Zutreffend ist gar kein Ausdruck«, antwortete ich mit einem freudlosen Lachen. »Für mich war es beinahe gruselig, Ihnen zuhören zu müssen, wie Sie die Geschichte erzählt haben, meine Geschichte, Ihnen zuhören zu müssen, als hätten Sie sie selbst geschrieben und als wäre ich nur eine der Figuren in einem Ihrer Bücher. Ich konnte Ihnen sogar meine Bewunderung dafür nicht verhehlen, wie Sie das fehlende *u* in ›behaviour‹ entdeckt haben. Na ja, das war ein sehr dummer Fehler.«

»In der Tat«, stimmte sie zu. »Aber wissen Sie, ich sage ja immer, es sind die schlauesten Ganoven, die die dümmsten Fehler machen. Ihren Fehler leihe ich mir vielleicht sogar für meinen nächsten Roman aus. Die paar Leser, die überhaupt fähig sind, ihn zu entdecken, werden das höchstwahrscheinlich für einen Druckfehler halten. Es gibt ja heute weiß Gott genug davon.

Wie dem auch sei«, fuhr sie fort, »es ist sehr befriedigend zu wissen, dass meine Instinkte auch mitten in einer Tragödie intakt geblieben sind.«

»Na ja – vielleicht weniger, als Sie denken«, sagte ich.

»Wie? Warum sagen Sie das?«

»Ich will nur sagen, dass das eine, dem Sie nicht auf die Schliche gekommen sind, Ihre *eigene* Verantwortung für den Mord an Raymond Gentry ist.«

»Meine Verantwortung? *Meine* Verantwortung? Also, so etwas habe ich noch nie …«

»Ja, Ihre Verantwortung. Sie hatten natürlich völlig recht, als Sie nahegelegt haben, dass der Colonel das ursprünglich auserwählte Opfer für den Mord im verschlossenen Raum war. Und Sie vermuteten auch richtig, dass ich mich entschloss, stattdessen Gentry zu ermorden, als Selina in letzter Minute mit ihm auftauchte – ich versprach ihm, ihn mit einigem Material über den Colonel zu versorgen (das natürlich gefälscht war), und überzeugte ihn, sich mit mir in der Dachkammer zu treffen, bevor der Rest des Hauses wach und auf den Beinen war. Und Sie hatten recht mit Ihrer Vermutung, warum ich meine Pläne geändert habe – weil sich so nämlich plötzlich ein völlig neuer Kreis von Verdächtigen und Motiven ergeben würde.«

Ich wandte mich an Trubshawe.

»Sie waren konsterniert, weil Sie die Mordwaffe nicht in der Dachkammer vorgefunden hatten, erinnern Sie sich? Sie konnten natürlich nicht wissen, dass ich die Waffe absichtlich bei mir behalten hatte – aus dem einfachen Grund, weil ich nicht wollte, dass Gentrys Tod wie ein Selbstmord aussah. Damit mein Plan funktionierte, musste es nach dem aussehen, was es auch war: nach Mord. Nur nicht nach einem, den ich begangen hatte.

Und was *Sie* nicht verstanden haben« – ich wandte mich ein weiteres Mal Evadne Mount zu –, »ist, dass ich die Opfer zum Teil auch deshalb ausgetauscht habe, weil Sie sich dauernd darüber ausgelassen haben, wie viel sicherer und effektiver es sei, jemanden umzubringen, indem man ihn schlicht erschießt oder ersticht und dann das Messer oder die Waffe verschwinden lässt. Was haben Sie noch genau gesagt? Den ganzen ausgefallenen Schnickschnack weglassen? Nun, Sie sind die Expertin. Also habe ich genau das getan. Ich habe beschlossen, nicht originell zu sein und den Colonel einfach abzuknallen, als er mit Tobermory im Moor unterwegs war. Armer alter Tobermory.«

Mitgenommen von dieser Wendung der Ereignisse, war Evadne Mount zum ersten Mal sprachlos. Es war Selina ffolkes, die stattdessen das Wort ergriff.

»Aber verstehst du denn nicht, Evie«, sagte sie, »damit hast du Papa das Leben gerettet!«

»Hm? Was willst du ...«

Ich unterbrach sie.

»Miss Selina sagt die reine Wahrheit«, sagte ich. »Wenn ich bei meinem ursprünglichen Plan geblieben wäre, hätte ich es sicher geschafft, den Colonel in der Dachkammer zu töten, so wie ich es ja auch geschafft habe, Gentry dort umzubringen. Aber Ihre Theorien waren zu einem Teil dafür verantwortlich, dass ich meine Pläne geändert habe, und wie sich herausgestellt hat, habe ich genau wegen dieser Theorien die Ermordung des Colonels vermasselt. Denn wissen Sie, meine liebe Miss Mount, was von Ihren Theorien zu halten ist, all den feinen Theorien der Großen Alten Dame der Kriminalliteratur? Offen gesagt, sie sind absoluter Mist. Versuchen Sie es einfach mal selbst, und Sie werden feststellen, dass es nicht so leicht ist, einen einfachen, uninteressanten und perfekten Mord zu begehen.«

Die Stimmung der Autorin besserte sich auf der Stelle.

»Nun, Gott sei Dank!«, rief sie. »Es sieht also so aus, als ob ich recht hätte, sogar wenn ich nicht recht habe, wie Alexis Baddeley. Ich hoffe, Trubshawe, Sie werden daran denken, wenn wir irgendwann einmal wieder mit vereinten Kräften einen neuen Fall in Angriff nehmen.«

Der Chefinspektor brummelte unhörbar, aber so, dass man es deutlich an den Lippen ablesen konnte: »Da sei der Himmel vor!«, beugte sich dann vor und sprach zu mir in seinem nüchternsten Tonfall.

»Murgatroyd, Sie wissen, dass Sie durch den Mord an Gentry, ganz gleich, wie minderwertig dieses Individuum auch war, den Schatten des Verdachts auf eine ganze Gruppe völlig unschuldiger Menschen gelenkt haben?«

»Ja«, antwortete ich, »aber weil beinahe jeder ein Motiv hatte, war es ja auch sehr unwahrscheinlich, dass irgendeiner von ihnen festgenommen werden würde. Mein Groll richtete sich gegen den Colonel. Ich wollte nicht, dass irgendjemand sonst zu Schaden kommt.«

»Aber haben Sie schon mal darüber nachgedacht? Wenn die Dinge wirklich so gelaufen wären, wie Sie es geplant hatten, wenn Sie davongekommen wären, *hätte man es niemals herausgefunden.* Ich meine, man hätte nie herausgefunden, wer von den Gästen der ffolkes' denn nun der Mörder war. Sie wären weiterhin alle verdächtig geblieben. *Für immer …*«

Ich zuckte mit den Schultern.

»Die Menschen vergessen – schneller, als Sie denken. Außerdem hatte ich den Eindruck, dass ich mich hier auf die englische Rechtsprechung verlassen konnte. Wenn ich es richtig verstehe, gibt es in Ihrem Rechtssystem nicht so etwas wie einen Justizirrtum.«

»Das ist richtig«, sagte Trubshawe. »Aber was ist mit Gentry? Was hat er Ihnen denn bloß getan?«

»Gentry? Der hat's verdient. Ich bedaure nichts.«

»Nun, tut mir leid, aber in diesem Land sind wir dagegen, dass die Menschen das Gesetz in die eigene Hand
nehmen. Sie haben einen Menschen getötet und einen
anderen zu töten versucht. Dafür werden Sie bezahlen
müssen.«

»Das sehe ich nicht so. Haben Sie vergessen, dass ich
bewaffnet bin und Sie nicht?«

»Hören Sie zu, Mann. Dumm sind Sie doch nun wirklich nicht. Sie müssen doch wissen, wann Sie erledigt sind.
Sie können uns nicht alle umbringen, und bei dem Wetter ist es völlig sinnlos, durch das Moor entkommen zu
wollen.«

Es gab eine Pause, in der niemand etwas sagte. Dann:

»Ich *werde* entkommen«, hielt ich ihm mit einer
Stimme entgegen, die selbst mir fremd vorkam. »Wenn
auch nicht durchs Moor.«

Ich umklammerte den Revolver noch fester.

Und da hörte ich, wie Evadne Mount aufschrie: »Haltet
ihn auf! Haltet ihn auf! Er will sich umbringen!«

Was für eine Frau! Auch diesmal hatte sie recht.

OKTOPUS VERLAG

Gilbert Adair
Und Action!
Miss Mount und der Mord am Filmset

Kriminalroman
Aus dem Englischen von Jochen Schimmang

Ein eitler Regisseur, eine zickige Schauspielerin
und das perfekte Drehbuch für einen Mord ...

Die Schauspielerin Cora Rutherford, eine alte Freundin von
Evadne Mount, wird vergiftet. Nicht nur vor laufender Ka-
mera, sondern auch vor den Augen aller am Filmset. Sechs
Menschen hatten die Gelegenheit, sie zu töten, aber keiner
der Tatverdächtigen hat ein Motiv. In den Verhören fällt
eines auf: Alle am Set hassen den Regisseur Alastair Farjeon –
fettleibig, unerträglich, insbesondere Frauen gegenüber,
und so eitel, dass er in jedem seiner Filme einen Kurzauf-
tritt haben muss. Und Miss Mount, immer in Begleitung ihres treuen Partners Eustace Trubshawe, einst Chefinspektor
von Scotland Yard, stößt auf ein anderes, früheres Verbrechen. Auch das ungelöst, für diese Tat allerdings hatten alle
am Filmset ein Motiv – aber eigentlich keine Gelegenheit.
Ein gemeiner, genialer Mord, für dessen Aufklärung es eine
geniale Ermittlerin braucht!

»Agatha Christie lebt.«
Der Spiegel

Wenn Ihnen dieses KAMPA POCKET
gefallen hat, gefällt Ihnen vielleicht auch der
Lesetipp auf der gegenüberliegenden Seite.

Schicken Sie uns bitte Ihren LIEBLINGSSATZ
aus einem Kampa Pocket, bei einer Veröffent-
lichung auf unseren Social-Media-Kanälen
bedanken wir uns mit einem Buchgeschenk:
lieblingssatz@kampaverlag.ch